Folgefehler

Die Münchner Autorin A.R. Klier hat ihre ersten Gehversuche schon zu Schulzeiten gemacht: Insgesamt drei Mal nahm sie am KWA-Schülerliteraturwettbewerb teil und wurde 2012 für die Kurzgeschichte *Einsame Familie* mit dem ersten Preis ausgezeichnet.

Seither hat A.R. Klier sich den Medizinkrimis der *Fehler*-Reihe rund um die Assistenzärzte Frederik Hendriksson und Niklas Thorsen gewidmet, die bereits fünf Einzelbände umfasst. Weitere *Fehler*-Krimis sind in Arbeit.

Mit der *Bühnenfieber*-Reihe bleibt A.R. Klier ihrer Liebe zur Medizin weiterhin treu, sodass das Theater-Drama eine weitere, spannende Note bekommt. Mit Hauptfigur Christian Rückert ist bisher 1 Band veröffentlicht, weitere Teile sind in Vorbereitung.

Mehr über die Autorin unter:
www.ar-klier.com
www.facebook.com/AutorinAndreaKlier/
www.instagram.com/a_r_klier

A.R. Klier

Folgefehler

*Bibliografische Information der Deutschen National-
bibliothek:
Die Deutsche Nationalbibliothek verzeichnet diese
Publikation in der Deutschen Nationalbibliografie,
detaillierte bibliografische Daten sind im Internet
über http://dnb.dnb.de abrufbar.*

© 2022 A.R. Klier

*Autorenfoto: Tobias Fischer
Umschlaggestaltung: Bernhard Klier*

*Herstellung und Verlag:
BoD – Books on Demand, Norderstedt*

ISBN: 978-3-7562-1207-1

Prolog

Kräftiger Wind trieb dunkle Wolken über den Himmel und ließ der Sonne in der Hansestadt keine Chance. Schon die ganze Nacht über hatte es in Hamburg stark geregnet und trug so zur allgemein bedrückenden Stimmung bei.

»Wichtiger Tag, mhm?« Freja Jensen seufzte beim Anblick der Fassade des großen Gebäudes vor ihnen.

»Wichtig …« Niklas Thorsen schüttelte den Kopf. »Das trifft es nicht einmal im Ansatz.« Sein Blick ging weiter zur Ansammlung von Reportern, die den Haupteingang des Hamburger Landgerichts belagerten. »Das Medienecho der letzten Tage hat ja schon einen Vorgeschmack gegeben, was mit dem Prozessauftakt heute auf uns zukommt. Welches öffentliche Interesse und Sensationsgier befriedigt werden wollen.«

»Doktor Thorsen!« Niklas' Anwalt Michael Hubert kam auf das Paar zugeeilt und winkte. »Guten Morgen, Frau Jensen. Wie geht es Ihnen beiden? Nervös?« Auch sein Blick ging zu der Reportergruppe.

»Ich weiß, dass ich heute und in den nächsten Tagen meine Rechnung begleiche, die ich gegenüber der Kriminalpolizei offen habe«, seufzte Niklas und drückte Frejas Hand. »Meine Aussage als Gegenleistung für den Schutz vor diesen … Kriminellen. Nur, ich weiß nicht, welche Auswirkungen der Prozess vor allem psychisch nach sich zieht.«

»Es steht Ihnen natürlich frei, während Ihrer Aussage um eine Pause zu bitten. Ich bin die ganze Zeit über an Ihrer Seite und unterstütze Sie, so gut ich kann, Doktor Thorsen«, versicherte Michael Hubert und warf einen Blick auf die Uhr. »Wir müssen los, die Verhandlung soll in gut zehn Minuten beginnen.«

Andeutungsweise nickte Niklas und schloss Freja in seine Arme. »Ich rufe dich später an«, versprach er und küsste sie zaghaft.

»Müssen wir durch diese Meute?«, fragte Niklas zögerlich und sah seiner Freundin hinterher, die in Richtung der Bushaltestelle lief.

»Wir müssen leider durch die Sicherheitskontrolle, also ja, das ist unser einziger Eingang«, erklärte der Anwalt bedauernd und setzte sich in Bewegung. »Laufen Sie einfach neben mir her.«

Wieder erntete er nur ein Nicken seines Mandanten, doch Anwalt Hubert schien das nicht zu stören. Mit schnellen Schritten bahnte er sich und Niklas einen Weg durch die wartenden Reporter in das Gebäude. Stumm passierten sie die Sicherheitskontrolle, bevor sie vor dem Verhandlungssaal auf eine weitere Gruppe Reporter stießen.

»Die Presse hat großes Interesse an der heutigen Verhandlung, aber das war abzusehen«, bemerkte der Anwalt und legte Niklas eine Hand auf den Rücken.

Überforderung machte sich bei Niklas breit, hinzu kam ein Anflug von Panik bei all den Zwischenrufen nach Statements und dem Blitzlicht der Kameras.

»Kein Kommentar.« Michael Hubert lächelte professionell und machte seinem Mandanten erneut den Weg frei. »Bitte gehen Sie zur Seite … Kein Kommentar … Nein, Doktor Thorsen wird sich nicht äußern …«

All das drang wie durch Watte an Niklas' Ohr. Er fühlte sich, als wäre er nur Passagier in seinem Körper. Als würde er gar nicht so recht dazugehören.

Endlich fielen die großen Türen zum Flur ins Schloss, damit waren die Reporter für die nächsten Stunden kein Thema mehr.

»Wir müssen hier vorne hin«, wies Hubert Niklas den Weg und nahm seine Hand wieder von dessen Rücken.

»Mhm …« Niklas ließ den Blick schweifen. Frederik und sein Anwalt hatten unweit von ihm bereits Platz genommen und waren in ein Gespräch vertieft, Frederiks Stirn zierte eine steile Sorgenfalte. Davon abgesehen sah sein Freund kaum besser aus als er sich selbst fühlte. Für sie beide war das eine äußerst unerfreuliche Reise in die Vergangenheit.

»Doktor Thorsen?« Michael Hubert berührte Niklas am Arm, um ihn aus seinen Gedanken zu reißen. »Falls Ihnen das zu viel wird, dürfen Sie den Saal selbstverständlich jederzeit verlassen. Ihre Nebenklage ermöglicht Ihnen und damit mir, an der gesamten Hauptverhandlung teilzunehmen. Das bedeutet aber nicht, dass Sie persönlich die ganze Zeit über im Raum sein müssen, dafür haben Sie ja mich.«

»Danke«, brachte Niklas mühsam hervor. »Ich muss sehen, wie weit ich das hier ertrage«, meinte er zerstreut. Sein Blick ging zurück zu Frederik, der unzufrieden den Kopf schüttelte und seinem Anwalt gestenreich widersprach. »Aber danke für die Erinnerung.«

»Es geht los«, murmelte Hubert und stand auf, als die Richter den Raum betraten.

Niklas' Herz pochte heftig in seiner Brust, während er äußerlich regungslos gegen die Erinnerungen ankämpfte, die sich zurück in sein Gedächtnis schoben.

Die Worte des Richters kamen kaum bei Niklas an, stattdessen starrte er zu Frederik. Er war blass und schien den dunklen Ringen unter seinen Augen nach zu schließen zuletzt kaum geschlafen zu haben. Unruhig irrte Niklas' Blick weiter durch den Raum. Der Zuschauerbereich war bis auf den letzten Platz besetzt, was keine große Überraschung war. *Wer waren diese Menschen?*
Wer verfolgte den Prozess gegen Mittäter des Transplantationsskandals hier im Saal? Angehörige von Opfern? Wobei, das müssten eher Zeugen sein, wenn er sich richtig an die Worte seines Anwalts erinnerte. *Wie viele Familien hatte dieser Skandal in all den Jahren zerstört?*
Hätte man das nicht früher entdecken und aufhalten können?
Wie viele Menschen hätten aufmerksamere Ärzte retten können, indem sie die Häufung der Hirntoten gemeldet hätten?
Langsam glitt Niklas' Blick zur Anklagebank. Dort saßen allesamt Mittäter, aber keine Drahtzieher. Die eigentlichen Hintermänner wie Frederiks Vater Maximilian Hendriksson waren tot. Sie konnte niemand mehr zur Rechenschaft ziehen.
Konnte dieser Prozess aus Sicht der Opfer und ihrer Angehörigen überhaupt für Gerechtigkeit sorgen, wenn die Haupttäter gar nicht angeklagt waren?
Konnten Frederik und er überhaupt Frieden finden und

mit den ganzen Geschehnissen abschließen, ohne Maximilian Hendriksson verurteilt zu sehen?

Niklas hatte Zweifel daran, doch er wollte sein Mögliches tun und die Schuld der Angeklagten mit seiner Aussage untermauern. Das war ein schwacher Trost, denn mehr konnte er gerade nicht tun. Wie schon im Sommer vergangenen Jahres war er zum Zusehen verdammt, ohne echte Handlungsoptionen.

Niklas verschränkte die Arme und ließ seinen Gedanken an diese schicksalhaften Monate freien Lauf. Die Stimmen der Richter, der Anwälte und der Angeklagten drangen kaum noch an sein Ohr. Zu sehr beschäftigten ihn die Erinnerungen und katapultierten ihn um ein Dreivierteljahr zurück in die Vergangenheit. Als alles angefangen hatte und aus dem Ruder gelaufen war.

Kapitel 1

»Doktor Thorsen, übernehmen Sie bitte den nächsten RTW!«, rief Oberarzt Christian Jürgen, während er mit den Kollegen vom Rettungsdienst und ihrem Patienten in einer Notfallbox verschwand.

»Natürlich.« Automatisch zog Niklas frische Handschuhe aus dem Spender neben der Tür und lief zur Auffahrt, wo in diesem Moment ein weiterer Rettungswagen zum Stehen kam.

»Moin!« Der Notarzt stieg als Erstes aus, das Protokoll hielt er in der Hand. Die Rettungsassistenten hingegen luden schon die Trage mit der Patientin aus. »Wir bringen Melissa Döring, siebzehn, Sportunfall mit Verdacht auf Unterarmfraktur. Wir haben Metamizol intravenös verabreicht und den Arm geschient.«

»Box eins«, wies Niklas ihnen den Weg und überflog die Vitalwerte der jungen Frau auf dem Protokoll, bevor er sich seiner neuen Patientin zuwandte. »Moin, Frau Döring, ich bin Doktor Thorsen, einer der Unfallchirurgen. Sie dürfen bitte auf die Liege hier umsteigen, dann kümmere ich mich um Ihren Arm.«

Melissa Döring nickte zaghaft, ihr Blick ging immer wieder zwischen dem Notarzt und Niklas hin und her.

»Machen Sie sich keine Sorgen«, versuchte Niklas, die junge Frau zu beruhigen und Vertrauen zu ihr aufzubauen. »Ich verstehe, dass die Umgebung hier sehr einschüchternd wirkt.«

»Muss ich hierbleiben oder darf ich später nach Hause?«, fragte Niklas' Patientin den Tränen nahe.

»Das kann ich Ihnen noch nicht versprechen, Frau Döring, weil ich noch nicht weiß, wie schwer Ihr Arm tatsächlich verletzt ist«, erklärte Niklas Thorsen geduldig, obwohl die Rettungsassistenten zum wiederholten Male auf die Uhr sahen. Seine Kollegen wollten zurück zum Fahrzeug und sich für den nächsten Einsatz frei melden, doch dafür musste die junge Frau erst einmal von der Trage auf die Krankenhausliege wechseln.

»Wie wäre es damit: Sie setzen sich zu mir auf die Liege hier um, dann können die drei Kollegen wieder gehen und ich kann Ihren Arm untersuchen.«

»Aber mein Arm tut so weh«, klagte Melissa Döring ihm ihr Leid. »Ich kann mich nicht bewegen.«

»Ich stütze Ihren Arm, während Sie sich umsetzen«, schlug Niklas vor. »Kommen Sie, gemeinsam schaffen wir das.«

Zögerlich nickte die junge Frau und ließ den angehenden Unfallchirurgen nicht aus den Augen, als er sich ihrem verletzten, linken Arm näherte.

Behutsam schob Niklas seine Hände unter die Schiene und stabilisierte so den Arm, während sich Melissa Döring Stück für Stück auf die Krankenhausliege umsetzte und aufatmend gegen die aufgestellte Rückenlehne sank.

»Das hat schon mal gut geklappt«, freute sich Niklas und legte den geschienten Arm behutsam auf dem fahrbaren Beistelltisch ab.

»Alles Gute!« Der Notarzt folgte den beiden Rettungsassistenten zurück auf den Flur.

»Dann sehe ich mir den Arm einmal an«, erklärte Nik-

13

las und schnitt den Verband vorsichtig mit einer Schere auf. »Wie ist das eigentlich passiert?«, fragte Niklas und betrachtete die starke Schwellung in der Nähe des Handgelenks.

»Kennen Sie diesen Hindernisparcours über Sprossenwände, Kisten und Trampoline?«, fragte Melissa und schniefte. »Wir mussten da heute fünf Mal durchrennen und beim letzten Durchgang habe ich den Sprung vom Trampolin auf den Kasten falsch erwischt. Also bin ich nicht auf dem Kasten gelandet, sondern darüber geflogen und … auf den Boden geknallt und gegen die Wand gerutscht.«

»Sie sind also auf den Boden aufgeschlagen und gegen die Wand gerutscht«, wiederholte Niklas nachdenklich. »Sind Sie mit dem Kopf aufgekommen? Waren Sie bewusstlos? Erinnern Sie sich an alles?«

»Ich bin ganz leicht mit dem Kopf an die Wand gekommen, aber da hat mein Arm schon so heftig wehgetan«, berichtete sie. »Und ja, ich weiß noch alles.«

»Mhm … Bewegen Sie bitte die Finger«, bat Niklas seine Patientin und nickte schließlich zufrieden. »Als nächstes werden wir Ihren Arm röntgen.« Er fixierte die Schiene wieder und zog die Handschuhe aus. »Bis gleich, Frau Döring.«

Ein Pfleger würde die Schülerin gleich zur Radiologie bringen, sodass Niklas eine kleine Pause hatte. Wobei, Pause war auch der falsche Ausdruck. Er konnte sich für einen Moment um andere Patienten kümmern.

»Na? Was hast du?« Frederik Hendriksson kam Niklas auf dem Flur entgegen. »Irgendetwas, bei dem ich dir helfen kann und das nicht gleich aus dem Ruder läuft?«

14

»Siebzehnjährige mit geschlossener Unterarmfraktur. Sie ist ein bisschen verwirrt und scheint beim Sturz neben dem Arm auch auf dem Kopf aufgekommen zu sein. Könntest du dir die Patientin bitte ansehen, wenn sie vom Röntgen zurück ist?« Niklas musterte seinen besten Freund von der Seite, nachdem er keine Reaktion auf seine Anfrage bekommen hatte. »Frederik? Ist alles in Ordnung? Was war bei dir vorhin los?«

»Äh, ja, kann ich machen, gibt mir einfach Bescheid.« Frederik räusperte sich und sah angestrengt zu Boden. »Was ist los?« Niklas blieb hartnäckig. Klar, sie hatten alle immer wieder schwierige Fälle und Schicksale, die einen mehr berührten, doch Frederik wirkte heute besonders angeschlagen.

»Hirntod auf der ITS.« Frederik schüttelte den Kopf. »Schon der zweite in dieser Schicht und schon wieder ein junger Patient, bei dem das nicht vorhersehbar war. Das macht mich noch verrückt, weil ich das Gefühl habe, dass ich irgendetwas falsch gemacht habe.«

»Das ist scheiße, wenn sich das so häuft und man sich dann selbst so anzweifelt.« Niklas seufzte. »Was sagt denn Hanson dazu?

»Hanson?« Frederik lachte freudlos auf. »Der findet das alles völlig normal und meint, so etwas könne schon mal vorkommen. Aber was habe ich erwartet? Der Mann hat die Feinfühligkeit einer Asphaltfräse.«

»Sag ihm das besser nicht direkt«, kicherte Niklas und entdeckte Oberarzt Christian Jürgen auf dem Weg in das Arztzimmer der Notaufnahme. »Ich muss weiter und rufe dich an, wenn meine Patientin zurück ist.«

»Ich bleibe in der Nähe, in den OP geht es für mich heute ohnehin nicht mehr.« Frederik schlurfte mit hängenden Schultern in Richtung der Teeküche, während Niklas seinem Oberarzt folgte.

»Doktor Jürgen? Haben Sie einen Moment?«, rief er und setzte sich an einen der Computerarbeitsplätze. Vielleicht hatte er Glück und die Röntgenaufnahmen von Melissa Döring waren bereits im System.

»Worum geht es? Welchen Fall haben Sie vom Notarzt übernommen?« Auch Christian Jürgen suchte nach den digitalen Röntgenaufnahmen seines Patienten.

»Geschlossene Unterarmfraktur nach einem Sportunfall.« Niklas lehnte sich zurück und betrachtete den Bruch auf dem Bildschirm. »Ich sehe keine OP-Indikation, den Bruch kann man so ausrichten und den Arm ruhigstellen. Oder beurteilen Sie das anders?«

Der Oberarzt rollte mit seinem Stuhl näher zu Niklas und sah mit zusammengekniffenen Augen auf den Bildschirm. »Wie alt ist der Patient?«

»Siebzehn …« Niklas veränderte den Kontrast noch einmal. »Der Bruch hat saubere Kanten und …«

»Ja, man könnte konservativ herangehen«, stimmte ihm Doktor Jürgen zu. »Legen Sie einen Draht unter Narkose, das halte ich für die bessere Wahl.«

»Einen Draht …«, wiederholte Niklas und legte den Kopf schief. »Ich denke, dass mein Ansatz genauso funktionieren kann.«

»Möglicherweise.« Sein Ausbilder schüttelte den Kopf. »Der Bruch ist aber recht nah am Handgelenk. Da fahren Sie mit einem Draht besser. Machen Sie es nicht komplizierter als es ist, Thorsen. Ihr junger Patient verkraftet eine OP und ist gleich wieder auf den Beinen.«

»Mhm… dann ist das für Sie also eine Erfahrungs-Entscheidung?«, wollte Niklas nicht überzeugt wissen. Er hielt seinen Ansatz immer noch für die bessere Wahl, doch solange er seine Facharztprüfung nicht abgelegt hatte, musste er sich im Zweifel der Meinung seines Oberarztes beugen.

»Wenn Sie so wollen, ja.« Christian Jürgen stand auf. »Ich muss zurück zu meinem Patienten, Ihnen viel Erfolg für die OP. Meine Hilfe brauchen Sie bei so einem Eingriff längst nicht mehr.«

»Danke.« Niklas schüttelte den Kopf und zog das Diensttelefon aus seiner Kitteltasche. »Ich warte noch das Urteil der Neurologen ab, dann buche ich den OP.«

Die OP-Freigabe von Frederik war Formsache, sodass Niklas die Schülerin über den Behandlungsplan aufklären konnte.

»Ich will nicht operiert werden!«, schluchzte sie.

»Sie bekommen erst einmal ein Schmerzmittel von mir, Frau Döring«, erklärte Niklas ruhig und ließ sich von der Pflegerin eine Spritze aufziehen. »Und bevor wir Sie operieren dürfen müssen Ihre Eltern zustimmen, da Sie noch minderjährig sind. Haben Sie Ihre Eltern schon informiert, dass Sie einen Unfall hatten?«

Die Schülerin war kaum zu beruhigen, doch mit der einsetzenden Wirkung des Schmerzmittels wurde sie etwas schläfrig und ruhiger.

»Können Sie mir eine Telefonnummer Ihrer Eltern geben, damit ich sie anrufen kann?«, versuchte es Niklas erneut.

»Im Handy …« Melissa Döring lächelte geistesabwesend. »Alles … ist … im Handy …« Sie schob ihm bereitwillig das Gerät zu. »Tolles Handy … hat alles … gespeichert …«

17

»Darf ich?« Niklas schmunzelte, denn solche Reaktionen auf das Schmerzmittel kannte er gut, und rief das Telefonbuch auf. Die Nummer von Melissas Eltern war rasch gefunden.

»Handy ...« Melissa streckte ihm ihre rechte Hand entgegen. »Bitte ...« Sie sah ihn aus großen Augen an.

»Klar.« Niklas legte das Handy in ihre Handfläche und lauschte dem Freizeichen, nachdem er die Nummer in sein Diensttelefon eingegeben hatte. »Herr Döring? Hallo, ich bin Doktor Thorsen und behandle gerade Ihre Tochter ...«

Die Eltern von Melissa Döring hatten sich sofort auf den Weg zu ihrer Tochter gemacht, die inzwischen auf die unfallchirurgische Station verlegt worden war.

»Familie Döring, hallo.« Niklas schloss die Tür des Patientenzimmers hinter sich und zog den Aufklärungsbogen für die Operation sowie den Ausdruck der Röntgenaufnahme aus seiner Kitteltasche. »Ich bin Doktor Thorsen, wir hatten vorhin telefoniert.«

Melissas Vater nickte ungeduldig. »Unsere Tochter muss also operiert werden? Gibt es denn keine anderen Möglichkeiten?«, fragte er.

Niklas seufzte innerlich, doch nach außen hin ließ er sich nicht anmerken, dass er mit dem Behandlungsplan des Oberarztes nicht komplett einverstanden war. »Nein, es tut mir leid. Der Bruch ist sehr nah am Handgelenk, deswegen ist eine Operation die beste Möglichkeit«, erklärte er und zeigte ihm das Röntgenbild. »Sehen Sie? Hier ist die Bruchkante ...«

»Welche Risiken gibt es?«, wollte Melissas Vater wissen und griff schon nach dem Kugelschreiber, um das

Einwilligungsformular für die Operation zu unterschreiben.

Die OP-Aufklärung von Melissa und ihren Eltern war recht unkompliziert vonstatten gegangen, sodass sich Niklas wieder in das Arztzimmer der Station zurückzog. Die große Anzahl an Patienten in der Notaufnahme hatte mit zunehmendem Tagesverlauf immer größeren Einfluss auf die verfügbaren Operationssäle und Chirurgen. Alle nicht lebensbedrohlich verletzten Patienten wurden immer weiter nach hinten verschoben.

»Na?« Frederik Hendriksson klopfte an den Türrahmen des Arztzimmers auf der unfallchirurgischen Station. »Wie ist die Lage? Die Unterarmfraktur ist ja immer noch nicht operiert.«

»Immer noch nicht, du sagst es.« Niklas seufzte und nahm die Hände von der Tastatur. »Sie wartet seit fünf Stunden auf die OP und wird wahrscheinlich erst morgen an der Reihe sein. Die Säle sind voll und ich kann den Eingriff schlecht im Patientenzimmer durchführen.« Er drehte sich mit dem Stuhl komplett zu seinem Freund um. »Was machst du eigentlich hier? Versuchst du, Hanson noch weiter aus dem Weg zu gehen als ohnehin schon?«

»Das auch.« Frederik lachte und fuhr sich durch das zerzauste blonde Haar, dass ihm schon wieder in die Stirn fiel. »Nein, ich habe erneut nach deiner Patientin gesehen. Hanson besteht neuerdings darauf, dass wir noch engere Verlaufskontrollen machen als ohnehin schon.« Er verdrehte die Augen. »Na ja, und der Blick auf die Uhr zeigt, dass wir beide eigentlich seit über einer Stunde Feierabend hätten, deswegen wollte ich dich fragen, ob wir den vielleicht gemeinsam genießen wollen?«

Niklas schmunzelte. »Wie könnte ich zu so einem charmanten Angebot *Nein* sagen? Ich bin mit den Entlassungsbriefen gleich durch, gib mir bitte noch eine Viertelstunde.«

»Klar, kein Problem. Ich muss bei uns auf Station auch noch Übergabe machen. Treffen wir uns in einer halben Stunde am Haupteingang?«

Kapitel 2

»Stell dir vor, wer heute noch länger bleibt als ich.« Niklas schloss seinen Wagen auf und öffnete die Fahrertür. »Christian Jürgen höchstselbst.«

»Mister Ich-Mache-Immer-Auf-Die-Minute-Pünktlich-Feierabend bleibt freiwillig länger? Welcher mordswichtige Patient hat denn das Vergnügen?«, fragte Frederik überrascht und stieg auf der Beifahrerseite ein. »Muss ja ein richtig cooler Eingriff sein, wenn Jürgen länger bleibt.«

»Er macht den Unterarm von Melissa Döring.« Niklas setzte sich hinter das Steuer und startete den Motor. »Es ist eine banale Unterarmfraktur, dafür braucht er wahrscheinlich keine Viertelstunde.«

»Die Oberärzte haben heute alle einen Knall, wenn du mich fragst.« Frederik schüttelte den Kopf und seufzte. »Hanson hat gerade noch CT-Aufnahmen ausgewertet, obwohl er nicht einmal Bereitschaft hat. Keine Ahnung, welche Nadel in welchem Heuhaufen er mal wieder sucht.«

»Ein seltsamer Tag«, bestätigte Niklas und setzte den Wagen rückwärts aus der Parklücke. »Wohin soll es gehen? Bar, Restaurant, Club, ein romantisches Picknick am Elbufer?«

Frederik lachte müde. »Mir würde ein Bier bei dir völlig reichen, ich bin heute anspruchslos.«

»Kenne ich dich überhaupt anspruchsvoll?«, gab Niklas schmunzelnd zurück und hielt kurz an der Parkplatzschranke, dann konnten sie den Heimweg fortsetzen. »Na ja, egal, ich habe Bier kaltstehen und Freja arbeitet, wir sind also erst einmal unter uns.«

Während der kurzen Fahrt schwiegen beide Assistenzärzte und ließen ihren Arbeitstag noch einmal still Revue passieren. Erst auf Niklas' Balkon mit einer Flasche Bier in der Hand stellte sich so etwas wie Entspannung ein.

»Dir gehen die beiden Hirntoten nicht recht aus dem Sinn, mhm?«, vermutete Niklas und streckte die langen Beine von sich.

»Weil es für mich keinen Sinn macht. Ich meine, das waren junge, gesunde Menschen in unserem Alter und ohne Vorerkrankungen. Da erwartest du nicht unbedingt, dass du sie für tot erklären musst.« Frederik seufzte, betrachtete seine Bierflasche mit gerunzelter Stirn und trank dann in großen Schlucken.

»Und doch passiert es manchmal.« Niklas ließ den Blick über den leicht bewölkten Abendhimmel gleiten. Ein wunderbarer Sommerabend mit angenehmen Temperaturen, der perfekte Kontrast zum Klinikalltag. »Ich weiß, dass solche Aussagen blöd sind und einem kein Stück weiterhelfen. Aber ...«

»Ich glaube nicht mehr, dass es Zufälle sind«, unterbrach Frederik ihn. »Es ist unwahrscheinlich, dass so viele Patienten zur Organspende freigegeben werden, oft stimmen dem die Angehörigen gar nicht zu oder die Patienten kommen doch nicht mehr für eine Spende infrage. Warum ist das jetzt anders? Die ganze Sache stinkt zum Himmel, nur macht jeder einen großen Bogen herum und schweigt aus welchen Gründen auch immer.«

»Mhm …« Niklas drehte die Flasche in seinen Händen. »Bist du dir sicher, dass da etwas nicht stimmt und du nicht nur misstrauisch bist, weil dein Vater für die Organtransplantationen zuständig ist? Ich meine, ihr beide …«

»Ja, ich weiß, wir sind nicht gerade ein Herz und eine Seele.« Schon wieder unterbrach Frederik seinen besten Freund. »Und ich weiß auch, wie dieser Verdacht auf Außenstehende wirkt. Nur, ich habe das drängende Gefühl, etwas unternehmen zu müssen. Es geht um unsere Patienten, Niklas, wie können wir da wegsehen und hinnehmen, dass sie umgebracht werden, um ihre Organe transplantieren zu können?«

»Was willst du denn tun? Deinen Vater direkt ansprechen wird nicht gerade helfen …«

»Nein, das wäre die dümmste Idee, die man haben kann. Er würde alles abstreiten und seine Wut allein über diese Unterstellungen an mir auslassen.« Frederik lachte freudlos. »Nein, so kann ich das nicht angehen. Ich brauche Fakten, mit denen ich ihn konfrontieren kann.«

»Also bleibt uns nichts anderes übrig, als die Fälle und damit die Krankenakten von verdächtigen Hirntoten auf Unregelmäßigkeiten hin durchzugehen?«, vermutete Niklas, trank sein Bier aus und stellte die leere Flasche auf den Tisch zwischen ihnen.

»Uns?« Frederik musterte ihn undurchdringlich.

»Ich bin dabei, auch wenn ich mir noch nicht sicher bin, ob du dich da nicht in irgendetwas verrennst«, versicherte Niklas, stand auf und deutete auf Frederiks

Flasche. »Trinkst du noch eins mit oder schwächelst du schon?«

»Danke.« Frederik nickte. »Ich meine, Danke für alles. Dass du mich nicht gleich als Spinner abtust.«

»Für so etwas hat man Freunde, mhm?« Niklas holte zwei frische Flaschen aus dem Kühlschrank und setzte sich dann wieder. »Gib mir mit dem Thema ein paar Tage Zeit, ich habe jetzt einige Nachtschichten und Bereitschaftsdienste vor mir. Aber ab nächstem Mittwoch habe ich wieder etwas mehr Luft.«

»Klar.« Frederik prostete ihm zu. »Auf die paar Tage kommt es auch nicht mehr an.«

»Vermutlich nicht, nein.« Niklas schmunzelte und wechselte dann das Thema. »Du hast es vorhin schon angedeutet, dass es mit deinem Vater wieder gekracht hat. Worum ging es dieses Mal? Wo mischt er sich diese Woche überall ein?«

»Du weißt ja von Caroline«, begann Frederik verlegen, seine Wagen färbten sich augenblicklich in äußerst gesundem Rotton. »Und irgendwoher muss Vater spitzgekriegt haben, dass ich sie ein paar Mal im Patientenzimmer besucht habe. Er ist richtig ausgerastet und hat Hanson als seinen Bluthund vorgeschickt, um mich zu bestrafen. Ist das zu glauben? Hanson schließt mich von OPs aus, weil ich Caroline abends besucht habe.«

Niklas runzelte die Stirn. »Das ist schon eigenartig«, gab er zu. »Woher weiß er überhaupt, dass du sie besucht hast? Er wird wohl kaum im Flur gewartet und dir hinterher spioniert haben …«

»So etwas macht er doch nicht selbst, wo denkst du hin?« Frederik verdrehte die Augen. »Für solch niederen Tätigkeiten hat er doch Handlanger …«

»Stimmt, wie bin ich nur auf solche Gedanken gekommen?« Niklas übernahm den Spott aus Frederiks Tonfall und schüttelte schon wieder den Kopf. »Nein, aber im Ernst, Frederik, irgendjemand spioniert dir hinterher und hat große Freude daran, dich bei deinem alten Herrn zu verpetzen. Das kann nicht gutgehen, wenn du mich fragst.«

»Und was soll ich machen?« Frederik schüttelte den Kopf. »Mir ist klar, dass ich überwacht werde, aber das kenne ich von meinem Herrn Vater nicht anders. Und es ist über die Jahre kontinuierlich schlimmer geworden, vor allem seit Mama so viel auf Tourneen ist.«

»Mhm …« Niklas schüttelte den Kopf. »Du weißt, dass ich mich bei deiner Familie sehr mit Kommentaren zurückhalte, aber eure scheinende Fassade lässt inzwischen ganz schön tief blicken.«

»Ich hasse diese Fassade und jegliche Kommentare dazu.« Frederik warf ihm einen finsteren Blick zu. Seine Miene hellte sich jedoch sofort wieder auf, als die Wohnungstür ins Schloss fiel und Niklas' Freundin Freja einen Moment später zu ihnen auf den Balkon kam.

»Na ihr?«, fragte sie und gab Niklas einen kurzen Begrüßungskuss, anschließend umarmte sie Frederik, der inzwischen aufgestanden war. »Habt ihr mir ein Bier übriggelassen?«

»Ich hole dir gern eine frische Flasche«, bot Niklas an und stand ebenfalls auf.

»Was macht die Theaterwelt?«, fragte Frederik und musterte Freja nachdenklich. An sich war er froh über den Themenwechsel, denn Niklas und er hatten sich inhaltlich festgefahren.

»Drama auf der Bühne, Drama hinter den Kulissen, der ganz normale Wahnsinn«, berichtete Freja lachend. Sie lehnte sich an die Brüstung und streckte die Arme aus. »Es ist ein großes Irrenhaus, aber ich liebe es.«

»Irrenhäuser gibt es in der Stadt einige«, bemerkte Frederik und hob den Blick, als Niklas zu ihnen zurückkehrte. »Aber aus Neugierde, mit welchen Geschichten kannst du uns erheitern? Bei dir dürfte es etwas unblutiger zugehen als bei uns.«

Kapitel 3

»Was soll das heißen?« Niklas überflog die letzten Ein-
tragungen in der Krankenakte von Melissa Döring. »Sie
hat nicht geraucht, keine Medikamente genommen,
sie war kerngesund. Wie konnte es zu so einer Hirnblutung kommen?«

»Manche Verläufe sind nicht vorhersehbar«, erklärte
Neurochirurg Benett Hanson knapp. »Doktor Thorsen,
ich weiß, für Sie als Unfallchirurg sind Hirnblutungen
noch unangenehmer als für uns Neurochirurgen. Vor
allem wenn die Blutung auftritt, nachdem Sie so viel
Arbeit in die Knochen der Patienten investiert haben.
Aber, daran können wir alle leider nichts ändern.«

Niklas starrte den Oberarzt wütend an. »Das ist alles,
was Sie zu sagen haben?« Er schüttelte den Kopf und
verließ den Raum eilig, bevor er noch etwas Unüber-
legtes sagte. Doktor Hanson hatte so eine überhebli-
che Art, mit der er ihn innerhalb von drei Sätzen auf
die Palme bringen konnte.

Im Flur atmete Niklas tief durch, dann betrat er eines
der Patientenzimmer auf der Intensivstation, wo Melissa Döring seit zwei Tagen behandelt wurde.

»Doktor Thorsen, hallo.« Melissas Vater sah kurz auf
und seufzte dann schwer.

»Wie geht es ihr?«, fragte Niklas mit belegter Stimme
und kam langsam näher. »Doktor Hanson hat mich gerade über den jüngsten Verlauf informiert. Es tut mir

leid, wie sich …« Er brach ab. Was sollte er groß sagen? Er begriff ja selbst nicht, wie es so weit hatte kommen können.

»Doktor Hanson … er hat Melli gestern noch einmal operiert und die Blutung entfernt, so gut es ging. Aber er … er meinte auch …« Herrn Dörings Stimme brach. »Man weiß nicht, in welchem Zustand Melli wieder aufwachen wird. Falls sie wieder wach wird ist es sehr sicher, dass sie Einschränkungen …« Er schluchzte und klammerte sich an die rechte Hand seiner Tochter.

Niklas schluckte schwer. »Doktor Hanson hat mir die Aufzeichnungen und CT-Bilder gezeigt, die Hirnblutung Ihrer Tochter war sehr ausgedehnt. Da grenzt es an ein Wunder, dass sie überhaupt noch lebt. Aber Ihre Tochter ist jung, Sie kann sich zurückkämpfen.«

»Danke, Doktor Thorsen.« Melissas Vater räusperte sich. »Danke schön …«

Der Besuch auf der Intensivstation hatte Niklas nachdenklich gemacht.

Konnte es tatsächlich sein, dass Frederiks Verdacht begründet war und Organspenden manipuliert worden waren?

Hätte Melissa Döring auch zu einer Organspenderin gemacht werden sollen?

War etwas schiefgegangen?

Er hatte ein ungutes Gefühl bei der Sache, doch jetzt konnte er sich nicht damit beschäftigen.

Er hatte einen Job zu erledigen, die Notaufnahme war voller Patienten und weitere Rettungswagen bereits angekündigt.

Niklas standen arbeitsreiche vierundzwanzig Stunden

bevor. An sich nicht verkehrt, so kam er nicht zu sehr ins Grübeln.

»Was liegt an?«, fragte Niklas und nahm das Diensttelefon aus der Ladeschale im Arztzimmer der Notaufnahme. »Was habt ihr an unfallchirurgischen Patienten für mich?«

»Fußverletzung in der Drei, eine Platzwunde mit Verdacht auf Gehirnerschütterung in der Fünf und ein Rettungswagen hat sich für in zwanzig Minuten angekündigt«, zählte der diensthabende Chirurg auf. »Viel Spaß damit, ich muss zu einem Notfall auf die Station.«

»Klar, danke.« Niklas sah ihm kurz hinterher, dann machte er sich auf den Weg zum ersten Patienten. »Moin, mein Name ist Thorsen. Ich bin einer der Unfallchirurgen«, stellte er sich routiniert vor und sah seinen Patienten auf der Liege kritisch an. Der junge Mann tippte eifrig auf seinem Handy herum. »Das Handy sollten Sie hier ausschalten«, erklärte der Assistenzarzt und griff nach dem Aufnahmebogen. »Was ist passiert?«

»Ich bin ausgerutscht und hingefallen«, nuschelte der Mann und verstaute sein Handy widerwillig in der Jackentasche. »Können Sie mich nicht einfach versorgen und ich gehe wieder nach Hause?«

Niklas griff nach frischen Handschuhen und musterte die Platzwunde am Hinterkopf. »Wo sind Sie denn hingefallen?«

»U-Bahn-Station.« Der junge Mann war nicht gerade in Gesprächslaune. »Können Sie nicht einfach Ihren Job machen, damit ich nach Hause gehen kann?«

»Wir machen eine Röntgenaufnahme, danach sehen wir weiter.« Niklas blieb unverbindlich und bedeutete dem Pfleger vor der Kabine, den Patienten zum Röntgen zu bringen.

Rasch zog er die Handschuhe aus und ging in die Notfallkabine gegenüber. »Moin, Thorsen mein Name, was ist Ihnen passiert?«, wollte der Assistenzarzt wissen und reichte der Patientin die Hand.

»Ich bin auf der Treppe umgeknickt, weil ich die letzte Stufe übersehen habe«, erklärte die Dame Ende fünfzig und lachte verlegen. »Das passiert mir sonst nie, aber heute ... Ich weiß auch nicht ...«

»Das kann schon mal passieren.« Niklas sah auf den stark geschwollenen Knöchel seiner Patientin. »Ich untersuche das Gelenk, aber wir werden zur Sicherheit ein Röntgenbild anfertigen, um einen Bruch auszuschließen.« Schon tastete er den Knöchel ab und bewegte das Gelenk vorsichtig. »In Ordnung, warten wir mal auf die Bilder, dann sehen wir weiter«, informierte Niklas seine Patientin und griff sich in die Tasche. Schon wieder klingelte sein Telefon. »Thorsen?« Niklas verließ die Notfallkabine. »Ja, ich bin unterwegs.« Schon eilte der angehende Unfallchirurg zur Rampe für die Rettungswagen. Einen Moment später wurde der nächste Patient ausgeladen.

»Moin«, grüßte der Notarzt und kam auf Niklas zu. »Wir bringen eine unbekannte weibliche Patientin. Sie wurde bewusstlos an den Landungsbrücken gefunden. Erweckbar durch starke Schmerzreize. Keine Zeugen, die uns in irgendeiner Weise helfen könnten.«

»Okay, lagern wir sie um.« Niklas zog den Vorhang zur Notfallbox zurück und half gemeinsam mit einem Pfleger, die Patientin umzulagern.

Den Patienten mit der Platzwunde hatte Niklas auf eigene Verantwortung wieder entlassen, der Mann hatte alle dafür nötigen Papiere unterschrieben. Noch dazu war es sein gutes Recht, die weitere Behandlung oder Überwachung abzulehnen.

Auch die Patientin mit dem verstauchten Knöchel war wieder auf dem Heimweg, während die unbekannte Patientin stationär aufgenommen worden war. Um sie würden sich die Kollegen aus anderen Fachrichtungen kümmern, sie hatte zumindest kein unfallchirurgisches Problem.

An Patienten mangelte es Niklas dennoch nicht, er arbeitete die ganze Nacht durch und kam erst kurz vor der Schichtübergabe endlich zur Ruhe.

Zwei Operationen und unzählige, oftmals alkoholisierte Patienten in der Notaufnahme mit Platzwunden hatten ihn wachgehalten, doch langsam krochen Erschöpfung und Müdigkeit in seinen Körper. Hinzu kam die Verspannung im oberen Rücken, die ihn seit der ersten OP um Mitternacht begleitete. Inzwischen verteilten sich die Schmerzen gleichmäßig über seinen Rücken und den Brustkorb, daran hatte auch eine Schmerztablette langfristig nichts ändern können. Vermutlich sollte er sich da in den nächsten Tagen etwas schonen und Termine zur Physiotherapie vereinbaren. Ein Thema für seine freien Tage, jetzt sehnte er sich einfach nur nach dem Feierabend und seinem Bett.

Die Schichtübergabe mit den Kollegen aus dem Frühdienst war rasch erledigt, sodass Niklas zu seinem letzten Termin für diesen Tag gehen konnte.

»Guten Morgen, Doktor Thorsen. Wie war die Nacht?«
Sein Chef, Professor Schneider, sah fit und ausgeruht aus und musterte den Assistenzarzt aufmerksam.
»Viel zu tun, aber soweit nichts Ungewöhnliches.« Niklas zuckte mit den Schultern und setzte sich dem Chefarzt gegenüber an den Besprechungstisch. Aufatmend wartete er, bis der Schmerz in seinem Brustkorb nachließ, dann zog er das Logbuch seiner Facharztausbildung aus der Kitteltasche und reichte es Professor Schneider.
»Sie sind durch mit dem Themenkatalog«, stellte der Chefarzt erfreut fest. »Doktor Jürgen und Doktor Walther haben ihre Einschätzungen bereits abgegeben. Ihre Kollegen sind mit Ihrer Arbeit sehr zufrieden, Doktor Thorsen, und ich bin es auch.«
Niklas' Mundwinkel zuckten, doch das Lächeln hatte es schwer, gegen die Müdigkeit anzukommen.
»Melden Sie sich zur Facharztprüfung an, den genauen Prüfungstermin legt die Ärztekammer fest.« Professor Schneider lächelte und schob ihm das Logbuch wieder zu. »Falls Sie Fragen zum Antrag haben, wenden Sie sich bitte an Doktor Jürgen, er betreut unsere angehenden Fachärzte zu diesem Thema.«
»Mache ich.« Nur mit Mühe unterdrückte Niklas ein Gähnen.

Die übermächtige Müdigkeit und die hartnäckigen Rückenschmerzen machten den Nachhauseweg für Niklas anstrengender als nötig und erforderten all seine Konzentration, um im einsetzenden Berufsverkehr keinen Unfall zu verursachen. Gut, dass er nicht weit zu fahren hatte.

Auf dem Weg von der Tiefgarage nach oben in seine Wohnung fielen ihm immer wieder die Augen zu, gleichzeitig hielt ihn sein Rücken wach. Als hätte er sich einen Nerv eingeklemmt ... vielleicht half später eine heiße Dusche oder ein Wärmepflaster ...

»Guten Morgen.« Freja empfing ihren Freund im Flur und schloss ihn in die Arme, bevor sie ihm einen zärtlichen Kuss gab. »Wie war die Schicht? Und wie lief das Gespräch mit Professor Schneider? Darfst du endlich zur Facharztprüfung antreten?«

Niklas gähnte ausgiebig hinter vorgehaltener Hand. »Lange Nacht gehabt, ich hatte keine fünf ruhigen Minuten«, meinte er kurz angebunden und zog sich die Schuhe aus. »Aber der Chef ist zufrieden und lässt mich zur Prüfung zu. Der Termin wird von der Ärztekammer festgelegt ...« Schon wieder gähnte er. »Das Ziel ist endlich in Sicht, bald ...«

Freja streichelte ihm über die Wange. »Leg dich ins Bett, Schatz. Du schläfst ja schon im Stehen. Später reden wir über alles, ja?«

»Danke.« Niklas küsste sie auf die Stirn und zog auf den Weg ins Schlafzimmer sein T-Shirt aus. Vor dem Bett ließ er die Hose achtlos zu Boden fallen, dann sank er auch schon auf sein Kissen und atmete entspannt aus. Oh ja, so ließ das Ziehen in seinem Rücken endlich nach. Eine Wohltat nach den vergangenen Stunden.

»Schlaf gut.« Freja streichelte ihm mit den Fingerspitzen über den Rücken, küsste ihn zwischen die Schulterblätter und ließ ihn dann allein.

Die Rückenschmerzen rissen Niklas am frühen Abend aus seinem tiefen, traumlosen Schlaf der Erschöpfung, sodass ihn sein erster Weg in das Badezimmer unter die heiße Dusche führte. Seine verspannte Muskulatur ließ sich mit einigen Bewegungsübungen für Schultern und Nacken weiter lockern, doch gegen die Schmerzen würde wohl vorerst nur ein Medikament helfen.

»Guten Morgen.« Niklas betrat das Wohnzimmer nur mit einem Handtuch um die Hüften und betrachtete seine Freundin lächelnd.

»Hey.« Freja legte ihr Buch beiseite und stand vom Sofa auf. »Ausgeschlafen?« Sie musterte ihn prüfend. »Wirklich fit siehst du nicht aus, geht es dir gut?«

»Ich bin noch etwas müde.« Niklas schloss sie in die Arme und küsste sie zärtlich. Seine Freundin drängte sich sofort enger an ihn. Ruhelos glitt Niklas mit seinen großen Händen über Frejas Rücken. »Ich liebe dich«, flüsterte er an ihrem Ohr, bevor er mit seinen Lippen weiter über ihren Hals wanderte.

»Ich liebe dich auch.« Freja schauderte unter seinen Berührungen, gleichzeitig erkundete sie Niklas' Körper mit ihren Händen. Seine Brust war noch leicht feucht von der Dusche. Ein Wassertropfen aus seinem Haar rann über Niklas' muskulöse Schulter und zog Frejas Aufmerksamkeit auf sich. Mit den Fingerspitzen zeichnete sie die Spur des Tropfens nach und küsste Niklas schließlich mitten auf die nackte Brust.

»Du genießt es, mich so betteln zu lassen?«, stöhnte Niklas, als Freja mit ihren Händen tiefer wanderte und über sein Handtuch streichelte. Ruckartig bewegte er sich ihr entgegen und atmete zunehmend schwer. Er wollte mehr. Er wollte sie ganz.

»Ich genieße noch ganz andere Sachen«, beteuerte

Freja, fiel auf die Knie und löste sein Handtuch. »Das hier zum Beispiel.« Sie streifte mit ihren Lippen eine empfindliche Stelle an Niklas' Oberschenkel und entlockte ihm ein lautes Aufstöhnen. Schon grub sich seine Hand in ihr kurzes Haar und verhinderte so, dass sie sich ihm entziehen konnte.

»Ich. Will. Dich. Jetzt«, brachte Niklas abgehackt hervor und ließ sie wieder los. »Zieh dich aus«, forderte er.

Freja stand langsam auf und sah ihm lächelnd in die Augen. Betont langsam zog sie sich das T-Shirt über den Kopf und ließ es zu Boden fallen.

Ungeduldig leckte sich Niklas über die Unterlippe, seine Selbstbeherrschung focht einen ungleichen Kampf gegen das Verlangen aus.

Schon machte Niklas einen Satz auf seine Freundin zu, küsste sie leidenschaftlich und öffnete gleichzeitig den BH. Einen Moment fielen Frejas Shorts samt Unterwäsche zu Boden.

»Was jetzt?«, wollte Freja herausfordernd wissen und räkelte sich verführerisch auf dem Sofa vor ihm.

Niklas senkte seine Lippen auf die zarte Haut ihrer Brüste und atmete ihren Duft tief ein. Er brauchte Freja, er wollte sie spüren.

Kapitel 4

Die Rückenschmerzen waren bis zur nächsten Schicht deutlich besser geworden, doch ganz vertreiben ließen sie sich nicht, wie Niklas verärgert und genervt feststellte.

»Ah, Doktor Thorsen!« Professor Schneider erwartete Niklas bereits im Stationszimmer der Unfallchirurgen. »Doktor Weitz fällt krankheitsbedingt aus, Sie übernehmen deswegen das Schockraumtelefon. Bei Fragen ist Doktor Jürgen in Bereitschaft.«

»Danke.« Niklas verstaute das zweite Telefon in seiner Kitteltasche und überflog den OP-Plan.

»Ihre Operationen habe ich auf die nächsten beiden Tage verschoben«, fuhr der Chefarzt fort. »Sie operieren heute nur Schockraumpatienten und betreuen ansonsten die Notaufnahme.«

»Mhm, danke.« Niklas hob den Blick und wandte sich dann zum Gehen. Sein ganzer Tagesplan hatte sich verschoben, darauf musste er sich um halb sieben Uhr morgens erst einmal einstellen.

»Visite ist in einer Viertelstunde, falls Sie bis dahin nicht anderweitig gebraucht werden«, informierte ihn Professor Schneider noch und blätterte in einer Krankenakte.

»Klar.« Mit einem müden Lächeln verließ Niklas das Stationszimmer und holte sich einen Kaffee. So viel Zeit sollte … Das Schockraumtelefon unterbrach seine

Gedanken und ließ die Vorfreude auf den heißen Wachmacher gleichzeitig platzen.

»Ich bin unterwegs«, versprach Niklas, ließ seine unangetastete Kaffeetasse auf der Anrichte stehen und machte sich eilig auf den Weg hinunter in das Erdgeschoss. Fünf Minuten Zeit hatte er, dann sollte der Patient eingeliefert werden.

»Morgen!«, rief Niklas beim Betreten des Schockraumes, zog seinen weißen Kittel aus und schlüpfte in die Bleiweste mit der Aufschrift *Unfallchirurgie*. All diese Handgriffe waren ihm in den letzten Jahren in Fleisch und Blut übergegangen, sodass er nicht darüber nachdenken musste.

»Angekündigt ist ein Motorradfahrer, der den Kürzeren gegen einen PKW gezogen hat«, berichtete Annika Vogel, die den Schockraum heute leitete. »Der Notarzt hat schon einen Kurzüberblick gefunkt, demnach sind das rechte Bein und das Becken ein einziges Puzzle mit hohem Blutverlust.«

»Kopfverletzung?«, fragte Niklas weiter und schloss die Klettverschlüsse der Weste.

»Dazu hat der Notarzt nichts gesagt.« Seine Kollegin zuckte mit den Schultern. »Der Kopf dürfte nicht das primäre Problem sein.«

»Was liegt an?« Doktor Hanson kam im Laufschritt in den Schockraum geeilt, Frederik Hendriksson folgte ihm. Auch die Neurochirurgen schlüpften routiniert in die Bleiwesten.

Bevor jemand antworten konnte, kam der Notarzt herein, ihm folgten Rettungsassistenten mit der Trage.

»Moin zusammen.« Der Notarzt sah kurz in die Runde

und konzentrierte sich dann auf das Protokoll. »Wir bringen Thomas Frei, siebenundvierzig, mit dem Motorrad frontal mit einem PKW zusammengestoßen. Er ist nach dem Aufprall gut fünf Meter weit geflogen und auf dem Asphalt aufgeschlagen. Bislang keine Anzeichen für eine Hirnblutung, dafür diverse Brüche: Becken, rechtes Bein, Rippen rechtsseitig und rechter Arm. Wir haben die Brüche geschient und den Patienten intubiert.«

»In Ordnung.« Niklas nahm das Protokoll entgegen und studierte die Vitalparameter seines Patienten. Ihm standen anstrengende Stunden im OP bevor, so viel konnte man schon sagen.

Nach dem Umlagern wurde sofort ein CT angefertigt. Die Ärzte scharten sich ungeduldig um den Bildschirm, während der Radiologe ein Seufzen unterdrückte. Er hasste es, wenn ihm das Schockraum-Team im Nacken hing.

»Keine Blutung im Kopf«, urteilte der Radiologe und sah die Schnittaufnahmen konzentriert durch. »Das Becken hingegen blutet ordentlich.«

Niklas verschränkte die Arme. Die zahlreichen Brüche würde er ohne weitere Unfallchirurgen kaum versorgen können. Er griff zum Telefon, entfernte sich einige Schritte von der Gruppe und informierte Christian Jürgen in der Hintergrundbereitschaft. Er würde jede helfende Hand brauchen.

Zurück am Patienten beurteilte Niklas die Rippenfrakturen und sah sich nochmal die aktuellen Vitalparameter an.

»Er geht direkt in den OP, Doktor Jürgen ist in einer Viertelstunde da. Ich fange bereits mit der Beckenfraktur an«, entschied Niklas.

»OP 4 ist frei«, rief Annika mit dem Telefon am Ohr. »Die Anästhesisten sind gleich da und leiten die Narkose ein.«

»Harte Kost ohne Frühstück«, schmunzelte Frederik angesichts von Niklas' Gähnen. »Gutes Gelingen.«

»Bis später.« Niklas zog sich eilig die Bleischürze aus, schnappte sich den weißen Kittel und eilte der Trage mit dem Patienten hinterher.

Derartige Notoperationen waren für Niklas längst nichts Ungewöhnliches mehr, sodass er eine gewisse Routine entwickelt hatte. Während die Narkose eingeleitet und das OP-Feld vorbereitet wurden zog er sich abermals eine Bleiweste über – schließlich würden sie während des Eingriffs regelmäßig Röntgenbilder machen – und wusch sich vorschriftsmäßig steril.

»Kittel?«, bat er die OP-Schwester und ließ sich von ihr erst in den sterilen, blauen Kittel und anschließend in die Handschuhe helfen.

»Okay, fangen wir an.« Niklas streckte die Hand nach dem Skalpell aus, gegenüber stand ihm ein Assistenzarzt mit Tupfern und Sauger.

Bis Christian Jürgen Operationssaal 4 erreichte steckte Niklas bereits bis zum Ellbogen im Körper seines Patienten auf der Suche nach der Ursache für die massive Blutung.

»Thorsen? Wo brauchen Sie mich?«, wollte der erfahrene Facharzt wissen und trat an den OP-Tisch heran.

»Klemme bitte.« Niklas hatte endlich ein abgerissenes Blutgefäß ertastet.

Sein Ausbilder studierte inzwischen die CT-Aufnahmen aus dem Schockraum. »Wie werden Sie vorgehen, Doktor Thorsen?«, fragte er gelassen.

Zu Dritt hatten sie das Becken des verunfallten Motorradfahrers stabilisieren können, wenngleich die Kreislaufsituation angesichts des hohen Blutverlustes immer wieder kritisch geworden war.

»Gut reagiert«, bemerkte Christian Jürgen und zog sich Kittel und Handschuhe aus. »Haben Sie den Antrag für die Facharztprüfung inzwischen vorbereitet? Dann steht Ihrer Zulassung bald nichts mehr im Weg.«

»Ich bringe den Antrag morgen mit«, versprach Niklas und folgte ihm in den Vorraum. Endlich konnte er auch die Bleiweste wieder ausziehen, die seinen Rücken ganz schön in Mitleidenschaft gezogen hatte. Von der Wirkung der Schmerztablette vor Schichtbeginn war nichts mehr zu spüren.

»Geht es Ihnen gut, Doktor Thorsen?«, wollte Doktor Jürgen irritiert wissen. »Was ist mit Ihrem Rücken?«

»Nerv eingeklemmt, das wird schon wieder.« Niklas stellte sich an das Waschbecken.

»Na, wenn Sie das sagen, will ich Ihnen glauben.« Christian Jürgen wandte sich zum Gehen. »Falls das länger andauert und nicht besser wird, sagen Sie Bescheid und lassen sich untersuchen.«

Viel Zeit zum Durchatmen blieb Niklas nicht, schon wieder klingelte eines seiner Telefone. Nur war es dieses Mal nicht der Schockraum, sondern einer der jüngeren Assistenzärzte in der Notaufnahme, der eine zweite Meinung hören wollte. Sein Kollege hatte Niklas gleich noch zwei Patienten überlassen, deren Röntgenbilder ausgewertet werden mussten, und war zurück zu seinem eigenen Patienten gelaufen.

»Na?« Frederik klopfte an den Türrahmen. Sein Tonfall ließ Niklas sofort aufhorchen.

»Ich vermute, die Situation mit deinem alten Herrn ist eskaliert?« Niklas drehte sich zu ihm um.

»War absehbar, was?« Frederik zog eine Grimasse. »Also, falls dein Angebot noch gilt, würde ich gern darauf zurückkommen ...«

»Wir haben von heute bis Samstag Besuch von Frejas Freundinnen, die feiern Junggesellinnenabschied. Ich kann dich bestimmt irgendwie einquartieren, oder du überbrückst bis zum Wochenende im Hotel und ziehst dann in eine etwas ruhigere Wohnung«, überlegte Niklas laut. »Beides ist möglich, aber ...«

»Lass Freja erstmal den Junggesellinnenabschied feiern, da muss ich glaube ich nicht dazwischengeraten.« Frederik schmunzelte. »Und drei Nächte im Hotel sind kein Problem, es muss ja nichts Besonderes werden. Danke, du hast echt was gut bei mir.«

»Ich bin mir sicher, du würdest das Gleiche für mich tun.« Seufzend strich sich Niklas über den schmerzenden Brustkorb und stand dann auf. »Hast du noch Zeit für einen schnellen Kaffee, sobald ich das Handgelenk des Patienten geschient habe?«

»Klar.« Frederik runzelte die Stirn. »Hast du dir einen Nerv eingeklemmt oder einen Zug geholt?«

»Verspannt, die Operation vorhin war mit der Bleischürze etwas zu viel für den ohnehin schon beleidigten Rücken.« Niklas wandte sich zum Gehen. »Wir sehen uns in ein paar Minuten in der Kaffeeküche. Du kannst ja schon mal saubere Tassen suchen.«

Der Patient hatte Niklas nicht lange aufgehalten, sodass er sich für eine kurze Pause zu Frederik in die Kaffeeküche setzen konnte. Lange würden die Telefone ohnehin nicht still bleiben.

»Schau mal, was ich gefunden habe«, bemerkte Frederik und deutete auf die beiden Tassen voller heißem Wachmacher.

»Wunderbar.« Niklas unterdrückte ein Gähnen und setzte sich dann ächzend auf die Eckbank. Wieder brauchte sein Rücken einen Moment, sich an die veränderte Lage zu gewöhnen. Dann waren die Schmerzen soweit wieder erträglich.

»Du hast dir also einen Nerv eingeklemmt«, stichelte Frederik augenzwinkernd und rührte etwas Milch in seine Tasse. »Hast du das allein geschafft oder hat dir Freja dabei geholfen?«

»So etwas schaffe ich noch recht gut allein, danke der Nachfrage.« Niklas seufzte und trank einen kleinen Schluck aus seiner Tasse. »Ich muss mal wieder mehr für meine Fitness tun, dann stören mich die schweren Bleiwesten nicht mehr so, wenn sie während der OP verrutschen.«

»Man könnte es auch einfacher sagen: du wirst alt.« Frederik lachte.

»Genau wie du, wir sind nur ein Dreivierteljahr auseinander«, spielte Niklas den Ball zurück und schloss für einen kurzen Moment die Augen. »Na ja, egal. Was war denn bei dir los? Bist du mit deinem Vater hier in der Klinik aneinandergeraten? Das ist ja eine völlig neue Eskalationsstufe bei euch beiden.«

»Er hat mir durch Hanson ausrichten lassen, dass er mich sprechen möchte.« Frederik verdrehte die Augen. »Keine Ahnung, warum er so spinnt und andere da mit hineinzieht. Es ist einfach nur peinlich.«

»Vielleicht ist Hanson deswegen so sauer«, überlegte Niklas weiter. »Vorhin im Schockraum war er jedenfalls …«

»Das war noch harmlos«, unterbrach ihn Frederik und rührte weiterhin in seiner Tasse herum. »Aber ich weiß, was du meinst. Wahrscheinlich sind wir Assistenzärzte ihm heute und in den letzten Tagen immer wieder versehentlich auf seine empfindlichen Zehen getreten, mein Vater war dann nur noch die Kirsche auf der Sahne.«

Das passte zu diesem launischen Oberarzt. Niklas lachte unwillkürlich auf und hielt sofort wieder inne, weil ihm der Schmerz durch den Brustkorb fuhr.

»Und sonst?«, fragte Niklas angespannt, um sich von den Schmerzen abzulenken. »Wie geht es Caroline? Habt ihr euch nochmal getroffen?«

»Ja, haben wir – was glaubst denn du, warum mein Vater unbedingt heute in der Klinik mit mir sprechen wollte?« Frederik seufzte und musterte ihn nachdenklich. »Bist du sicher, dass es dir gut geht? Das sieht mir nicht mehr wie ein verspannter Rücken aus, so wie du da sitzt …«

»Bleib du bei deinem Fachgebiet und ich bei meinem«, schlug Niklas gereizt vor und nahm die Hand wieder von seiner rechten Seite. »Also, was war mit Caroline? Wie lief euer Date?«

»Unser Date … war … schwierig und schön zugleich«, druckste Frederik herum und brach ab, weil Niklas' Telefon klingelte.

»Thorsen?« Niklas trank einen großen Schluck Kaffee, während er lauschte. »Ja, ich bin gleich bei euch«, versprach er und legte auf. »Schon wieder der Schockraum … ich muss gleich weiter.« Nachdem der Kaffee ohnehin nur noch lauwarm war trank Niklas die Tasse in wenigen Schlucken leer und stand auf. Wieder war da der Schmerz in seiner Brust, der sich mit jedem Atemzug verschlimmerte. Als würde man Zentimeter für Zentimeter ein Messer in seine Brust schieben …

»Niklas?«, fragte Frederik beunruhigt, doch Niklas hörte ihn kaum. Schlagartig wurde er in die Dunkelheit gezogen.

Kapitel 5

Die Zeit schien für einen Moment stillzustehen, als Niklas bewusstlos zu Boden sank.

»Niklas!« Alarmiert sprang Frederik auf und war mit einem großen Satz neben seinem besten Freund. »Hey, Niklas! Hörst du mich? Mach die Augen auf!« Er schlug ihm gegen die Wange.

»Hallo, ich brauche Hilfe!«, rief Frederik durch die offene Küchentür in den Flur hinaus und tastete gleichzeitig nach dem Puls seines Freundes. Erleichtert atmete er auf, als er das Gefäß unter seinen Fingern pulsieren spürte.

»Niklas, hey!« Noch einmal versuchte Frederik, ihn zu wecken, doch Niklas blieb bewusstlos. »Hallo! Ich brauche hier Hilfe!«, rief Frederik laut und drehte seinen besten Freund keuchend in die stabile Seitenlage.

Endlich kam ein Pfleger in den Raum, doch er schien Frederiks Rufe nicht gehört zu haben, so überrascht wie er auf die Szene reagierte.

»Holen Sie eine Trage!«, rief Frederik drängend und tastete erneut nach Niklas' Puls, während seine Gedanken bereits weitere Kreise zogen.

Was fehlte Niklas?

Er hatte Schmerzen in Brust und Rücken gehabt, das konnten Anzeichen für einen Herzinfarkt sein.

Nur, war Niklas dafür nicht eigentlich zu jung?

Andererseits kannten Herzinfarkte und Schlaganfälle keine Altersgrenzen, das hatte er mehr als einmal selbst erlebt.

»Hier!« Der Pfleger tauchte mit Kollegen und einer Trage auf.

»Was ist passiert?«, fragte eine Frederik unbekannte Ärztin und befestigte den Clip zur Pulsmessung an Niklas' Zeigefinger.

»Er ist einfach zusammengebrochen.« Frederik löste seinen Blick von der Anzeige. »Wir müssen ein EKG schreiben und die Kollegen aus der Kardiologie hinzuziehen, Niklas hatte vor seinem Zusammenbruch Brustschmerzen.«

In der Notfallbox führte die Ärztin einen kurzen Tubus in Niklas' Mund ein, um zu verhindern, dass er seine Zunge verschluckte, sobald sie ihn für weitere Untersuchungen auf den Rücken drehten. Hinzu kam eine Sauerstoffmaske. Gleichzeitig schnitt Frederik Niklas' Shirt auf und brachte die Elektroden für das EKG auf dessen Oberkörper an.

»Haben Sie schon in der Kardiologie angerufen?«, fragte Frederik den Pfleger, der gerade Niklas' klingelndes Telefon aus dessen Kitteltasche zog.

»Es kommt gleich jemand«, bestätigte der Pfleger und reichte Frederik das Telefon.

»Hendriksson?«, meldete sich Frederik knapp und klemmte sich das Gerät zwischen Kopf und Schulter, während er den linken Kittelärmel aufschnitt, um Niklas einen Zugang in die Armbeuge legen zu können.

»Nein, Doktor Thorsen ist gerade zusammengebrochen, ihr müsst euch einen anderen Unfallchirurgen holen.« Er legte auf und sah auf das EKG, das über den Bildschirm flimmerte. »Verdammt, das sieht nicht gut aus«, rutschte ihm heraus.

»Was sieht nicht gut aus?« Herzspezialist Oliver Wrede betrat die Notfallbox und sah von Niklas auf den Monitor und wieder zurück. »Da gebe ich Ihnen recht, Doktor Hendriksson, das EKG gefällt mir überhaupt nicht. Wie lange ist der Zusammenbruch her?«

»Zehn Minuten?« Frederik legte mit leicht zitternden Händen den Zugang in die Armbeuge und befestigte eine Infusion daran.

»Okay.« Doktor Wrede nahm das Stethoskop aus der Kitteltasche hörte den Brustkorb seines Patienten ab. »Melden Sie uns sofort für ein Spiral-CT mit Kontrastmittel an und blocken mir einen Notfall-OP, wir werden vermutlich direkt durchlaufen und uns nicht lange mit Vorbereitungen aufhalten.«

Wie zur Bestätigung der Dringlichkeit schlug der Monitor Alarm, denn Niklas' Blutdruck war seit dem ersten gemessenen Wert im Sinkflug, während der Puls immer weiter stieg.

Die unbekannte Ärztin tätigte bereits die geforderten Anrufe, während Frederik auf Anweisung von Doktor Wrede erste Medikamente verabreichte und Blut für einen Schnelltest abnahm.

»In zehn Minuten wissen wir mehr, aber es sieht ganz nach einer Lungenembolie aus und sein Herz kämpft dagegen an. Wenn wir nicht schnell handeln, riskieren wir eine Herzschädigung«, stellte Doktor Wrede mit gerunzelter Stirn fest. »Wir intubieren, dann geht es sofort zum CT.«

Stumm folgte Frederik den neuen Anweisungen, dann

ging es für die Gruppe rund um Niklas eilig zur Radiologie. Dort wurden sie bereits erwartet, sodass Niklas sofort umgelagert und die Untersuchung gestartet wurde.

Die Ungeduld und Sorge standen nicht nur Frederik ins Gesicht geschrieben, auch Doktor Wrede wirkte äußerst angespannt.

»Sie gehen vom Schlimmsten aus, oder?«, vermutete Frederik mit belegter Stimme und räusperte sich.

Schon wieder schlugen die Monitore Alarm, gleichzeitig erschienen die Schichtaufnahmen von Niklas' Brustkorb auf dem Bildschirm vor ihnen.

»Was sagt der Schnelltest?«, fragte Oliver Wrede zurück und scrollte durch die Aufnahmen.

»Positiv, Niklas hat also tatsächlich eine Lungenembolie ...« Frederik atmete tief durch, doch lange konnte er sich nicht mehr zusammenreißen. Die Angst um seinen besten Freund setzte ihm immer stärker zu.

»Die Embolie ist genau hier und sie ist massiv.« Doktor Wrede deutete auf den Bildschirm. »Das bekommen wir mit Gerinnungsmitteln nicht aufgelöst, ich werde eine Embolektomie machen.«

»Das ist ein risikoreicher Eingriff«, wandte Frederik schwach ein und folgte Wrede zurück zur Untersuchungsliege, um Niklas erneut umzulagern.

»Die OP ist seine einzige Chance«, wurde Wrede deutlich und zog an der Liege, die Frederik schob. »Mir ist klar, dass die Kreislaufsituation schon jetzt angespannt ist, aber wir haben keine Alternativen. Wenn wir noch länger warten, kann ich ihm gar nicht mehr helfen.«

Frederik schluckte schwer und beschleunigte das Tempo. Sie mussten ohnehin nur geradeaus zum Aufzug, der sie direkt zur OP-Schleuse bringen würde. Doktor Wrede lief voraus und rief den Aufzug für eine Notfallfahrt, gleichzeitig telefonierte er nach einem Kollegen, der ihn bei der Notoperation unterstützen sollte.

Die Aufzugfahrt schien schier endlos zu dauern, dann öffneten sich die Türen endlich und gaben den Weg frei. OP-Pfleger warteten bereits an der Schleuse zum Operationstrakt und übernahmen die Liege, Oliver Wrede ging durch den Seiteneingang, um sich zumindest Haube und Mundschutz zu holen.

Frederik hingegen blieb verloren im Flur stehen und starrte auf die matten Glastüren, die sich längst geschlossen hatten.

»Scheiße!«, fluchte er und schlug die Hände vor das Gesicht. Die Tränen der Verzweiflung und Hilflosigkeit ließen sich nicht länger zurückhalten.

Zwar wusste Frederik aus seinem Berufsalltag, wie schnell sich das Leben von einem Moment auf den anderen ändern konnte. Doch dass jetzt sein bester Freund davon betroffen war und mit dem Tod rang, konnte er nicht einfach akzeptieren.

Hätte man diese Notfallsituation noch irgendwie verhindern können?

Wenn man Niklas früher wegen seiner Rücken- und Brustschmerzen untersucht hätte, wäre ihm wenigstens die Notoperation erspart geblieben?

Hatte er selbst irgendetwas übersehen oder falsch gemacht?

»Ah, hier stecken Sie, Hendriksson!« Doktor Hanson bog um die Ecke und sah ihn streng an. »Ich dachte, Sie kümmern sich um die Notaufnahme?«

Sofort drehte Frederik ihm den Rücken zu und wischte sich über das Gesicht. Er wollte sich vor seinem strengen Oberarzt keine Blöße geben.

»Niklas Thorsen ist vorhin zusammengebrochen, ich habe ihn mit Doktor Wrede erstversorgt und für die OP vorbereitet«, erklärte Frederik und zog die Nase geräuschvoll hoch.

»Sie sind gut mit Doktor Thorsen befreundet«, stellte Hanson sachlich fest und verschränkte die Arme. »Übergeben Sie Ihre Patienten und die OPs von heute Nachmittag bitte Ihrem Kollegen, dann können Sie sich den restlichen Tag frei nehmen. So sind Sie eher eine Gefahr für die Patienten, als dass Sie irgendjemandem helfen.«

Erleichtert nickte Frederik und machte sich auf den Weg zur neurochirurgischen Station, wo er seinen Kollegen Johannes Berger um diese Zeit vermutete.

Die Übergabe seiner wenigen Patienten war reine Formsache, dann verschwand Frederik in der leeren Personalumkleide und wählte schweren Herzens die Handynummer von Freja Jensen.

»Frederik?«, fragte Niklas' Freundin irritiert, im Hintergrund waren fröhliche Stimmen und Musik zu hören. Richtig, Niklas hatte etwas von einem Junggesellinnenabschied erzählt ... verdammt.

»Äh, hi. Hör mal, Freja, kannst du gleich in die Klinik kommen?«, stammelte Frederik einen Satz zusammen und ließ den Kopf hängen.

»In die Klinik?«, wiederholte Freja. »Ich ... weißt du, ich habe Freundinnen zu Besuch und wir feiern Wiedersehen und Bachelorette-Party, also ... es ist ungünstig.«

»Freja?« Frederik brach kurz die Stimme weg. Er räusperte sich energisch und kämpfte schon gegen die nächsten Tränen, die sich in seinen Augen sammelten. »Niklas ist vor einer Stunde zusammengebrochen und wird inzwischen notoperiert. Es ist ernst.« Angespannt atmete er durch den Mund wieder aus.

»Zusammengebrochen?«, wiederholte Niklas' Freundin tonlos. »Notoperation? Frederik? Was ist hier los? Was ist passiert? Und …«

»Komm bitte in die Klinik, dann erkläre ich dir alles«, versprach Frederik, während sich sein Herz schmerzhaft zusammenzog. Freja war in all den Jahren zu einer Schwester für ihn geworden. Ihr jetzt sagen zu müssen, wie es um Niklas stand, fiel ihm unglaublich schwer.

Kaum hatte Frederik das Telefonat beendet konnte er das Schluchzen nicht länger zurückhalten. Selten hatte er sich so hilflos gefühlt wie jetzt. Er hatte Angst um seinen besten Freund, dessen Leben gerade auf des Messers Schneide stand. Die Vitalparameter und die CT-Aufnahmen zeichneten ein düsteres Bild, die Operation hatte gemischte Erfolgsaussichten. Die Wahrscheinlichkeit, dass Niklas den Eingriff gar nicht überstand, war hoch, das hatte auch Doktor Wrede vorhin zugegeben. Dennoch war die Embolektomie Niklas' einzige Überlebenschance.

Immerhin hatte Niklas noch eine Chance, im Gegensatz zu Carolina, Frederiks letzter Freundin. Sie war erschossen worden und hatte nicht den Hauch einer Überlebenschance gehabt. Ein gezielter Schuss mitten in die Brust hatte wichtige Blutgefäße zerrissen und sie innerhalb von Sekunden innerlich verbluten lassen. Ihr hatte man nicht mehr helfen können.

Frederik wischte sich mit dem Kittelärmel übers Gesicht, doch seine Tränen konnte er damit kaum trocknen.

Die Erinnerungen an diese schicksalhafte Nacht vor seiner Hochzeit hatte er so lange erfolgreich verdrängt.

So lange, bis er erfahren hatte, dass sich seine neue Freundin ebenfalls zur Polizistin ausbilden lassen würde.

So lange, bis er um das Leben des zweitwichtigsten Menschen in seinem Leben bangen musste. Niklas war viel mehr als sein bester Freund, er war sein Vertrauter und wie ein weiterer Bruder.

Was sollte er denn ohne ihn machen?

Wie sollte er einen weiteren schweren Verlust überstehen, ohne selbst daran zu zerbrechen?

Kapitel 6

Frederik hatte sich seine Fassung mühsam zurücker-
kämpft, als er Freja Jensen am Haupteingang des großen Klinikkomplexes gegenübertrat. Sie war in Begleitung dreier Freundinnen, die nicht weniger verwirrt
aussahen als sie selbst.

»Hey«, grüßte Frederik matt und umarmte Freja
freundschaftlich. »Danke, dass du hergekommen bist.
Das ist einfach kein Gespräch, dass ich telefonisch führen kann.«

»Okay …« Freja löste sich aus seiner Umarmung, die
immer mehr zu einer Umklammerung geworden war,
und musterte ihn irritiert. »Du … du hast also gesagt,
dass Niklas zusammengebrochen ist? Aber wieso?
Was fehlt ihm? Warum …?« Hilflos ließ sie die Schultern hängen und wurde sofort von ihren Freundinnen
bei den Händen genommen.

»Niklas hatte wohl schon seit ein paar Tagen Rückenschmerzen, er hat das als eingeklemmten Nerv be-
schrieben«, begann Frederik zögerlich. »Heute Vormittag sind die Schmerzen allerdings richtig heftig geworden und er ist direkt vor mir bewusstlos zusammengebrochen.« Er reagierte nicht auf die entsetzten
Kommentare der Freundinnen, sondern sah weiterhin
in Frejas Gesicht, so schwer es ihm fiel. Ihre Augen hatten sich entsetzt geweitet, doch Freja blieb stumm.

»Wir haben Niklas sofort untersucht und festgestellt,

53

dass ein Blutgerinnsel ein großes Blutgefäß in Niklas' Lungenflügel verstopft hat. Das ist ein sehr ernstes Krankheitsbild, weil das Herz gegen die Blockade ankämpft und dabei geschädigt werden kann.« Seine Stimme wackelte bedenklich, auch wenn er sich alle Mühe gab, die Fassung zu bewahren.

»Doktor Wrede, einer unserer Herzspezialisten, operiert Niklas gerade und setzt alles daran, sein Leben zu retten«, schloss Frederik und konnte nicht länger gegen die Tränen ankämpfen.

»Niklas ... er könnte sterben?«, wiederholte Freja geschockt.

»Die Operation ist risikoreich«, erklärte Frederik und räusperte sich energisch. »Aber sie ist Niklas' einzige Chance. Mit Blutverdünnern kann man diese Blockade nicht auflösen, also muss sie mechanisch entfernt werden. Dazu ...« Er putzte sich die Nase. »Dazu muss Doktor Wrede seine Brust öffnen und ...«

»Oh Gott«, rief eine der Freundinnen. »Das ist ja furchtbar!«

»Ich verstehe«, unterbrach ihn Freja tonlos und schwankte leicht. Sie stand unter Schock und war schlagartig blass geworden. Offenbar kam der Ernst der Lage erst jetzt so richtig bei ihr an.

Als es zu regnen begann führte Frederik die Frauen in den Wartebereich vor dem OP-Trakt. Sie waren alle verstummt und in Gedanken versunken, ihm ging es nicht anders. Es gab keine trostspendenden Worte, die in dieser Situation helfen konnten.

Sie alle wollten nur wissen, wie es Niklas ging.

Ob er überlebt hatte.

Frederik hatte jegliches Zeitgefühl verloren, obwohl er mit leerem Blick auf die Uhr über der Tür zum Wartebereich starrte.

Vier Stunden waren seit Niklas' Zusammenbruch inzwischen vergangen und fühlten sich so viel länger an. Noch immer hatten sie nichts aus dem OP gehört, doch an sich waren das gute Neuigkeiten. Doktor Wrede operierte weiterhin, Niklas war demnach noch am Leben. Er kämpfte um sein Überleben.

»Niklas ist doch viel zu jung für so etwas«, flüsterte Freja in die Stille hinein. »Er ist jung und gesund, da bekommt man doch nicht so einfach ein verstopftes Blutgefäß. Er raucht nicht, nimmt keine Drogen … was also soll das?«

Frederik seufzte. All diese Fragen stellte er sich selbst seit dem Zusammenbruch, doch eine Antwort hatte er nicht gefunden.

Fünf Stunden nach Niklas' Zusammenbruch betrat Doktor Wrede den Wartebereich mit ausdrucksloser Miene, die keinen Rückschluss auf den Verlauf der Notoperation zuließ.

»Doktor Hendriksson«, grüßte er knapp und sah weiter zu den Frauen.

»Das ist Freja Jensen, Doktor Thorsens Lebensgefährtin«, stellte Frederik Freja knapp vor und hielt unwillkürlich die Luft an, sein Herz schlug ihm bis zum Hals. »Wie ist die Operation gelaufen? Wie geht es Niklas?«

»Wir haben das Blutgerinnsel erfolgreich entfernen können, Doktor Thorsen wird gerade auf die Intensivstation verlegt«, berichtete der Herzspezialist und sorgte mit dieser Nachricht erst einmal für allgemeines

Aufatmen. »Sein Zustand ist allerdings sehr kritisch, wenn auch für den Moment stabil. Wir werden die nächsten vierundzwanzig Stunden abwarten müssen, um eine Prognose über den weiteren Verlauf abgeben zu können.«

»Niklas kann es also immer noch nicht schaffen?«, fragte Freja fassungslos.

»Ihr Lebensgefährte ist während der Operation zwei Mal kollabiert, wir haben ihn jedoch erfolgreich zurückholen können. Dazu kommen der Blutverlust und die Belastung des Herzens, das sorgt generell für eine angespannte Gesamtverfassung.«

Frederik senkte den Blick. Zwei Mal kollabiert, das hieß in diesem Zusammenhang nichts anderes als Herzstillstand. Verdammt.

Hoffentlich überstand Niklas das ohne größere Folgeschäden.

Hoffentlich überstand er die nächsten Stunden, danach konnte man erst weitersehen.

»Kann ich zu ihm? Darf ich Niklas sehen?«, wollte Freja mit tränenerstickter Stimme wissen.

»Natürlich.« Doktor Wrede nickte. »Sie dürfen leider nicht alle fünf auf die Intensivstation, deswegen ...«

»Wir warten hier«, versicherte eine der Freundinnen, deren Name Frederik schon wieder vergessen hatte.

»Kommst du mit?«, fragte Freja und sah Frederik unsicher an.

Doktor Wrede nickte. »Das ist kein Problem. Doktor Hendriksson wird Sie mit durch die Hygieneschleuse nehmen, wir sehen uns gleich auf der Intensivstation.«

»Ich träume das doch alles«, murmelte Freja. »Das kann nur ein verdammter Albtraum sein.«

Frederik und Freja zogen sich beide sterile Einwegkittel über und desinfizierten sich die Hände, dann führte Frederik sie auf die Intensivstation, wo Doktor Wrede wie versprochen auf sie wartete.

»Kommen Sie.« Der Herzspezialist ging voran in ein Überwachungszimmer und blieb an einem der Patientenbetten schließlich stehen.

»Oh Gott, Niklas!«, stieß Freja hervor und schlug die Hände vor das Gesicht.

Auch Frederik starrte geschockt auf seinen besten Freund, der inmitten von Schläuchen und Kabeln lag und aussah wie ein Schatten seiner selbst. Ganz langsam wanderte Frederiks Blick weiter zu den Monitoren, die Niklas' Vitalparameter anzeigten. Wenigstens diese Werte sahen deutlich besser aus als zuletzt in der Notaufnahme. Ein schwacher Trost.

»Niklas«, flüsterte Freja hilflos. »Er sieht so schwach aus ...« Langsam kam sie näher und griff zögerlich nach Niklas' rechter Hand. »Was machst du denn für Sachen?«, fragte sie und schmiegte ihre Wange in seine Handfläche.

»Sein Kreislauf ist stabil, das ist mehr, als wir vorhin gehofft hatten«, bemerkte Doktor Wrede leise und sah Frederik von der Seite an. »Das ist jetzt eine gute Ausgangslage, aber wir müssen wachsam sein. Die Embolie und die Operation waren eine große Belastung für seinen Körper.

Frederik nickte mechanisch und wanderte mit seinem Blick zurück zu Niklas' Gesicht. Er war blass und wirkte ausgelaugt, der Beatmungsschlauch trug sein Übriges zum Gesamtbild bei. Eigentlich war er es gewohnt, Patienten in diesem Zustand zu sehen. Doch seinen besten Freund so daliegen zu sehen, zog Frederik beinahe den Boden unter den Füßen weg.

»Niklas?«, flüsterte Freja verzweifelt. »Ich bin da, hörst du? Ich werde immer für dich da sein. Nur, verlass mich nicht? Ich kann und will nicht ohne dich leben, ich liebe dich doch ...«

Frederik schluckte und starrte wieder auf den Monitor. So liebevoll wie sich Freja um Niklas kümmerte, da wurde er manchmal ganz schön neidisch. Sie war bedingungslos für ihn da und liebte ihn aus ganzem Herzen. Beinahe hätte er dieses Glück selbst gehabt, nur war ihm Carolina damals genommen worden. Ihr Tod war auch heute noch eine schmerzende Wunde in seiner Seele, die kaum verheilt war.

»Wie geht es ihm?« Doktor Hanson betrat das Überwachungszimmer und kam langsam näher. Auch sein Blick ging als erstes zu den Überwachungsmonitoren. Überrascht hob Frederik die Augenbrauen.

Was wollte Hanson denn hier?

Niklas war noch nicht mal einer seiner Assistenzärzte, warum interessierte er sich überhaupt für ihn?

»Hanson, was verschafft uns die Ehre?«, fragte Oliver Wrede steif und kam einige Schritte auf ihn zu.

»Wie ich hörte hatte Doktor Thorsen eine schwere Lungenembolie?« Hanson verschränkte die Arme.

»Was wollen Sie Hanson? Das ist ein Fall für die Herz-Thorax-Chirurgie und nicht für die Neurochirurgie«, stellte Doktor Wrede kühl fest.

»Hendriksson ist mein Assistenzarzt und hat ihn erstversorgt. Da werde ich mich doch wohl nach dem Verlauf erkundigen dürfen.« Benett Hanson verdrehte die Augen. »Na ja, wie auch immer. Hendriksson? Ich verstehe, wenn Sie Zeit brauchen, den Tag heute zu verdauen. Nehmen Sie sich ein paar Tage frei, Ihr Überstundenkonto ist ja reichlich gefüllt.«

»Mhm...« Frederik reagierte kaum auf seinen Oberarzt. Stattdessen nahm er Niklas' andere Hand und drückte sie leicht. »Kämpf dich zurück«, bat er seinen besten Freund leise. »Wir sind alle da für dich, aber die ersten Schritte musst du machen.«

Kapitel 7

Benett Hanson verließ die Intensivstation mit zufriedenem Lächeln auf den Lippen und steuerte im Laufschritt die Klinik für Allgemeinchirurgie an. Seine Besprechung hatte vor fünf Minuten begonnen, doch der Neurochirurg war gelassen angesichts der Neuigkeiten, die er eben erfahren hatte.

Die Uhr zeigte eine Verspätung von acht Minuten an, als Doktor Hanson das kleine Besprechungszimmer betrat und nahe der Tür stehen blieb.

»Was haben Sie zu Ihrer Entschuldigung vorzubringen? Sie lassen mich seit über acht Minuten warten«, begrüßte ihn sein Gegenüber mit eisiger Stimme und regungsloser Miene.

»Ich wurde auf der Intensivstation aufgehalten, es gibt großartige Neuigkeiten«, berichtete Hanson unbeeindruckt vom Auftreten des anderen Mannes.

»Großartige Neuigkeiten sogar, Sie machen mich neugierig, Hanson. Setzen Sie sich und berichten Sie ausführlich.« Der Mann ihm gegenüber lehnte sich entspannt in seinem Stuhl zurück und ließ ihn nicht aus den Augen.

»Nun ...« Benett Hanson räusperte sich. »Niklas Thorsen ist heute Vormittag mit einer schweren Lungenembolie zusammengebrochen. Wrede hat ihn operiert und vorerst am Leben gehalten, aber Thorsen ist noch lange nicht über den Berg. Es wäre ein Leichtes, ihn unauffällig aus dem Weg zu schaffen. Er ist jung und hat Blutgruppe B positiv, seine Organe sind äußerst gefragt.«

»Sie meinen also, man könnte Thorsens Ableben etwas beschleunigen und an ihm noch etwas verdienen.« Der Mann beugte sich vor und stützte sich auf die Unterarme. »Mhm.«

Unruhig zupfte Hanson an seinem Kittelärmel.

»Ich denke darüber nach.« Mit einem unverbindlichen Lächeln stand Hansons Gegenüber auf und sah aus dem Fenster. »Was machen die übrigen Spender, die wir ausgewählt haben? Haben Sie schon einen Zeitplan?«

»Alles läuft wie geplant.«

»Das hoffe ich für Sie, Hanson. Nach dem Fauxpas mit Melissa Döring erwarte ich, dass Sie abliefern. Ansonsten sind Sie mein nächster Organspender. Habe ich mich klar ausgedrückt?« Sein kalter Blick streifte Hanson, dann verließ der Mann das kleine Besprechungszimmer.

Hanson hingegen vergrub das Gesicht in beiden Händen. Diese verdeckte Operation raubte ihm den letzten Nerv, während er das Gefühl hatte, den Boden unter den Füßen zu verlieren. Er hielt sich an die Absprachen, doch er konnte es diesem Perfektionisten nie recht machen. Immer hatte er etwas auszusetzen und stellte seine Pläne und Vorschläge infrage. So wie jetzt. Es wäre ein leichtes, Niklas Thorsen in den ersten Stunden nach dem Eingriff umzubringen. Das richtige Medikament in der richtigen Dosis, und schon wäre dieser Assistenzarzt Geschichte, bevor er ihnen ernsthaft gefährlich werden konnte.

Seufzend stand Hanson auf. Wenn ihm nur dieser Fehler bei Melissa Döring nicht passiert wäre, hätte das Gespräch einen anderen Verlauf genommen. Aber nein, es hatte ja so kommen müssen. Die Hirnblutung bei der jungen Frau war viel zu früh entdeckt worden, da hatte er schlecht nicht operieren können. Sie hatte überlebt und war inzwischen aus dem Koma erweckt worden, doch sie würde ihr Leben lang mit den Folgen der schweren Hirnverletzungen zu kämpfen haben.

Benett Hanson schüttelte den Kopf.

Das Schicksal von Melissa Döring war ihm inzwischen genauso egal wie all die anderen Menschen, die er in all den Jahren der Organspende zugeführt hatte. Sie retteten damit vielen anderen Menschen das Leben, die ansonsten keine Chance auf ein Überleben hatten. Alles hatte seine zwei Seiten und über die Zeit war er emotional abgestumpft. Er dachte nicht weiter über die Organspender nach, solange er so auf dieses Nebeneinkommen angewiesen war wie jetzt.

Blieb noch Niklas Thorsen, der Hanson schon seit einer Weile ein Dorn im Auge war. Thorsen hatte ihn vor Monaten dabei gesehen, wie er einer Patientin die finalen Medikamente in den Infusionsbeutel gespritzt hatte. Seither war der Unfallchirurg äußerst misstrauisch Hanson gegenüber, auch wenn er nie ein Wort darüber verloren hatte.

Jetzt war die Gelegenheit da, diesen Störenfried unauffällig zu beseitigen. Vielleicht sollte er das Heft des Handelns selbst in die Hand nehmen und Niklas Thorsen einfach aus dem Weg räumen. Bei seinem Zustand würde es niemanden wundern, wenn er die Nacht nicht überstand.

Nur was würde der Kopf dieser Aktion zu so einem Alleingang sagen?

Mit einem weiteren Seufzen legte Benett Hanson die Hand auf die Türklinke und machte überrascht einen Satz zurück, als die Tür aufgestoßen wurde und sein Besprechungspartner zurückkehrte.

»Okay, Hanson, haben Sie einen zweiten Spender B positiv, den Sie in den nächsten achtundvierzig Stunden vorbereiten können?«, wollte der Mann knapp wissen und musterte ihn mit seinen dunklen Augen.

Stumm zog der Neurochirurg sein Notizbuch aus der Kitteltasche und blätterte zum letzten Eintrag. »Wir haben auf der Intensivstation eine Frau, Mitte Dreißig, Zustand nach massiver Gewalteinwirkung gegen den Schädel. Wir haben zwei Mal operiert, das Hämatom ist rückläufig. Mit einer Dosis Heparin könnte man sie zur Spenderin machen.«

»Und sie ist B positiv?«

»Ja«, bestätigte Hanson und sah von seinen Notizen auf. »Damit wäre sie doch ein perfekter Spender für …«

»Ich weiß für wen«, unterbrach ihn der Kopf der Organisation gereizt. »Damit wäre die doppelte B-positiv-Transplantation perfekt. Bestimmen Sie sowohl bei dieser Frau als auch bei Thorsen sämtliche relevanten Blutwerte und informieren mich unverzüglich, sobald Sie diese vorliegen haben. Ich bereite inzwischen die Empfänger vor.«

»Natürlich«, versicherte Benett Hanson und schob das Notizbuch zurück in seine Tasche. »Dann warte ich wie üblich auf Ihre Zeitvorgaben.«

Kapitel 8

Frederik blinzelte verschlafen und brauchte einen langen Moment, um sich zu orientieren. Der Wecker auf seinem Nachtkästchen zeigte kurz vor sieben Uhr morgens an, viel zu früh angesichts seines Schichtrhythmus. Doch das Klopfen an der Tür seines Hotelzimmers hatte immer noch nicht aufgehört.

»Ich komme ja schon«, grummelte Frederik müde, schob die Beine aus dem Bett und tappte dann barfuß zur Zimmertür. »Was ist denn?«, fragte er und öffnete die Tür einen Spalt breit. Überrascht hob er die Augenbrauen. »Freja? Was machst du denn hier?«

»Ich wusste nicht wohin«, entschuldigte sich Freja unter Tränen. »Tut mir leid, jetzt habe ich dich auch noch geweckt, das wollte ich nicht. Nur …«

»Komm erst einmal herein.« Frederik gab die Tür frei und schlurfte zurück in den Wohnbereich des kleinen Doppelzimmers, das er am Vorabend bezogen hatte. Später würde er sein wichtigstes Hab und Gut aus der väterlichen Villa holen, doch für die erste Nacht hatten ihm der Kulturbeutel und die Wechselkleidung aus seinem Klinikspind ausgereicht.

»Gibt es etwas Neues von Niklas?«, fragte Frederik und kippte eines der Fenster.

»Ich habe schon drei Mal auf der Intensivstation angerufen, aber sie haben mir nichts sagen können. Niklas lebt, mehr weiß ich nicht.« Hilflos zuckte Freja mit den

Schultern. »Was mache ich denn jetzt? Ich ... ich darf ihn heute Nachmittag kurz besuchen, das hat mir der Pfleger gerade erklärt. Eine halbe Stunde darf ich Niklas sehen, mehr ist angeblich nicht erlaubt. Aber was mache ich mit dem restlichen Tag? Ich kann doch nicht fröhlich Junggesellinnenabschiedswochenende feiern, während Niklas um sein Leben kämpft.«

»Ich verstehe dich.« Frederik setzte auf das Bett. »Dieses Abwarten müssen in Kombination mit der Ungewissheit ist das Schlimmste. Damit können auch wir Ärzte am schlechtesten umgehen.« Er musterte Freja nachdenklich. »Was ist mit deinen Freundinnen? Bist du einfach gegangen?«

»Sie schlafen noch, ich habe einen Zettel hingelegt.« Freja schüttelte resigniert den Kopf. »Was mache ich denn, wenn Niklas nicht überlebt? Ich kann mich an ein Leben ohne ihn gar nicht mehr erinnern.«

»Niklas liebt dich, Freja, er wird kämpfen wie ein Löwe, um zu dir zurückzukehren. Er hat noch nie aufgegeben, wenn es um dich und eure Beziehung geht, hörst du?«, versuchte Frederik, ihnen beiden Mut zu machen.

»Das ist die einzige Hoffnung, an die ich mich gerade klammere.« Freja schniefte. »Ich habe doch nur noch Niklas ...«

Mitfühlend musterte Frederik die junge Frau, die ebenfalls ein gewaltiges emotionales Päckchen mit sich herumschleppte.

»Was mache ich denn jetzt bis heute Nachmittag?«, fragte Freja erneut und suchte in ihrer Handtasche nach einem Taschentuch. Geräuschvoll putzte sie sich die Nase.

»Ich habe heute zwar frei, aber mit meiner Zugangskarte komme ich trotzdem auf die Intensivstation«, überlegte Frederik laut. »Wenn du magst, kann ich kurz nach ihm sehen.«

»Das wäre toll.« Freja wischte sich mit dem Ärmel ihrer dünnen Strickjacke über die tränennassen Wangen.

Frederik hielt sich nicht lange im Badezimmer auf und machte sich dann in frischer Kleidung auf den kurzen Weg zurück in die Universitätsklinik, Freja wollte in seinem Hotelzimmer warten.

Mit langen Schritten durchquerte Frederik die große Eingangshalle, nahm die Treppe hoch in den ersten Stock und bog sofort in die Personalumkleide für die Intensivstation ab. Er war dort allein, doch das kam ihm recht gelegen. So würde niemand seiner Kollegen Fragen stellen, warum er an seinem freien Tag doch in der Klinik auftauchte.

Rasch zog sich Frederik blaue Funktionskleidung über, so würde er weniger auffallen. Noch während er das obligatorische Desinfektionsmittel auf seinen Händen verrieb, lief Frederik den Flur entlang zum Überwachungszimmer, in das man Niklas gestern verlegt hatte.

»Was machen Sie denn schon wieder hier?«, fragte Oliver Wrede in einer Mischung aus Verwunderung und Ärger und jagte Frederik einen großen Schrecken ein.

Angespannt atmete er aus und blieb auf dem Flur stehen, denn die Frage hatte nicht ihm gegolten. Noch jemand war an Niklas' Krankenbett und Frederik hatte so einen Verdacht, wer das sein konnte.

»Thorsen ist der Grund, warum Hendriksson Junior neben der Spur ist und für den Rest der Woche ausfällt«, erklärte Benett Hanson spitz und bestätigte damit Frederiks Vermutung zur zweiten Person im Überwachungszimmer. Mist, ausgerechnet Hanson, bei dem er ohnehin schon ein verdammt ungutes Gefühl hatte.

»Das habe ich gestern schon mitbekommen«, gab der Herzspezialist zurück. Noch immer waren beide Ärzte von Frederiks Position aus nicht zu sehen. »Warum aber sind Sie heute schon wieder bei meinem Patienten? Falls er ein neurochirurgisches Problem entwickeln sollte, werde ich mich umgehend an Ihre Abteilung wenden. Bis dahin aber halten Sie sich fern von ihm, Hanson.«

»Wie Sie wünschen.« Hanson wandte sich zum Gehen und verließ das Überwachungszimmer eilig, sodass Frederik keine Fluchtmöglichkeit blieb. Zu seinem Glück war der Oberarzt in die entgegengesetzte Richtung gelaufen und hatte keine Notiz von ihm genommen. Angespannt atmete Frederik aus.

»Kommen Sie schon herein, Doktor Hendriksson.« Oliver Wrede kam Frederik entgegen. »Ihnen hat sein Zustand keine Ruhe gelassen?«, vermutete er.

»Genauso wie Niklas' Freundin, sie hält die Ungewissheit kaum aus«, fügte Frederik müde hinzu und ging auf das Patientenbett zu. »Wie war die Nacht? Wie geht es Niklas heute?«

»Ich bin mit dem Verlauf zufrieden«, meinte Wrede und verschränkte die Arme. »Abgesehen von kleineren Kreislaufschwankungen war die Nacht ruhig, er stabilisiert sich langsam.«

»Was macht Ihnen dann Sorge?«, fragte Frederik mit

bangem Blick, denn ihm war der Unterton seines Gegenübers nicht entgangen. »Irgendetwas ist doch los.«

»Wir suchen noch nach der Ursache für die schwere Thrombose«, erklärte der Herzspezialist und betrachtete das Verlaufsprotokoll der vergangenen Nacht. »Auf den ersten Blick erfüllt Doktor Thorsen keines der typischen Risikoprofile für Thrombosen. Das heißt allerdings auch, dass wir jederzeit mit einer weiteren Thrombose rechnen müssen.«

»Weil Sie wegen der OP keine Blutverdünner geben können?«, vermutete Frederik und schluckte schwer.

»Wir versuchen einen Mittelweg mit geringer Dosierung. Das ist allerdings ein Balanceakt, bei dem wir die Nachblutungen genau im Blick behalten müssen.«

»Verdammt.« Frederik nahm Niklas' linke Hand in seine und drückte sie leicht. »Wenn er kein typischer Risikopatient ist, woher kommt dann die Embolie?«, fragte er nachdenklich. »Welche Möglichkeiten bleiben noch?«

Kapitel 9

»Niklas?« Frejas Stimme ließ ihn in seinem schwerelosen Flug durch einen undefinierbaren Raum innehalten. »Hörst du mich? Bitte, Niklas, bitte wach auf ...«

Aufwachen ... Niklas lächelte. Mit Freja im Arm aufzuwachen, das waren seine liebsten Tagesanfänge. Ihren warmen, weichen Körper dicht an seinem zu spüren und seine Nase in ihren duftenden Haaren zu vergraben ... das vermisste er hier an diesem Ort.

Wo war er eigentlich gelandet?

Vielleicht sollte er sich ein wenig umsehen und konnte so Freja finden? Ihre Stimme schien ganz nah zu sein.

Mit kräftigen Arm- und Beinbewegungen wie beim Schwimmen bewegte sich Niklas weiter durch den Raum. Unter Wasser war er nicht, denn er konnte ganz normal atmen. *Nur, wo war er dann?* Neugierig sah sich Niklas um, doch er konnte nichts anderes als Farbverläufe sehen. Ihn zog es näher zum warmen, orangenen Licht zu seiner Linken. Ja, dort war es angenehm und lud zum Verweilen ein.

»Wie sieht es aus?«, fragte eine ihm unbekannte männliche Stimme, dann blendete ihn kurz grelles Licht.

»Wenn wir es tun wollen, müssen wir in den nächsten Stunden handeln«, antwortete ein anderer Mann. »Nur, wir haben keine Freigabe. Ich rufe ihn gleich noch einmal an.«

Wer wollte was tun? Irritiert runzelte Niklas die Stirn.
Wo waren diese Männer?
Warum konnte er sie nicht sehen?
»Doktor Thorsen? Hören Sie mich? Können Sie mich verstehen?« Noch ein Mann, der etwas von ihm wollte, sich aber im Verborgenen hielt.
Warum konnte man ihn nicht einfach in Ruhe lassen?
Niklas schüttelte verärgert den Kopf und schwamm weiter durch das Nichts zu einer anderen Farbe. Das Grün vor ihm erinnerte an eine Wiese oder Weide. Hoffentlich hatte er hier eher seine Ruhe. Sollten sich doch die Männer miteinander beschäftigen und ihn in Frieden lassen.

Erst als Niklas in den blauen Farbverlauf eintauchte hörte er wieder die gleichen Männerstimmen wie zuvor im orangefarbenen Licht.
»Welches Medikament bevorzugen Sie?«, fragte die erste Stimme. »Auf welche Wirkung zielen wir ab?«
»Heparin hilft uns hier nicht weiter, die Blutungen können wir nicht kontrollieren«, murmelte der andere Mann. »Versuchen Sie es mit Morphium oder Suxamethoniumchlorid. Hauptsache, Sie tun es schnell, wir haben keine Zeit für weitere Komplikationen.«
»Natürlich«, versicherte die erste Stimme und entfernte sich mit quietschenden Schritten. »Ich bin gleich zurück.«
Niklas runzelte die Stirn.
Was sollte das werden?
Morphium in Kombination mit einem Muskelrelaxans?
Was hatten die Männer vor?
Wer war das überhaupt?

70

Und warum tauchten sie dauernd in seiner Nähe auf?
Er wollte doch nur seine Ruhe haben.

Die nächsten friedlichen Momente zurück in der orange-roten Farbe endeten abrupt. Etwas brannte in seinem Hals und breitete sich immer weiter aus.

»Hey! Was soll denn das? Gehen Sie sofort weg von meinem Patienten!«, rief der dritte Mann von vorhin wütend und kam rasch näher. »Was war das? Geben Sie sofort die Ampulle her! Wie viel von dem Zeug haben Sie ihm gegeben?«

Das Brennen katapultierte Niklas schlagartig zurück in die Schwärze, wo er seine Entdeckungstour zuvor gestartet hatte. Seine Arme und Beine fühlten sich unglaublich schwer an und ließen sich kaum bewegen. Mist, so schnell kam er hier wohl nicht mehr weg.

So schnell wie Niklas in den schwarzen Bereich gekommen war so schnell wurde er dort wieder herausgerissen. Er würgte heftig wegen des großen Fremdkörpers in seinem Mund, den ihm jemand tief in die Kehle gesteckt haben musste.

»Ganz ruhig, Doktor Thorsen, Sie haben es gleich geschafft.« Wieder war der dritte Mann dicht neben Niklas. »Ich entferne den Beatmungsschlauch sofort, dann sollte es Ihnen bessergehen.«

Niklas atmete hektisch und schnappte nach Luft, als der Fremdkörper seinen Mund endlich verlassen hatte. Stattdessen begann etwas neben ihm zu piepsen.

Hörte das denn nie auf?
Er wollte doch nur seine Ruhe …

»Das war es auch schon, Doktor Thorsen, atmen Sie tief ein und wieder aus«, leitete ihn der Mann geduldig an und schaltete endlich auch das nervige Gepiepse aus. »So ist es gut, tief ein- und wieder ausatmen.« Langsam beruhigte sich Niklas' hektische Atmung und er nahm seinen Körper zum ersten Mal wieder bewusst wahr. Er fühlte sich eigenartig taub an, als hätte er sehr lange geschlafen und müsste sich erst wieder bewegen.

»Doktor Thorsen?« Der Mann trat wieder in Niklas' Blickfeld. »Ich bin Oliver Wrede, vielleicht erkennen Sie mich?«

Niklas runzelte die Stirn. Oliver Wrede, der Name sagte ihm etwas. Auch kam er ihm rein äußerlich bekannt vor, doch Niklas wurde den Verdacht nicht los, dass ihm einige Erinnerungsstücke fehlten.

»Lassen Sie sich Zeit, Doktor Thorsen, das ist gerade ganz schön viel auf einmal, was da auf Sie einprasselt.« Wrede lächelte freundlich. »Sie sind auf der Intensivstation im Uniklinikum, nachdem ich Sie vor zwei Tagen wegen einer schweren Lungenembolie operiert habe.«

Lungenembolie … das klang gar nicht gut. Niklas dachte angestrengt nach, doch er konnte sich an nichts erinnern, was ihm in dieser Hinsicht weiterhalf.

»Ihr Zustand war äußerst kritisch, Doktor Thorsen, deswegen bin ich sehr erleichtert, jetzt mit Ihnen sprechen zu können.«

»Mhm …« Niklas konnte die ganzen Informationen nur schwer verarbeiten, weil es ihn immer stärker in den schwerelosen Raum mit den Farben zurückzog.

»Wehren Sie sich nicht gegen die Müdigkeit, Doktor

Thorsen, das sind noch Nachwirkungen der Narkose. Schlafen Sie sich aus, dann können wir über alles weitere sprechen.« Doktor Wrede veränderte eine Einstellung an den Infusionen und nickte zufrieden.

»Mhm …«, wiederholte Niklas und schloss die Augen. Er fühlte sich unendlich erschöpft und wie ein Passagier im eigenen Körper. Da war ihm die Schwerelosigkeit gleich viel lieber. Vor allem, weil hier keine Stimmen mehr zu hören waren. Er war allein, frei und ungebunden. Er konnte durch den bunten Farbreigen tauchen und sich treiben lassen. Es war einfach alles so leicht und angenehm.

»Niklas?« Frejas Stimme unterbrach Niklas' Überlegungen, zu welcher Farbe er als nächstes schwimmen sollte. Suchend drehte er den Kopf in Richtung ihrer Stimme.

»Freja?«, fragte er angestrengt. »Wo bist du?«

»Schatz? Hörst du mich?« Eine angenehm warme Hand legte sich auf seine Wange.

»Mhm …« Mühsam kämpfte sich Niklas an die Oberfläche und blinzelte. Verschwommen sah er das Gesicht seiner Freundin.

»Du bist wieder da!« Schluchzend küsste Freja ihn auf die Stirn. »Oh Gott, Niklas, mach so etwas nie wieder, hörst du? Das war die Hölle, dich hier so liegen zu sehen, ohne zu wissen, wie es weitergeht.«

»Ich bleibe … da … versprochen.« Niklas kämpfte um jedes Wort, denn seine Zunge gehorchte ihm nur äußerst widerwillig. Wie alles an seinem Körper schien sie sich in einer Art Ruhezustand befunden zu haben.

»Doktor Wrede! Er ist wach!«, rief Freja aufgeregt

über ihre Schulter und küsste Niklas dann erneut auf die Stirn. »Tut dir irgendetwas weh? Wie fühlst du dich? Wie ...«

Niklas lächelte andeutungsweise und wanderte mit seinem Blick zu Oliver Wrede, der nun ebenfalls in sein Blickfeld trat.

»Wrede«, nuschelte Niklas und musterte ihn. »Sie ... Sie sind ... der Herz-Thorax- ... Chirurg«, überlegte er laut und musterte seinen Kollegen matt.

»Das ist richtig. Sie erkennen mich«, freute sich Doktor Wrede lächelnd. »Erinnern Sie sich noch daran, was ich Ihnen beim letzten Mal erzählt habe? Wo sind wir?«

Wieder ließ Niklas den Blick schweifen. Viel sah er aus seiner Position heraus nicht, doch alles sah nach einem Krankenzimmer aus. »Intensivstation?«, riet er angesichts der zahlreichen Geräte neben sich.

Freja nickte, während Tränen in ihren Augen glitzerten. Sie nahm seine rechte Hand in ihre.

»Was ... fehlt mir?«, fragte Niklas heiser.

»Sie hatten vor drei Tagen eine schwere Lungenembolie«, erklärte Oliver Wrede. »Ich habe Sie notoperiert und konnte das Blutgerinnsel erfolgreich entfernen.«

Lungenembolie, da war was. Irgendwo hatte Niklas davon schon einmal gehört, doch er konnte sich nicht recht daran erinnern.

»Wird Niklas wieder ganz gesund?«, fragte Freja mit bangem Blick. »Sie haben gesagt, dass man erst nach ein paar Tagen mehr zum weiteren Verlauf sagen kann.«

»Das ist richtig«, bestätigte Oliver Wrede. »Die ersten vierundzwanzig Stunden nach der Operation waren kritisch, doch Sie haben sich gut stabilisiert, Doktor Thorsen. Wir werden Sie noch für ein, zwei Tage auf der Intensivstation weiterbehandeln. Bevor wir Sie verlegen können, werden Sie mit einem Physiotherapeuten gemeinsam aufstehen.«

»Aufstehen«, wiederholte Niklas überfordert. »Ich … ich glaube nicht, dass das funktioniert.« Er sah an sich herunter. »Die Schmerzen sind ja schon im Liegen … schwer zu ertragen.«

»Ich weiß, dass das für Sie gerade wie ein utopisches Ziel aussieht, Doktor Thorsen, aber an der Mobilisierung führt kein Weg vorbei.« Doktor Wrede sah ihn aufmunternd an. »Wir gehen einen Schritt nach dem anderen und wir werden uns nach Ihrem Tempo richten. Nichts geschieht gegen Ihren Willen.«

Niklas lächelte andeutungsweise und seufzte. Da hatte er noch ganz schön Weg vor sich, auf dem ihn Schmerzen noch ein längeres Stück begleiten würden.

»Was machen Ihre Schmerzen?«, fragte Oliver Wrede kritisch mit Blick auf den Monitor, denn Niklas' Puls war deutlich erhöht.

»Ziemlich stark«, gab Niklas ohne Umschweife zu. »Als hätten Sie mir ein Messer zwischen die Rippen gestoßen.«

»Dagegen können wir etwas unternehmen.« Schon verstellte Doktor Wrede den Perfusor mit den Schmerzmitteln und machte eine Notiz im Überwachungsprotokoll. »Ihre Schmerzen sollten gleich deutlich nachlassen.«

»Mhm …« Niklas schloss die Augen. Schon wieder zog es ihn zurück ins Nirgendwo. Schade, dass er Freja nicht mitnehmen konnte.

Kapitel 10

Zu Dritt holten sie Niklas am fünften Tag nach seiner Operation aus dem Bett und führten ihn die wenigen Schritte zu einem Stuhl.

»Genug«, quetschte Niklas durch die Zähne und klammerte sich an die Arme des Physiotherapeuten und der Pflegerin, Oliver Wrede beobachtete die Szene aufmerksam. »Es … es tut … verdammt weh.«

»Sie sitzen, Doktor Thorsen, das war das Ziel«, versuchte der Physiotherapeut, ihn aufzumuntern. Seinen Namen hatte sich Niklas nicht gemerkt, doch das war angesichts seiner Schmerzen auch nebensächlich.

»Doktor … Wrede?« Niklas sah seinen behandelnden Arzt angestrengt an, doch die Schmerzen waren bei jedem Atemzug präsent.

»Das war heftig, ich weiß, Doktor Thorsen.« Oliver Wrede nahm eine vorbereitete Spritze von der Ablage. »Sie bekommen von mir eine Einmaldosis, um diese Schmerzspitze abzufangen. Wichtig bleibt, dass Sie weiterhin tief durchatmen und sich keine Schonatmung angewöhnen, ansonsten riskieren wir eine Lungenentzündung.«

»Mhm.« Niklas starrte auf die Plastikspritze, die sein Arzt mit dem zentralen Venenkatheter seitlich an seinem Hals verband und die milchige Flüssigkeit direkt in Niklas' Blutgefäß drückte.

»Sie sollten gleich eine Besserung merken.« Wrede

legte die Spritze beiseite und schraubte den Verschluss wieder auf den Zugang. »Danach geht es zurück ins Bett.«

Vorsichtig atmete Niklas auf. Die Schmerzen hielten sich bei diesem Atemzug in Grenzen, die zusätzlichen Medikamente entfalteten bereits ihre Wirkung.

»Können wir den Rückweg antreten?«, fragte der Physiotherapeut und berührte Niklas an der Schulter. »Oder möchten Sie sich noch ein paar Minuten ausruhen?«

»Bringen wir es hinter uns.« Langsam rutschte Niklas nach vorn an die Sitzkante und stemmte sich mit zitternden Muskeln in Armen und Beinen wieder auf die Füße. Sofort spürte er wieder den sicheren Griff an beiden Oberarmen, ansonsten wäre er wohl wieder rücklings auf den Stuhl geplumpst.

Mit viel Hilfe schaffte es Niklas zurück ins Bett und wartete erneut, bis sich die Schmerzen in seiner Brust wieder beruhigten. Dank der starken Schmerzmittel vor wenigen Minuten ging das jetzt deutlich schneller.

»Das sah gut aus«, stellte Doktor Wrede zufrieden fest und lächelte andeutungsweise, als Niklas' Puls wieder langsamer wurde und die Anzeige am Überwachungsmonitor nicht mehr blinkte.

»Dann ist das mein Ticket zur Normalstation?«, fragte Niklas und tastete mit den Fingerspitzen über seinen Oberkörper. »Und ziehen Sie mir vorher noch die Drainage?«

Wrede schmunzelte. »Ich möchte Sie bis morgen noch hier überwachen, dann geht es auf Station. Die Drainage werde ich auch morgen ziehen, ebenso wie den zentralen Venenkatheter. Wir wollen Sie ja möglichst bald auf Tabletten umstellen, damit Sie nicht mehr so an das Bett gefesselt sind.«

»Danke.« Niklas glitt mit den Fingern den Schlauch der Drainage entlang. Er gähnte. »Dann wird das alles viel leichter ...«

»Sie sagen es.« Oliver Wrede wandte sich zum Gehen. »Schlafen Sie gut, Doktor Thorsen. Wir sehen uns morgen zur Visite.«

Nach diesem anstrengenden und schmerzhaften Ausflug hatte Niklas tief und fest geschlafen, sodass er sowohl den Kurzbesuch von Freja als auch Frederiks Anwesenheit allenfalls im Halbschlaf mitbekam. Dafür aber fühlte er sich am nächsten Tag deutlich besser, die Aussicht auf ein etwas humaneres Umfeld abseits der Intensivstation hob seine Stimmung deutlich.

»So, Doktor Thorsen.« Oliver Wrede kehrte nach der Visite in Begleitung eines Pflegers und eines Assistenzarztes zu Niklas zurück. »Wir bringen Sie jetzt auf die Normalstation und befreien Sie vorher von einigem unnötigen Ballast.«

»Schwer ist das alles ja nicht«, gab Niklas zurück und schmunzelte. »Nur lästig und an sehr unpraktischen Stellen.«

»Wir fangen mit dem ZVK an, als nächstes zieht Ihnen Doktor Peters die Drainage«, erklärte der Herzspezialist und löste die ersten Elektroden von Niklas' Oberkörper, die bisher für die Überwachung seines Herzschlages nötig gewesen waren.

»Rein ist angenehmer als raus«, bemerkte Niklas und schloss kurz die Augen, während der Assistenzarzt an seinem Hals arbeitete und den Zugang schließlich entfernen konnte. Schon löste er auch das Pflaster auf Niklas' Brust und durchtrennte den Faden, der die Drainage bisher fixiert hatte, mit einer Schere.

»Das wird nochmal kurz unangenehm«, warnte Doktor Peters und zog dann an dem Schlauch, der seit der Operation tief in Niklas' Brustkorb steckte.

Mit zusammengebissenen Zähnen starrte Niklas auf seine Brust und die lange Narbe, aus der der Schlauch herausragte. Endlich hatte Doktor Peters das letzte Stückchen herausgezogen und versorgte die kleine Austrittswunde mit sterilen Kompressen.

»Sie haben es geschafft, Doktor Thorsen«, erklärte der Assistenzarzt und zog sich die Handschuhe aus.

Nachdenklich musterte Niklas den Assistenzarzt. Irgendwoher kam ihm dessen Stimme bekannt vor.

Nur, wo waren sie einander schon einmal begegnet?

»Ich nehme Sie gleich mit auf Station«, unterbrach Oliver Wrede Niklas' Grübelei. »Ich bin ohnehin auf dem Weg dorthin.«

»Was?« Irritiert sah Niklas auf. »Ach ja, okay ...«

»Brauchen Sie mich noch?«, fragte Doktor Peters. »Oder soll ich zurück in die Ambulanz und dort mitlaufen?«

Doktor Wrede musterte seinen Assistenzarzt mit undefinierbarem Blick und schüttelte dann andeutungsweise den Kopf. »Gehen Sie, Peters ...«

Niklas runzelte die Stirn, ihm waren die Spannungen zwischen den beiden schon vorhin aufgefallen.

Ruckelnd setzte sich sein Bett in Bewegung.

»Wie lange muss ich eigentlich hier in der Klinik bleiben?«, fragte Niklas und stützte sich auf die Ellbogen.

»Können Sie dazu schon etwas sagen?«

Oliver Wrede schmunzelte. »Legen Sie sich wieder hin, Doktor Thorsen. Sie wissen so gut wie ich, dass Sie noch fünf bis zehn Minuten liegen bleiben müssen, nachdem wir Ihren ZVK gezogen haben.«

»Ansonsten kann es zu allerlei Komplikationen kommen.« Folgsam ließ sich Niklas zurück ins Kissen sinken und betastete mit seiner rechten Hand das dicke Pflaster seitlich an seinem Hals. »Also, wie lange?«

»Angesichts Ihrer Schmerzen und Ihres Allgemeinzustands gehe ich davon aus, dass wir Sie frühestens nächste Woche in eine Reha-Klinik verlegen.«

»Stationäre Reha?« Schon wieder setzte sich Niklas auf, besann sich dann jedoch eines Besseren und legte sich unter dem warnenden Blick seines behandelnden Arztes zurück auf das Kissen. »Ich will nicht in eine Reha-Klinik«, stellte Niklas fest. »Ich kann mich genauso gut zu Hause erholen, wenn nicht sogar besser.«

»Darüber reden wir in ein paar Tagen noch einmal.« Doktor Wrede schob sein Bett am Stationszimmer vorbei und bog ab in ein Einzelzimmer. »Es sei denn, Sie wünschen sich einen Zimmernachbarn?«

Niklas schüttelte andeutungsweise den Kopf.

»Bis morgen, Doktor Thorsen«, verabschiedete sich Oliver Wrede und lächelte. »Erholen Sie sich gut.«

Erholen … Niklas schmunzelte. Wohl eher schlafen und versuchen, größere Schmerzen zu vermeiden.

Viel Ruhe war Niklas nicht vergönnt, denn kurz nachdem Doktor Wrede das Zimmer verlassen hatte, kam die Stationsschwester herein, um sich selbst ein Bild von ihrem neuen Patienten zu machen. Ein übliches Vorgehen, das Niklas nicht gerade überraschte.

»Ihre Werte sehen gut aus«, stellte Schwester Mareike fest und löste die Blutdruckmanschette von seinem Oberarm. »Was machen Ihre Schmerzen?«

»In Ruhe geht es, aber wenn ich aufstehen muss …« Niklas hob vielsagend eine Augenbraue.

»Das wird sich in den nächsten Tagen einpendeln«, munterte ihn die Pflegerin auf. »Fürs Erste werden Sie nur in Begleitung aufstehen, hier ist der Rufknopf, den Sie bitte benutzen, Doktor Thorsen. Ich weiß, dass Sie möglichst schnell wieder selbstständig werden wollen, aber ein Kreislaufzusammenbruch bringt niemandem etwas.«

»Ist gut«, zeigte sich Niklas einsichtig.

»Sie bekommen ab heute regelmäßig Infusionen mit Schmerzmittel, die wir übermorgen dann auf Tabletten umstellen werden. Falls die Schmerzen zwischen den Infusionen nicht auszuhalten sind, melden Sie sich bitte.« Schwester Mareike sah auf den Aufnahmebogen. »Haben Sie sonst noch Fragen, Doktor Thorsen?«

Niklas dachte kurz nach. »Ich würde gern meine Freundin anrufen, damit sie mir ein paar Sachen von Zuhause mitbringen kann…«

»Ich bringe Ihnen gleich das Stationstelefon«, versprach die Pflegerin und wandte sich zum Gehen. »Später kommt auch noch einer der Assistenzärzte und legt Ihnen einen Zugang in die Armbeuge für die Infusionen.«

Die Mittags-Infusion war gerade durchgelaufen und abgesteckt worden, als Freja in Niklas' Krankenzimmer sah. »Hier bin ich richtig«, freute sich Freja und eilte auf ihren Freund zu. Kurz sah sie ihm in die Augen, dann küsste sie ihn zärtlich. »Ich so froh, dich auf dieser Station zu sehen. Dir scheint es endlich besserzugehen.«

»Ich freue mich auch, dass ich die Intensiv hinter mir gelassen habe.« Niklas streichelte seiner Freundin über die Wange. »Und noch mehr freue ich mich, dich zu sehen.« Sein Daumen zeichnete die dunklen Augenringe nach. »Ich habe dir offensichtlich einige schlaflosen Nächte beschert, mhm?«

»Was denkst du?« Kurz zuckten Frejas Mundwinkel, doch ein Lächeln wollte sich nicht so recht auf ihren Lippen zeigen. »Seit Frederiks Anruf, dass ich unbedingt in die Klinik kommen soll, hatte ich permanent Angst, dich zu verlieren. Und dich dann direkt nach der OP auf der Intensivstation zu sehen, das … dieses Bild wird mich noch eine Weile begleiten.«

»Ich wollte bestimmt niemandem so einen Schrecken einjagen«, beteuerte Niklas und glitt mit dem Daumen weiter über Frejas Grübchen, in die er sich vom ersten Moment an verliebt hatte. »Und ich dachte ja auch die ganze Zeit, dass das ein orthopädisches Problem ist. Nie hätte ich eine Lungenembolie vermutet.«

»Dann waren die Rückenschmerzen Vorboten der Embolie?«, fragte Freja und hielt seine Hand fest. Seufzend schmiegte sie ihre Wange in seine Handfläche.

»Möglich ist es, aber das ist im Nachhinein auch egal.« Er senkte den Blick. »Das größere Problem ist, dass es keine erkennbare Ursache für die Embolie gibt. Doktor Wrede hat eine Reihe an Tests veranlasst, die hoffentlich Klarheit bringen.«

»Erst einmal ist es wichtig, dass du gesund wirst und wieder nach Hause kommst.« Freja beugte sich vor und küsste ihn erneut.

»Wrede entlässt mich frühestens nächste Woche.« Niklas strich sich nachdenklich über das Pflaster auf seiner Brust. »Na ja, bis dahin passiert noch viel.« Sein Blick blieb an der schwarzen Sporttasche hängen, die Freja mitgebracht hatte.

»Ich habe ein paar Sachen zusammengepackt, wenn dir noch etwas fehlt, bringe ich es morgen mit.« Freja stand auf und öffnete die Tasche. »Dein Handy mit Ladekabel, dazu Jogginghose, Unterwäsche, T-Shirts, Socken … dein Kulturbeutel …«

»Das Wichtigste ist dabei.« Niklas lächelte und setzte sich langsam auf. »Dann kann ich endlich dieses furchtbare Hemd ausziehen. Damit fühlt man sich ja kränker als man ist.« Er hob den linken Arm und versuchte, damit die Schleife in seinem Nacken zu erreichen, scheiterte jedoch wegen der Braunüle in der Armbeuge.

»Lass, ich bin doch da.« Freja stand auf und zog die Schleife auf. »Ich weiß, du machst gern alles selbst, aber nach so einer schweren OP darfst du dir noch eine Weile helfen lassen, das ist keine Schande.«

»Mhm.« Niklas schob sich das Flügelhemd über die Schultern. »Gibst du mir bitte das schwarze Shirt?«

Eigensinnig wie er war hatte sich Niklas weitestgehend selbst umgezogen, was ihn mehr angestrengt hatte, als er zuzugeben bereit war.

»Was machen die Schmerzen?«, fragte Freja besorgt und setzte sich wieder auf die Bettkante. Natürlich war ihr der gequälte Ausdruck in Niklas' Blick nicht entgangen.

»Geht gleich wieder, ich muss mich nur hinlegen.« Aufatmend sank Niklas auf das Kissen und schloss kurz die Augen. »Wie lief es zuletzt im Theater?«, fragte er und tastete nach Frejas Hand. »Lenk mich ab, dann geht es mir gleich besser.«

»Das übliche Drama – zwei unserer Hauptdarsteller sind sich zu Beginn der Spielzeit nähergekommen und haben diese private Leidenschaft lange ausgelebt. Na ja, jetzt ist das Feuer quasi erloschen und die beiden bekriegen sich bei jeder sich bietenden Gelegenheit.«

»Ein Rosenkrieg?« Niklas schmunzelte und bekam endlich Frejas Finger zu fassen. Sanft drückte er sie.

»Kann man so sagen. Inzwischen darfst du sie keinen Moment aus den Augen lassen, weil sie sich sonst die Köpfe einschlagen. Rate, was unser Abendspielleiter dazu sagt.«

»Ich habe ihn nur einmal gesehen, aber ich kann mir seine Reaktion gut vorstellen.« Niklas blinzelte. »Und du darfst dir alles in der Maske ganz genau anhören?«

»Das Los jeder Maskenbildnerin.« Freja lachte und streichelte ihm mit ihrer anderen Hand über die Wange. »Es ist über weite Strecken ja auch unterhaltsam, solange es hinter und neben der Bühne professionell bleibt.«

»Mhm … und … wie geht es für dich weiter? Hat sich inzwischen geklärt, in welchem Theater du künftig arbeitest?«

»Mein Wunsch wurde berücksichtigt, ich bleibe im Theater an der Elbe beim Wunder von Bern«, berichtete Freja lächelnd. »Das hat auch am meisten Sinn gemacht, immerhin bin ich in die Produktion schon eingearbeitet. Jetzt wieder zu wechseln wäre für mich zwar nichts Neues, aber nach all den Jahren als Springerin freue ich mich, etwas Routine entwickeln zu können.«

Freja machte sich gegen Drei schließlich auf den Weg in die Arbeit, sodass Niklas nicht länger gegen die Müdigkeit ankämpfen musste. Der Umzug auf die neue Station hatte ihn im Tagesverlauf ganz schön angestrengt, weil er jetzt wieder gezwungen war, viel selbstständig zu machen. Auf der Intensivstation hatte man ihm dann doch noch sehr viel abgenommen.

»Mahlzeit!« Frederik betrat sein Krankenzimmer mit einem Tablett und stellte es auf dem Nachtkästchen ab. »Ich präsentiere Ihnen die neueste Kreation unserer fünf Sterne Küche …« Mit dramatischer Geste hob er den Deckel. »Grießbrei mit … irgendetwas Undefinierbarem.«

Niklas lachte gequält und hielt sich prompt den operierten Brustkorb. »Ich schätze deinen Humor, aber bitte behalte ihn für dich. Lachen tut meinen Rippen im Moment gar nicht gut.« Langsam setzte er sich auf.

»Verstehe.« Frederik plumpste auf den Stuhl neben Niklas' Bett und musterte seinen besten Freund nachdenklich. »Du siehst wesentlich gesünder aus als zuletzt. Ob das allein an diesem hübsch gemusterten Hemdchen lag?«

»Bring mich nicht zum Lachen«, warnte Niklas ihn erneut, wenn auch mit breitem Lächeln. »Und was mein Outfit zuletzt angeht: niemand sah in diesem Hemd besser aus als ich.« Er griff nach dem Löffel und probierte den Grießbrei. Geschmacklich nicht gerade überragend, aber was hatte er erwartet?

»Fünf Sterne mindestens, oder?«, feixte Frederik.

»Erzähl mir lieber etwas von deiner Schicht, anstatt mich weiter zu ärgern.« Niklas grinste. »Ansonsten könnte es gut sein, dass du noch etwas Flug-Brei abbekommst ...«

»Na schön, ich bin ja schon brav.« Frederik gähnte und verschränkte die Arme im Nacken. »Die Schicht war anstrengend, aber schön, weil ich endlich mal wieder einen Großteil meiner Arbeitszeit im Operationssaal verbracht habe. Zwar mit Hanson, aber die Eingriffe waren spannend.«

»Ist Hanson immer noch so ... hart zu dir?«, fragte Niklas zwischen zwei weiteren Löffeln. »Oder hat er sich wieder eingekriegt?«

»Die Gesamtsituation ist etwas ruhiger geworden, seit ich ins Hotel gezogen bin«, gab Frederik zu. »Aber du kennst meinen Vater, das ist oft nur die Ruhe vor dem Sturm.«

»Mhm ...« Niklas musterte ihn neugierig und aß dann mit großem Appetit weiter. »Dann sind sowohl Hanson als auch dein Vater soweit ... zivilisiert und lassen dich in Frieden?«

»Sie hatten letzte Woche viel zu tun und andere Ziele als mich.« Frederik senkte den Blick.

»Wie meinst du das?« Irritiert ließ Niklas den Löffel zurück auf den Teller sinken.

»Ich weiß nicht, was du im Koma oder später in der Aufwachphase alles mitbekommen hast, aber ... Hanson hat sich einige Male für dich interessiert und war auffällig oft an deinem Bett«, rückte Frederik zögerlich mit der Wahrheit heraus. »Wrede fand das gar nicht lustig, er war sogar ziemlich sauer auf Hanson.«

»Mhm … irgendwas habe ich gehört, aber …« Niklas schüttelte den Kopf. »… ich konnte die Stimmen nie wirklich zuordnen. Außer Freja, sie würde ich überall erkennen.«

»Und was haben die anderen Stimmen gesagt?«, fragte Frederik neugierig.

»Sie haben sich gestritten, warum derjenige schon wieder da war und ich nicht sein Patient sei, ein andermal ging es um Medikamente, die jemand besorgen sollte.« Niklas nahm den Löffel wieder in die Hand und aß einen Bissen. »Das waren ganz schön schräge Szenen, aber wenn man mal überlegt, unter welchen Medikamenten ich zu der Zeit stand …« Er deutete ein Schulterzucken an.

»Vermutlich kein großes Wunder, ja«, stimmte ihm Frederik gedankenverloren zu.

»Und nichts, worüber ich mir den Kopf zerbrechen würde.« Niklas dachte kurz nach und wechselte dann das Thema. »Was ist eigentlich mit Caroline? Triffst du sie noch?«

Seufzend nickte Frederik, seine Miene wurde wieder ernst. »Es ist ein zweischneidiges Schwert mit sehr scharfen Klingen… ich mag sie sehr und … ich fühle mich in ihrer Gesellschaft sehr wohl …« Er seufzte erneut. »Das große Aber hat jedoch nicht lange auf sich warten lassen. Sie wird Polizistin und zeichnet damit eine weitere Parallele zu Carolina … und ich weiß nicht, ob ich das noch einmal ertrage.«

»Das verstehe ich gut.« Niklas' Blick ruhte weiterhin auf Frederik. »Und das ist eine Frage, die du für dich allein beantworten musst. Ob du um jeden Preis mit Caroline zusammen sein möchtest und ihren Beruf mit all seinen Risiken in Kauf nimmst, oder ob du dich zurückziehst, um dich selbst vor weiteren Schicksalsschlägen zu schützen.«

»Du bringst es auf den Punkt.« Frederik schüttelte den Kopf. »Ich … ich habe für den Moment beschlossen, das mit Caroline erst einmal auf mich zukommen zu lassen und sie weiter kennenzulernen. Vielleicht fällt die Entscheidung dann unvermittelt.«

Kapitel 11

Die große Klinik war kurz nach Zehn endlich zur Ruhe gekommen. Die Pfleger der Nachtschicht hatten ihren Dienst angetreten und eine letzte Runde durch die Patientenzimmer gedreht, jetzt erledigten sie die Dokumentation im Stationszimmer. Und die Ärzte der Nachtschicht versuchten entweder in Bereitschaftszimmern, etwas zu dösen, oder behandelten in der Notaufnahme neue Patienten. Ein guter Zeitpunkt, sich unbemerkt auf den Stationen zu bewegen und in eines der Patientenzimmer zu gelangen. Dass es sich um ein Einzelzimmer handelte, kam dem Eindringling sehr gelegen, so hatte er keine unerwünschten Augen- oder Ohrenzeugen.

Leise schloss er die Tür zum Flur hinter sich und zog die vorbereiteten Spritzen aus seiner Tasche. Handschuhe hatte er sich schon vor Beginn seiner Mission übergezogen.

Angespannt lauschte der Mann und lächelte, als er den Patienten schnarchen hörte. Das war gut, nahezu perfekt. Jetzt musste er es nur noch zu Ende bringen, dann war alles gut. Er durfte kein weiteres Mal scheitern.

Auf Zehenspitzen näherte er sich dem Bett, das er wegen der offenen Vorhänge im Halbdunkeln gut erkennen konnte. Niklas Thorsen lag auf dem Rücken, der linke Arm mit der Braunüle ausgestreckt auf der Decke. Noch besser hätte man es sich kaum wünschen können.

Langsam trat der Mann an das Bett heran und kehrte dem Fenster den Rücken zu, so würde man sein Gesicht im unwahrscheinlichen Fall einer Störung nicht sofort erkennen. Geübt entfernte er den Verschluss der Spritze und beugte sich vor, um sie mit der Braunüle zu verbinden. Das war der heikle Teil, mit dem er sein Opfer leicht aufwecken konnte. Zwar stellte Niklas Thorsen in seiner gegenwärtigen Verfassung keinen gefährlichen Gegner für ihn dar, doch es würde die Mission nur unnötig verlängern.

Als hätte er es geahnt drehte sich Thorsen bei der kleinsten Berührung auf die Seite und lag nun halb auf dem Arm mit dem Zugang. Mist, jetzt musste er ihn noch einmal reizen, damit er sich zumindest wieder auf den Rücken rollte.

Flüchtige Berührungen an der rechten Wange veranlassten Niklas Thorsen tatsächlich zu einer weiteren Positionsänderung.

»Mhm …?«, brummte er verschlafen und blinzelte.

»Schlafen Sie weiter, Thorsen, schlafen Sie weiter«, murmelte der Unbekannte und versuchte erneut, die Spritze aufzustecken.

»Was …?« Niklas Thorsen zog seinen Arm ein weiteres Mal weg und schlug die Augen richtig auf. »Was … was machen Sie da?«

»Die Spätschicht hat vorhin ein Medikament vergessen«, log der Mann und hob die Spritze in seiner Hand.

»Was soll das?«, wiederholte sich Niklas schlaftrunken. »Sie … Sie gehören doch gar nicht zu dieser Abteilung. Das ist nicht die Neurochirurgie.«

»Lassen Sie das Spiel, Thorsen. Sie bekommen diese Spritze, ob Sie wollen oder nicht«, drohte er und packte ihn grob am linken Arm. »Machen Sie es also nicht unnötig kompliziert.«

»Kompliziert?« Niklas runzelte die Stirn und versuchte gleichzeitig, seine Hand von seinem Arm zu lösen. Mit mäßigem Erfolg. »Lassen Sie mich los, Hanson!«

»Sie gehören mir, Thorsen, und Sie sind erledigt.« Benett Hanson ließ die Spritze zurück in seine Kitteltasche gleiten und verpasste seinem Opfer eine schallende Ohrfeige. »Sie zögern das Unausweichliche nur hinaus, aber was bringt Ihnen das?«

»Lassen Sie mich los«, presste Niklas hervor und stemmte sich weiter gegen seinen Griff, doch die schwache körperliche Verfassung nach dem künstlichen Koma und die Schmerzen im frisch operierten Brustkorb ließen seine Chancen weiter sinken. Mit verzweifelt umherirrenden Blick ließ er zumindest kurz locker. »Warum tun Sie das? Wegen der Patienten, die Sie ermordet haben?«

»Und Sie sind der Nächste«, versicherte ihm Benett Hanson und tastete in seiner Tasche nach der Spritze. »Sie haben sich mit den Falschen angelegt, Thorsen, und jetzt bekommen Sie die Quittung.« Grob setzte er die Spritze auf die Braunüle auf und drückte die klare Flüssigkeit in den Blutkreislauf seines Opfers.

Mit der Kraft und dem Mut der Verzweiflung warf sich Niklas Thorsen ihm entgegen und riss gleichzeitig an seinem Venenzugang, um zu verhindern, dass das Medikament vollständig verabreicht wurde.

Kapitel 12

Viel geschlafen hatte Frederik dank mehrerer Schock-raumpatienten in dieser Nachtschicht nicht, doch die Operationen waren wenigstens erfolgreich verlaufen. An sich ein Grund zur Freude, wenn da nicht sein Bauchgefühl wäre und ihn zu einem weiteren Besuch bei Niklas drängte. Die Station der Herz-Thorax-Chirurgie erwachte mit der Schichtübergabe an die Frühschicht langsam zum Leben, doch niemand hielt ihn davon ab, das Patientenzimmer am Ende des langen Flures zu betreten.

»Niklas? Bist du schon wach?« Frederik warf einen Blick in das Badezimmer und ging dann weiter. Das Kopfkissen lag auf dem Boden neben dem Schrank, die Bettdecke war mehrfach um Niklas gewunden und blutverschmiert.

»Niklas!« Mit einem großen Satz war Frederik neben seinem Freund, sein Puls war schlagartig durch die Decke gegangen.

Nicht schon wieder, bitte, nicht schon wieder, flehte Frederik stumm und tastete an Niklas' Hals nach dessen Puls. Das Gefäß unter seinen Fingern pulsierte regelmäßig und kräftig. Das war gut, sehr gut sogar. Frederik atmete erleichtert auf und verdrängte mit aller Macht verdrängte das Bild von Niklas' erstem Zusammenbruch.

»Hey, Niklas, hallo! Wach auf!« Frederik rüttelte seinen Freund an der Schulter und atmete erleichtert auf, als Niklas endlich die Augen aufschlug und ihn verwirrt anblinzelte.

»Frederik?« Niklas war noch ganz schlaftrunken. »Was machst du hier mitten in der Nacht? Musst du nicht arbeiten?«

»Es ist schon Morgen und ich habe Feierabend.« Frederik runzelte die Stirn und entwirrte das Deckenknäuel. »Was hast du letzte Nacht denn veranstaltet? Schlecht geträumt?«

Niklas blieb stumm und sah auf seine mit getrocknetem Blut verschmierten Arme. In der linken Armbeuge hatte sich bereits ein großer Bluterguss gebildet.

»Du hast dir den Zugang herausgerissen«, stellte Frederik fest und fischte die blutverschmierte Braunüle mit spitzen Fingern aus dem Bettbezug.

»Mhm …« Niklas runzelte die Stirn. An den Albtraum konnte er sich noch lebhaft erinnern, wie er mit Hanson gekämpft hatte.

»Worum ging es in deinem Traum?«, fragte Frederik und legte die Bettdecke zurück auf die Matratze, dann hob er das Kopfkissen vom Boden auf.

»Hanson«, murmelte Niklas und stand langsam auf. »Verdammt, diese Schmerzen machen mich noch ganz wahnsinnig.« Er hielt sich wieder den Brustkorb.

»Hanson?«, wiederholte Frederik irritiert und nahm Niklas am linken Oberarm. So ganz traute er dem Kreislauf seines Freundes nicht. »Und ihr habt euch nicht nur unterhalten, mhm?«

»Er wollte mich umbringen, aber da habe ich nicht mitgespielt.« Niklas schlurfte langsam in Richtung des Badezimmers, Frederik begleitete ihn. »Du darfst mich loslassen, hier komme ich so zurecht und der Hocker steht ja auch gleich am Waschbecken.« Mit ausdrucksloser Miene nahm Niklas einen Einweg-Waschhandschuh von der Ablage, ließ warmes Wasser darüber laufen und beobachtete gedankenverloren, wie sich das helle Material mit Wasser vollsog.

»Was, wenn das kein Traum war?«, fragte Frederik und lehnte sich an den Türrahmen. »Was, wenn Hanson wirklich bei dir war? Er hatte letzte Nacht Dienst und stand nur einmal mit mir im OP, keine Ahnung, was er in der restlichen Zeit getrieben hat.«

»Warum sollte Hanson das tun?« Niklas sah ihn im Spiegel an. »Er ist zwar ein Arsch, aber ein Mörder?« Er schüttelte den Kopf.

»Es geht immer noch um die dutzenden Organspender, die sämtliche Abteilungen der Allgemeinchirurgie – oder besser meinem Vater – zuführen«, erinnerte ihn Frederik, während Niklas das Blut von seinen Armen abwusch.

»Wir sollten hier nicht über dieses Thema sprechen«, murmelte Niklas, ohne den Blick von seinem Arm zu wenden. »Falls das auch nur ansatzweise wahr ist, ist es viel zu gefährlich, hier in der Klinik auch nur ein Wort darüber zu verlieren.«

Frederik runzelte die Stirn und nickte dann zögerlich. »Okay, dann suchen wir uns nachher einen anderen Ort und setzen das Gespräch dort fort.«

Das Klopfen an der Zimmertür beendete das Gespräch der Freunde endgültig, denn erst kam eine Pflegerin mit dem Frühstück herein, keine zehn Minuten später folgte Oliver Wrede mit zwei Kollegen zur Visite.

»Guten Morgen, Doktor Thorsen«, grüßte der Herz-Thorax-Chirurg und musterte Frederik irritiert. »Doktor Hendriksson, bitte warten Sie draußen. Auch wenn Sie beide befreundet sind, Visite mache ich nur mit meinen Patienten und keinen Angehörigen.«

Wortlos folgte Frederik der Aufforderung und lehnte sich neben der Zimmertür gegen die Wand. Eigentlich war er hundemüde, doch auf der anderen Seite hielten ihn die Gedanken zu Niklas und den möglichen Ereignissen der Nacht wach.

War Hanson wirklich so dreist und eiskalt, Niklas in der Klinik anzugreifen?

Für Frederik schwer vorstellbar, doch wieder mahnte ihn das Bauchgefühl zur Vorsicht, den Gedanken vorschnell zu verwerfen.

»Wie war die Nacht, Doktor Thorsen?«, fragte Oliver Wrede und betrachtete das blutige Bettzeug interessiert. »Sie haben sich den Zugang selbst gezogen?«

Niklas deutete ein Schulterzucken an und setzte sich auf die Bettkante. Frederiks Worte klangen immer noch in ihm nach.

Was, wenn Frederik recht hatte?

Was, wenn das gar kein Albtraum gewesen war?

Und sollte er, solange er keinen Beweis für den Albtraum hatte, versuchen, Hanson so weit wie möglich aus dem Weg zu gehen?

War er hier in der Klinik überhaupt noch sicher?

»Doktor Thorsen?«, fragte Oliver Wrede und beugte sich vor.

»Äh, ja, Entschuldigung.« Zerstreut wandte Niklas ihm den Blick zu. »Was haben Sie gesagt?«

»Ich wollte wissen, wie Ihre Nacht war. Hatten Sie Schmerzen?« Doktor Wrede runzelte die Stirn.

»Die Nacht, ja …« Niklas sah an seinem Arzt vorbei aus dem Fenster. »Die Schmerzen halten sich in Grenzen, mein Kreislauf ist soweit auch wieder fit«, stellte er fest und überlegte angestrengt weiter.

War es die beste Entscheidung, sich schon heute aus der Klinik entlassen zu lassen?

»Das ist gut, Doktor Thorsen. Lassen Sie mich bitte die Wunde sehen.«

Niklas zuckte mit den Schultern. »Der geht es gut«, murmelte er und zog sein T-Shirt hoch.

»Legen Sie sich hin, dann kann ich das Pflaster besser wechseln«, bat ihn sein behandelnder Arzt und betrachtete die Narbe zufrieden. »Die Fäden können wir morgen auch ziehen, das verheilt alles prima.«

»Dann können Sie mich ja entlassen«, stellte Niklas fest, während Wrede ein neues Pflaster auf seine Brust klebte.

»Entlassen?« Entgeisterung schwang in Oliver Wredes Stimme mit. »Doktor Thorsen, Sie scherzen. Ihre Operation liegt keine zehn Tage zurück und Ihr Gesamtzustand … so schnell bekommen Sie gar keinen Platz in der stationären Reha.«

»Ich möchte ja auch nach Hause und nicht in eine weitere Klinik.« Niklas richtete sich langsam wieder auf. »Ich bin mir bewusst, dass Sie mir eine andere Behandlung empfehlen, aber ich lehne ab. Von mir aus bestellen Sie mich zu so vielen ambulanten Nachsorgeterminen wie sie wollen, aber ich bleibe nicht auf Station. Ich unterschreibe Ihnen alles, was dafür nötig ist, und gehe auf eigene Verantwortung nach Hause.«

»Was ist vorgefallen, Doktor Thorsen?«, fragte Oliver Wrede nachdenklich, doch Niklas schwieg beharrlich.

»Geben Sie uns einen Moment«, bat Wrede seine Kollegen und schickte sie mit einer knappen Kopfbewegung hinaus. »Wir sind unter uns, also: was ist letzte Nacht passiert?«

Niklas senkte den Blick und starrte auf seine Finger. »Ich kann Ihnen nichts sagen, Doktor Wrede«, murmelte er. »Ich …«

»Hat es mit Doktor Hendrikssons Anwesenheit hier auf Station zu tun?«, fragte Wrede unbeirrt weiter.

»Nein, er … Frederik hat damit nichts zu tun.« Niklas seufzte und verzog das Gesicht, weil ihm dabei wieder der Schmerz in die Brust gefahren war.

»Hängt es damit zusammen, dass Sie sich den Zugang selbst gezogen haben?« Doktor Wrede war aufmerksamer, als Niklas das lieb war.

Andeutungsweise schüttelte Niklas den Kopf. »Entlassen Sie mich bitte nach Hause und fragen nicht weiter nach, das … das führt nur zu unschönen Problemen.«

Kapitel 13

Während Niklas auf seinen Entlassungsbrief wartete, holte sich Frederik in der Kantine noch einen großen Becher Kaffee. Denn an Schlaf war für ihn dank seinem Gespräch mit Niklas vorerst nicht zu denken.

»Wir können«, stellte Niklas fest und schloss die Reißverschlüsse der kleinen Reisetasche.

Frederik nickte gähnend und schulterte die Tasche, dann musterte er seinen besten Freund. »Tragen kann ich dich schlecht, deswegen sag besser Bescheid, wenn du kurz Pause machen möchtest.«

»Du trägst mich nicht mehr auf Händen?« Niklas schmunzelte. »Das enttäuscht mich, mein Lieber. Was ist nur aus unserer Freundschaft geworden?«

»Mhm ... wie wäre es mit Brüdern, die einander das Leben retten?« Frederik hielt ihm die Tür auf. »Na komm, bringen wir dich erst einmal nach Hause, bevor wir zu den großen Liebesbekundungen kommen.«

Der lange Fußmarsch quer durch das Klinikum zu Frederiks Auto, die Fahrt und der kurze Weg vom Parkplatz zum Wohngebäude strengten Niklas mehr an, als er gedacht hätte. Seine Muskeln in den Beinen begannen im Aufzug zu zittern, sodass Frederik ihn mit kritischer Miene wieder am Oberarm packte und stützte.

»Wir sind gleich da«, stellte er fest und führte Niklas aus der Aufzugkabine.

»Was macht ihr denn hier?«, fragte Freja in der offenen Wohnungstür und verschränkte die Arme.

»Lass uns erstmal ankommen, sonst müssen wir Niklas gleich vom Boden aufsammeln.« Frederik lächelte verkrampft und führte Niklas direkt ins Wohnzimmer. Aufatmend sank sein bester Freund auf das Sofa.

»Was wird das, wenn ihr fertig seid?«, wollte Freja wissen und musterte Niklas besorgt. »Du gehörst ins Krankenhaus, Niklas, was machst du hier?«

»Ich bin entlassen«, stellte Niklas schnaufend fest und richtete sich wieder etwas auf.

»Entlassen?« Freja runzelte die Stirn. »Doktor Wrede hat zu mir gesagt, dass du nächste Woche in eine Reha-Klinik verlegt werden sollst und nicht direkt nach Hause entlassen wirst.«

»Ich habe die stationäre Reha abgelehnt.« Zumindest in diesem Punkt bliebt Niklas ehrlich. »Ich werde meine Therapie ambulant fortsetzen, aber ich lasse mich nicht stationär behandeln, wenn es Alternativen gibt. Wrede ist damit einverstanden.«

Frejas Blick blieb an Frederik hängen. »Stimmt das?«

»Ich war nicht bei Visite dabei, ich kann dir nichts sagen. Aber das klingt alles logisch.« Frederik setzte sich in den Sessel.

Stumm streckte Niklas die linke Hand nach seiner Freundin aus. »Komm bitte her, Liebling«, bat er sie mit zaghaftem Lächeln. »Ich weiß, wie das alles auf dich wirken muss. Und dass du die Entlassung nicht unbedingt nachvollziehen kannst oder gutheißt. Bitte vertrau mir, dass das die richtige Entscheidung war, nach Hause zu kommen.«

»Entscheidung?« Freja runzelte die Stirn. »Dann war

das gar nicht Doktor Wredes Entscheidung, dich zu entlassen, sondern deine?«

»Es war eine gemeinsame Entscheidung.« Widerstrebend näherte sich Niklas auch in diesem Punkt der Wahrheit an und legte seiner Freundin eine Hand an die Wange. »Ich werde dir alles erklären. Nur für den Moment musst du mir bitte vertrauen.«

Andeutungsweise nickte Freja. Sie hatte eine Menge Fragen, das stand ihr ins Gesicht geschrieben. Doch Niklas' eindringliche Bitte ließ sie keine davon aussprechen.

»Ihr wollt allein sprechen?«, vermutete Freja angesichts der Blicke, die Frederik Niklas zuwarf.

»Es dauert nicht lange.« Niklas gab seiner Freundin einen zärtlichen Kuss und lockerte dann seine Umarmung.

»Na schön.« Freja stand auf. »Möchte jemand von euch noch ein zweites Frühstück oder einen Kaffee? Dann kann ich das derweil vorbereiten, während ihr eure geheimnisvolle Besprechung abhaltet.«

»Frühstück wäre toll, aber bitte mach dir keine Umstände.« Frederik wechselte auf das Sofa neben Niklas, während Freja das Wohnzimmer verließ und die Tür leise hinter sich schloss. »Okay, Niklas, wo waren wir vorhin stehengeblieben?« Müde rieb er sich über die Stirn.

»Du hast in den Raum gestellt, dass Hansons Übergriff kein Traum war, sondern tatsächlich stattgefunden hat«, stellte Niklas nicht weniger müde fest. »Das macht aber nur Sinn, wenn es tatsächlich Ungereimtheiten bei den Organspenden gab. Und das wiederum würde bedeuten, dass Dutzende unserer Kollegen daran beteiligt sind. Aktiv, indem sie Patienten umbringen. Und Passiv, indem sie wegsehen und nichts tun. So oder so … wir sind da mit einer Arschbombe in einer gewaltigen Mistgrube gelandet.«

»Du meinst, es macht Sinn, dass man dich mundtot machen möchte?« Frederik schüttelte den Kopf. »Aber warum du und nicht ich? Die ganzen Recherchen haben wir mit meinem Klinikaccount durchgeführt, die Spur führt eindeutig zu mir.«

»Bei mir war die Gelegenheit günstig«, hielt Niklas dagegen und schüttelte den Kopf. »Es bringt nichts, sich darüber zu streiten, wer von uns beiden es mehr verdient hat, ins Fadenkreuz zu geraten. Fakt ist, wir beide haben ein gewaltiges Problem, seit wir die Organtransplantationen im Rahmen unserer Möglichkeiten überprüfen. Nur sind das im Moment alles Vermutungen, keine handfesten Beweise. Damit wird uns kein Kollege oder Polizist Glauben schenken. Wir brauchen einen starken Beweis, dann können wir diese Ungereimtheiten melden.«

»Und wo bekommen wir den her? Von Hanson vielleicht?« Frederik schüttelte den Kopf. »Das ist ein Selbstmordkommando, meine Nase noch tiefer in seine Angelegenheiten zu stecken als ohnehin schon.«

»Ich habe hier ja viel Zeit zu überlegen«, stellte Niklas nüchtern fest. »Gib mir ein paar Tage, dann gehe ich unsere Notizen noch einmal durch. Wenn du währenddessen in der Klinik die Augen offenhältst, hilft uns das schon ein großes Stück weiter.«

Kapitel 14

Der Wecker auf seinem Nachtkästchen zeigte gerade mal zwanzig nach Sieben, als Freja Niklas weckte.

»Du hast Besuch«, stellte sie gähnend fest und küsste ihn auf die Stirn.

»Besuch?« Unwillig grummelnd zog sich Niklas die Decke ein Stück höher. »Ich will schlafen ...«

»Ich kann Frederik gerne zu dir ins Bett schicken, aber ich glaube, das würde größere Fragen aufwerfen ...« Freja zog sich bequeme Shorts und eines von Niklas' T-Shirts über, den Morgenmantel warf sie achtlos auf ihre Seite des Doppelbettes. »Na komm, ich habe ihn schon zum Kaffee kochen verdonnert, jetzt hast du keine Wahl.«

»Man hat immer eine Wahl.« Schlecht gelaunt setzte sich Niklas auf und wartete mit geschlossenen Augen darauf, dass die Schmerzen in seiner Brust nachließen. Ohne die Morgentabletten war das ein langwieriger Prozess, den er nicht abzuwarten bereit war. Im Schlafanzug schlurfte Niklas in die Küche.

»Was gibt es denn um diese Uhrzeit?«, fragte er gequält und steuerte direkt die Tablettenschachtel an. Mit verkniffener Miene spülte er gleich mehrere Tabletten auf einmal seine Kehle hinunter und setzte sich dann an den Küchentisch. »Nur weil du nachts arbeitest, heißt das nicht, dass wir anderen ebenfalls unter Schlafmangel leiden müssen ...«

»Ich weiß und es tut mir leid.« Frederik schaltete die Kaffeemaschine ein und setzte sich ihm gegenüber an den Tisch. »Nur, ich glaube, langsam fügen sich die Puzzleteile zu logischen Abschnitten zusammen. Sie ergeben noch kein vollständiges Gesamtbild, aber man kann erste Details erkennen. Und ich glaube immer mehr, dass du eines der Puzzleteile bist.«

»Ich bin ein Puzzleteil?« Verständnislos musterte Niklas ihn. »Ich bin noch im Halbschlaf und warte darauf, dass die Schmerzmittel wirken. Wie um alles in der Welt soll ich da ein hilfreiches Puzzleteil sein?«

»Erinnerst du dich an unser Gespräch zu Hanson?«, versuchte Frederik, seinem Freund auf die Sprünge zu helfen.

»Welches meinst du?« Niklas gähnte und trank weitere Schlucke Wasser aus seinem Glas. »Wir reden so oft über diesen Mann, das …«

»Deinen Möglicherweise-Nicht-Albtraum haben wir ja schon in den letzten Tagen ausführlich diskutiert und ich bleibe dabei, dass das real war. Nein, ich meine Hansons ersten versuchten Übergriff auf der Intensivstation.« Frederik wanderte aufgeregt in der Küche auf und ab.

»Sein erster … Versuch?« Niklas schüttelte den Kopf. »Da gab es keinen Versuch, an den ich mich erinnern kann. Ich lag im Koma und habe ab und an Gesprächsfetzen mehr oder weniger bewusst wahrgenommen. Klar, kann Hanson da eine Rolle gespielt haben, aber das ist doch kein hilfreicher Hinweis oder ein belastbares Indiz. Weißt du, unter welchen Medikamenten ich da stand? Das glaubt mir niemand.«

»Und der Übergriff vor deiner Entlassung?« Frederik

seufzte.»Ich meine, wenigstens der muss uns weiterbringen.«

»Es gibt keinen Beweis dafür, dass Hanson in dieser Nacht in meinem Zimmer war und mich angegriffen hat. Es klingt logisch, aber es kann genauso gut ein Albtraum gewesen sein. Ein sehr realwirkender zwar, aber immer noch ein Traum.« Niklas fuhr sich gähnend mit beiden Händen über das Gesicht.

»Du glaubst mir nicht, oder?« Frederik seufzte resigniert. »Die Organtransplantationen häufen sich immer offensichtlicher und du siehst ...«

»Ich will genauso sehr wie du, dass der Mist aufhört«, unterbrach Niklas ihn angestrengt und hielt sich die operierte Seite des Brustkorbes. »Aber das klingt zu ... es gibt keine Beweise. Selbst wenn ich dieses Gespräch von Hanson auf der Intensivstation belauscht habe, ich kann mich nicht daran erinnern, weil ich noch halb im Koma lag. Das ist keine belastbare Aussage, auf der du eine Theorie aufbauen kannst. Und der Traum von vorgestern? Da hast du das gleiche Problem. Kein Polizist wird wegen eines schlechten Traumes eine Sonderkommission auf die Beine stellen und die Klinik durchsuchen.« Er schloss gequält die Augen. »So gern ich dir helfen würde, Frederik, im Moment habe ich nichts Hilfreiches für dich. Vielleicht finde ich noch etwas in den Patientenakten, aber meine eigenen Erlebnisse bringen uns da kein Stück weiter, so leid mir das tut.«

»Mhm ...« Frederik seufzte und nahm Tassen aus dem Hängeschrank, denn der Kaffee war inzwischen fertig. »Ich habe nur das dumpfe Gefühl, dass uns die Zeit davonrennt, während wir die offensichtlichen Hinweise direkt vor der Nase haben. Hattest du schon Zeit, dir die Unterlagen nochmal anzusehen?«, fragte er hoffnungsvoll.

»Ich habe damit angefangen, bin aber noch nicht weit gekommen. Du kennst ja die schlaffördernde Wirkung meiner aktuellen Drogen.« Niklas schnitt eine Grimasse. »Ich bin bei den Fällen der Neurochirurgie geblieben, aber selbst da gibt es kein Muster, das sich durchzieht. Oft ist es Hanson, der als verantwortlicher Oberarzt mit den Angehörigen spricht.«

»Und der Operateur? Gibt es Parallelen?« Frederik stellte eine Tasse Kaffee vor Niklas auf den Tisch.

»Kein Muster«, wiederholte Niklas und rührte etwas Milch in seinen Kaffee. »Und vor allem bunt gemischt, es gibt keinen Facharzt oder Oberarzt, dessen Patient nicht irgendwann zu einem Organspender geworden ist.«

»Das ist so ein Mist …« Frustriert holte Frederik Teller aus dem Schrank und deckte den Tisch fertig.

»Was hast du denn vermutet?«, entgegnete Niklas matt. »Wer so eine Organisation hochzieht und mit Organen handelt verfügt auch über die Ressourcen, seine Spuren maximal zu verwischen.«

»Spuren verwischen?«, wiederholte Freja und betrat die Küche. »Ihr wisst, ich habe für vieles Verständnis, aber seit wann spielt ihr Detektiv?«

»Wir …« Frederik brach ab und tauschte einen Blick mit Niklas. »Irgendwie muss man Niklas ja zu Hause festhalten, sonst fängt er nächste Woche gleich wieder zu arbeiten an. Deswegen versucht er, Rätsel und Denksportaufgaben zu lösen. Hält ihn fit, bis er körperlich wieder auf Höhe ist …«

Kapitel 15

Benett Hanson warf erneut einen Blick auf die Uhr und machte sich dann überpünktlich auf den Weg in die Allgemeinchirurgie. Der wöchentliche Rapport stand an und er konnte es sich nicht leisten, noch einmal zu spät zu kommen.

»Sie sind pünktlich«, stellte der Kopf der Organisation kühl fest und sah auf die Uhr.»Kaum zu glauben.«

Hanson nahm wortlos am Besprechungstisch Platz und verschränkte die Arme.

»Wie sieht es aus?«, fragte der Mann.»Was machen die neuen Organspender, die Sie mir zugesichert hatten?«

»Sie meinen die Doppel-B-Positiv-Transplantation?« Unwillkürlich zog der Neurochirurg den Kopf ein. Er hätte sich denken können, dass dieses Thema angesprochen wurde. Sein Auftrag war klar gewesen.

Die Antwort sah Hanson im eisigen Blick seines Gegenübers, Worte waren dafür nicht nötig.

»Niklas Thorsen hat sich selbst nach Hause entlassen«, berichtete Doktor Hanson überflüssigerweise, denn er wusste, dass dem Kopf der Organisation diese Entwicklung nicht entgangen war.

»Das war nicht Ihre Aufgabe, Hanson. Sie sollten Ihn für die Organspende vorbereiten, nicht für den Heimweg.« Die schneidende Stimme jagte Hanson Schauer über den Rücken.

»Ich bin es angegangen«, verteidigte sich Hanson wohlwissend, dass ihm Erklärungen und Ausreden nicht weiterhalfen. Und doch konnte er nicht anders, als sich zu rechtfertigen. »Auf der Intensivstation hat mich Wrede im letzten Moment erwischt und Thorsen ein Gegenmittel verabreicht und in der Nacht vor seiner Entlassung ...«

»Sparen Sie sich Ihre Worte, Hanson, es interessiert mich nicht, warum Sie gescheitert sind.« Sein Gegenüber beugte sich vor und fixierte ihn mit seinen ausdruckslosen Augen. »Sie haben eine letzte Chance, sich zu rehabilitieren.«

Doktor Hanson schluckte vernehmlich. Die Schlinge um seinen Hals zog sich immer weiter zu, es wurde eng für ihn. Er durfte nicht noch einmal scheitern, egal um welche Aufgabe es ging. Er musste abliefern.

»Thorsen ist vorerst außerhalb Ihrer Reichweite, deswegen werden Sie sich um den anderen Störenfried kümmern. Sie werden dafür sorgen, dass Frederik Hendriksson seine Nachforschungen nicht zu Ende führen oder gar Informationen an jemanden weitergeben kann«, befahl ihm der Kopf der Organisation regungslos. »Ich erwarte, dass Sie meine Anweisungen umgehend in die Tat umsetzen. Bringen Sie ihn diskret zum Schweigen. Falls Sie Hilfsmittel oder weitere Hände dafür benötigen, sagen Sie mir Bescheid.«

»Sie ...« Benett Hanson brauchte einen Moment, um die Tragweite dieses Auftrages zu erfassen. »Sie erwarten, dass ich Ihren Sohn ... beseitige?«

»Wenn Sie bereits Schwierigkeiten haben, meine Anweisungen zu verstehen, sollte ich Sie sofort austauschen.« Maximilian Hendriksson verengte die Augen.

»Es ist Ihre letzte Chance, Hanson, vermasseln Sie es nicht. Ansonsten sind Sie mein nächstes Ziel.«

Hastig nickte Hanson. »Ich kümmere mich darum«, versprach er. Seine Stimme zitterte leicht, er fühlte sich bei diesem Auftrag ganz und gar nicht wohl. »Und was ist mit Thorsen?«, fragte er. »Er steckt bestimmt mit Ihrem Sohn unter einer Decke ...«

»Thorsen ...« Professor Hendriksson stand auf. »Wenn Sie beide auf einmal erwischen, umso besser. Nur hat die jüngste Vergangenheit gezeigt, dass Sie nicht einmal mit einem einzelnen Patienten im künstlichen Tiefschlaf fertig werden ... ich empfehlen Ihnen also, sich die Störenfriede nacheinander und nicht gleichzeitig vorzunehmen.« Er wandte sich zum Gehen. »Ich erwarte Ihre Rückmeldung, dass Sie die Aufgabe erfolgreich abgeschlossen haben. Vorher treten Sie mir besser nicht mehr unter die Augen.«

Kapitel 16

»Guten Morgen, Doktor Thorsen!« Oliver Wrede holte Niklas aus dem Wartebereich der Ambulanz ab und nahm ihn mit in das Sprechzimmer. »Wie geht es Ihnen? Letzte Woche waren Sie ja noch etwas angeschlagen.«

Niklas setzte sich erst einmal auf den Stuhl vor dem Schreibtisch und nickte dann. »Ja, letzte Woche war ich nicht gerade in Höchstform«, gab er zu. »Aber es wird. Ich gehe jeden Tag mit meiner Freundin spazieren, meine Kondition kehrt langsam zurück.«

»Kondition aufbauen ist gut. Was machen die Schmerzen? Nehmen Sie noch Tabletten?« Doktor Wrede überflog seine Notizen der letzten Untersuchungen.

»Es geht über weite Strecken ohne Tabletten«, berichtete Niklas. »Außer, wenn ich mich anstrenge, dann tun vor allem die Rippen noch ziemlich weh. Im Alltag bei normalen Bewegungen ohne Belastung habe ich keine Schmerzen mehr.«

»Das ist sehr gut.« Oliver Wrede lächelte und hörte als nächstes Niklas' Lunge ab. Auch hier war der Herz-Thorax-Chirurg zufrieden und trug die Untersuchungsergebnisse schließlich in die Krankenakte ein. »So, Doktor Thorsen, dann kommen wir noch zu einem anderen Thema.«

»Sie meinen, meine Krankschreibung?« Niklas zog sein T-Shirt wieder zurecht und lehnte sich zurück. »Müssen Sie die wirklich noch einmal verlängern? Mir geht es doch gut und zu Hause fällt mir langsam, aber sicher die Decke auf den Kopf.«

Wrede hob beide Augenbrauen und schüttelte den Kopf. »Doktor Thorsen, Sie treiben mich noch in den Wahnsinn. Ihre Operation war vor nicht einmal vier Wochen und Sie haben sich frühzeitig aus der stationären Behandlung entlassen. Sie haben die stationäre Reha verweigert und jetzt wollen Sie die Krankmeldung verkürzen? Soll ich Ihnen am besten heute noch OP-Erlaubnis erteilen?«

»Heute vielleicht nicht, aber wie wäre es in ein paar Tagen?« Trotzig schob Niklas das Kinn vor. »Mir geht es gut«, beharrte er. »Ich kann wieder arbeiten.«

Doktor Wrede starrte Niklas an und schüttelte dann erneut den Kopf. »Ich ... bevor wir darüber diskutieren, Doktor Thorsen, möchte ich mit Ihnen noch ein anderes Thema besprechen, damit wir beide den gleichen Wissensstand haben. Und zwar geht es um die Ursache Ihrer Lungenembolie. Wie Sie wissen, habe ich eine Reihe an Tests veranlasst und jetzt alle Ergebnisse vorliegen.«

Niklas runzelte die Stirn. »Und ... wissen Sie jetzt, woher meine Embolie gekommen ist?«, fragte er vorsichtig. »Oder ist auch das nur eine mögliche Ursache von vielen?«

Sein behandelnder Arzt schüttelte den Kopf. »Die ersten Tests haben uns nicht wirklich weitergeholfen, aber der Gentest bringt eine klare Antwort hervor.« Wrede machte eine kurze Pause. »Wir konnten das Faktor-V-Leiden nachweisen, Doktor Thorsen. Sie haben also lebenslang ein erhöhtes Risiko für Thrombosen und werden dementsprechende Medikamente einnehmen müssen.«

Seine Worte brauchten einen langen Moment, um zu Niklas durchzudringen. »Ich habe einen Gendefekt?«

Wrede nickte bestätigend. »Sie haben die heterozygote Variante, das heißt, Ihr Risiko für Thrombosen ist circa drei bis fünf Prozent höher als bei gesunden Gleichaltrigen.«

»Homozygot würde ein vielfach-erhöhtes Risiko mit sich bringen, oder?«, vermutete Niklas und schüttelte den Kopf. »Ein Gendefekt, das ... warum habe ich davon nicht viel früher etwas mitbekommen? Das macht doch alles gar keinen Sinn! Und was ist mit meiner Schwester? Hat sie diese Mutation auch?«

»Ich würde dringend raten, Ihre Familie auf diese Mutation hin zu testen. Ein Elternteil hat dieses Merkmal weitergeben und so ist es auch bei Ihnen möglich. Sie könnten diese Erkrankung an Ihre Kinder weitervererben, die Wahrscheinlichkeit liegt bei fünfzig Prozent.« Doktor Wrede sah Niklas aufmerksam an. »Sprechen Sie bitte mit Ihren Eltern und Ihrer Schwester, Doktor Thorsen. Ich halte einen Gentest bei Ihren engsten Verwandten für äußerst wichtig.«

»Okay, mache ich.« Niklas atmete tief durch. »Und ... was heißt das für mich? Warum habe ich erst jetzt eine Thrombose oder Embolie entwickelt? Warum erst mit Anfang Dreißig? Warum nicht schon in meiner Kindheit oder Jugend?«

»Es ist gut möglich, dass Sie bereits kleinere, stumme Embolien erlitten haben, die bis heute unbemerkt geblieben sind. Das kann ich nicht ausschließen, im Gegenteil. Ich halte es für höchstwahrscheinlich.« Doktor

Wrede machte eine kurze Pause. »Verstehen Sie jetzt, warum ich Sie unbedingt bremsen möchte? Sie sind dem Tod vor weniger als einem Monat von der Schippe gesprungen und diskutieren jetzt mit mir, ob Sie schon wieder Vollzeit in den Job zurückkehren dürfen. Doktor Thorsen, ich bitte Sie eindringlich, nehmen Sie das Tempo raus und achten Sie besser auf sich. Sonst sehen wir uns schneller wieder, als Ihnen lieb ist. Und die nächste Thrombose endet möglicherweise nicht so glimpflich wie diese Lungenembolie.«

Niklas schluckte, auch wenn die neue Diagnose noch gar nicht so richtig bei ihm angekommen war. »Okay«, meinte er schließlich. »Ich versuche, halblang zu machen. Aber ich kann eben auch nicht nichts tun, verstehen Sie? Ich brauche meinen Job und will endlich meine Facharztprüfung ablegen. Ich kann nicht den lieben langen Tag auf dem Sofa herumliegen und Bücher wälzen.«

»Natürlich verstehe ich Sie in diesem Punkt, Doktor Thorsen«, zeigte sich Oliver Wrede versöhnlich. »Um Alleingängen Ihrerseits vorzubeugen, schlage ich einen Kompromiss vor. Wir verlängern Ihre Krankmeldung bis nächsten Montag, danach steigen Sie mit zwei Stunden wieder in den Dienst ein. Leichte Tätigkeiten, keine anstrengenden OPs. Das gibt Ihnen die Möglichkeit, sich wieder an das Tempo zu gewöhnen, ohne Ihren Körper gleich zu überfordern.«

»Vier Stunden«, feilschte Niklas. »Mit zwei Stunden kann man ja kaum etwas anfangen.«

»Drei, und das ist mein letztes Wort.« Wrede sah ihn streng an.

Kapitel 17

Auch die letzten Tage seiner Krankschreibung verbrachte Niklas überwiegend mit Freja bei immer längeren Spaziergängen. Doch das Transplantationsthema ließ ihm keine Ruhe, sodass er sich am frühen Sonntagnachmittag mit Frederik in dessen Hotelzimmer traf. Noch immer hatten sie den ersehnten Durchbruch nicht geschafft und stocherten stattdessen im Nebel aus Patientenakten.

»Und wenn wir Hanson mal etwas auf die Finger klopfen?«, überlegte Niklas laut und lehnte den Rücken an das Kopfteil des breiten Doppelbettes.

»Soll ich ihn etwa direkt fragen, ob er mal wieder einen Patienten vorsätzlich umbringen möchte und ob ich ihm dabei behilflich sein soll?« Frederik schüttelte energisch den Kopf. »Da kann ich auch gleich vom Dach des Krankenhauses springen. Das ist vermutlich sogar noch die angenehmere Alternative.«

»Recht viel mehr bleibt uns langsam aber nicht mehr«, seufzte Niklas. »Wir können diese Papiere noch jahrelang von links nach rechts und wieder zurück wälzen, aber wir werden nichts finden, was uns maßgeblich weiterbringt. Denn unsere Gegenspieler rechnen damit, dass man ihre Arbeit überprüft. So gesehen bleibt uns der Weg nur ins Risiko, oder zur Polizei. Wobei uns letztere kaum Glauben schenken wird aufgrund von Aktenvergleichen und Vermutungen.«

»Was schlägst du vor?«, gab sich Frederik geschlagen. »Wir könnten Hanson einen anonymen Brief schreiben und ihn beschuldigen, Transplantationen manipuliert zu haben. Wenn nicht auffliegen will muss er uns ... keine Ahnung, eine Erklärung schreiben oder ... oder eine große Summe Geld besorgen. Wenn er dem nachkommt, wissen wir, dass er schuldig ist, und können ihn der Polizei übergeben.«

»Das klingt sehr nach einem schlechten Krimi«, kritisierte Frederik. »Und machen wir uns mit der Erpressung nicht selbst strafbar?«

»Wir können ihn mit einem Brief ja auch nur in Kenntnis setzen, dass er aufgeflogen ist. Keine Forderungen, keine Drohungen. Und dann schauen wir mal, was er tut«, schlug Niklas schulterzuckend vor.

»Ich glaube, du hast in den letzten Wochen zu viele Krimis und Thriller gelesen«, seufzte Frederik und schob die Papiere wieder zusammen. »Vielleicht sollten wir einfach ein paar Nächte über das Thema schlafen und sehen dann etwas klarer.« Er sah seinen besten Freund nachdenklich an. »Du hast heute noch was vor mit Freja, bevor du morgen wieder in den Dienst zurückkehrst?«

»Wir sind mit Freunden zum Doppel-Date verabredet. Erica und Mike wohnen ja schon seit fünf Jahren in New York und sind zum ersten Mal wieder in Hamburg zu Besuch. So eine Gelegenheit müssen wir ausnutzen, nachdem sie morgen Mittag schon wieder im Flugzeug sitzen.«

»Kurzbesuch? Bei der Strecke?« Frederik schüttelte den Kopf. »Na ja, jeder so, wie er mag.«

»Sie haben beruflich in London zu tun, da ist für Hamburg leider nicht mehr Zeit.« Niklas lachte und stand auf. »Aber es ist besser, als sich gar nicht zu sehen. Und du? Triffst du dich noch mit Caroline? Oder ist das heiße Interesse in den letzten Wochen etwas abgekühlt?«

»Spar dir deine Sticheleien«, wehrte sich Frederik lachend. »Ich bin glücklich, so wie es gerade zwischen uns läuft. Ob ihr Ausbildungsbeginn dann Auswirkungen auf die Beziehung hat, wird man sehen müssen. Fürs Erste versuche ich, nach vorne zu blicken.« Er packte Laptop und Papiere zurück in seinen Rucksack. »Du bist heute nicht der Einzige mit einer Verabredung zum Abendessen, Caroline ist aus dem Italienurlaub zurück und hat bestimmt viel zu erzählen.«

»Na dann versuchen wir wohl beide, den Kopf etwas freizubekommen. Und vielleicht sehen wir das Gesamtbild mit ein paar Tagen Abstand etwas klarer.« Niklas stand auf und nahm Handy, Autoschlüssel und Geldbörse von der Ablage. »Wir sehen uns morgen in der Klinik?«

»Das will ich schwer hoffen.« Frederik folgte ihm zur Zimmertür. »Macht euch einen schönen Abend und dir morgen Früh einen guten Start.«

Das ausgiebige Abendessen mit Erica und Mike hatte Niklas tatsächlich komplett von seinen gesundheitlichen Problemen und dem Transplantationsthema abgelenkt. Stattdessen hatte er in Erinnerungen an gemeinsame Urlaube mit den beiden geschwelgt und interessiert den Berichten zu ihrem neuen Leben in den USA gelauscht.

»Wenn Niklas seinen Facharzt in der Tasche hat, kommen wir euch besuchen«, versprach Freja beim Abschied. »Wir nehmen uns das schon so lange vor, aber jetzt werden wir den Plan auch in die Tat umsetzen.«

»Und jetzt hat Niklas keine Ausrede mehr, warum er nicht einmal drei Wochen freinehmen kann«, lachte Mike und umarmte Freja. »Pass gut auf ihn auf, er macht schon wieder so viel Unsinn.«

»Ich kann dich hören«, erinnerte ihn Niklas schmunzelnd und schloss ihn ebenfalls in die Arme. »Kommt gut nach London und wir skypen noch einmal wegen unserem Gegenbesuch, ja?«

»Ihr habt es alle gehört«, rief Erica. »Niklas hat von Gegenbesuch gesprochen, jetzt kann er es nicht mehr leugnen.«

»Ich werde gleich morgen schauen, wo in unserem Urlaubsplan eine größere Lücke zu finden ist«, versprach Niklas und nahm Frejas Hand. »Ehrenwort.«

Zurück in ihrer Wohnung blieben Niklas und Freja nicht mehr lange auf, sondern machten sich mit Blick auf die Uhr gleich bettfertig.

»Endlich mal leichtere Themen, mhm?« Freja zog sich ihr Schlafshirt über und drehte sich dann zu Niklas um.

»Bei uns wird es auch wieder einfacher«, versprach er und setzte sich auf die Bettkante. »Wir wissen jetzt, woher meine Embolie kommt und dass sonst niemand aus meiner Familie betroffen ist. Man kann die Auswirkung dieses Gendefekts gut mit Medikamenten in Schach halten. Ich kann mein Leben normal weiterleben. Und das ist schon eine große Erleichterung.«

»Das stimmt.« Freja krabbelte über die Matratze und küsste Niklas auf den nackten Rücken. »Ich hoffe, dass ich so schnell nicht mehr um dein Leben bangen muss. Dieser Schock reicht für die nächsten Jahre, wenn nicht sogar Jahrzehnte.«

»Mhm.« Niklas lächelte und drehte sich leicht zu ihr. »Das hatte ich nie beabsichtigt. Ich hätte ja selbst nie gedacht, zu was sich diese Rückenschmerzen noch weiterentwickeln…« Er unterdrückte ein Gähnen und küsste Freja zärtlich. »Lass uns ins Bett gehen, sonst wird das morgen eine sehr verschlafene Rückkehr in meinen Job.«

Viel geschlafen hatte Niklas entgegen seiner Vorsätze nicht, denn seine Gedanken ließen ihn mal wieder nicht zur Ruhe kommen. Dementsprechend müde war er, als er in die Uniklinik aufbrach. Schon ein seltsames Gefühl, nach fast vierwöchiger Pause, in die Klinik zurückzukehren. Vor allem vor dem Hintergrund seiner Erfahrungen mit Hanson, von denen er immer noch nicht mit Sicherheit sagen konnte, ob sie Traum oder Wirklichkeit waren. An sich war es ja egal, mit Hanson hatte er im Berufsalltag kaum zu tun, und doch beschäftigte es ihn unterbewusst weiter.

Gedankenverloren zog sich Niklas frische Dienstkleidung an und verstaute Stethoskop, Notizen und Stifte in seinem neuen Kittel. Die Utensilien musste jemand nach seinem Zusammenbruch in den Spind gelegt haben, denn der Kittel hatte die Erstversorgung in der Notaufnahme nicht überlebt.

»Guten Morgen!« Professor Schneider betrat das Arztzimmer der unfallchirurgischen Station hinter Niklas und schloss die Tür. »Ich darf Doktor Thorsen nach seiner Krankenpause zurück im Dienst begrüßen. Er wird diese Woche für drei Stunden in der Notaufnahme unterstützen.« Der Chefarzt sah in die Runde. »Gut, fangen wir mit den Fallbesprechungen und der Visite an. Wer trägt vor?«

Von der Informationsflut während der Visite war bei Niklas nicht viel hängen geblieben, doch das erwartete im Moment auch niemand, nachdem er schwerpunktmäßig in der Notaufnahme eingeteilt war.

»Frohes Schaffen!« Professor Schneider verließ die unfallchirurgische Station in Richtung des OP-Bereiches, Niklas nahm die Treppe hinunter zur Notaufnahme. Endlich wieder arbeiten und Patienten behandeln, anstatt selbst der Patient zu sein. So gefiel ihm das schon wesentlich besser.

»Niklas? Hey.« Frederik schloss in der Eingangshalle rasch zu ihm auf. »Hast du einen Moment?«

Sein Tonfall ließ Niklas aufhorchen. »Was ist los?«, fragte er argwöhnisch. »Ist etwas passiert? Gibt es neue Organspender?«

Frederik schüttelte den Kopf. »Noch nicht, aber irgendwie … es liegt was in der Luft und ich habe … ich mache mir große Sorgen.«

»Okay.« Niklas blieb stehen und musterte ihn nachdenklich. »Worum geht es? Hast du eine konkrete Vermutung?«

Frederik ließ die Schultern hängen. »Es ist mehr ein Gefühl, das mich seit Visite nicht mehr loslässt. Ich glaube, Hanson hat es jetzt auf mich abgesehen, so wie er mich angestarrt hat.«

»Hanson ist hinter dir her«, wiederholte Niklas. »Dann versuch, ihm heute aus dem Weg zu gehen, und wir überlegen uns nach Feierabend Möglichkeiten, wie wir den Kerl kurzfristig doch noch loswerden können. Irgendwie müssen wir ihn von uns ablenken.«

»Aus dem Weg gehen ...« Frederik lachte zynisch. »Ich bin ihm für den ganzen Tag im OP zugeteilt, da wird das Ausweichen schwierig. Und ihn mit dem Skalpell zu pieken ist wohl kaum eine seriöse Lösung.« Er wurde wieder ernst. »Was mache ich denn jetzt?«

Niklas runzelte die Stirn. »Das ist echt ungünstig«, gab er seinem besten Freund recht. »Viele Möglichkeiten hast du nicht. Entweder versuchst du, Hanson zwischen den OPs weitestgehend aus dem Weg zu gehen, oder du meldest dich krank und fährst – keine Ahnung wohin – vielleicht aufs Gestüt.«

»Das würde Hanson doch sofort durchschauen. Erstens hat er mich vorhin schon gesehen und da war ich offensichtlich nicht krank. Und zweitens würde er mich auch auf dem Gestüt spielend leicht finden, der Hof ist alles andere als unbekannt.« Frederik seufzte schwer.

»Lass uns heute nach Feierabend nochmal über die Situation sprechen. Vielleicht täuschen wir uns ja und Hanson benimmt sich zur Abwechslung mal.« Niklas drückte Frederiks Schulter. »Kopf hoch, wir werden diesen Kriminellen schon noch das Handwerk legen«, versprach er.

»Ich hoffe, du hast recht.« Frederik wandte sich mit hängenden Schultern zum Gehen. »Ich muss los, sonst macht mich Hanson schon vor der ersten OP einen Kopf kürzer. Du kennst seinen Pünktlichkeitsfimmel.«

»Welcher Oberarzt hat den nicht.« Niklas lachte und lief weiter in Richtung der Notaufnahme.

Die verbliebenen zwei Stunden seiner ersten Schicht vergingen wie im Nu, dafür sorgten zahlreiche leichtverletzte Patienten mit Brüchen, Bänder- oder Muskelverletzungen.

»Wie lief es bei Ihnen, Doktor Thorsen?«, fragte Professor Schneider und betrat das Arztzimmer in der Notaufnahme. »Ihre drei Stunden sind um. Ich hoffe, Sie sind bereits auf dem Weg in den Feierabend?«

Niklas nahm die Hände von der Tastatur. »Ich schreibe noch einen Arztbrief und entlasse meinen letzten Patienten, dann kann ich Feierabend machen«, versicherte er. »Es lief besser als erwartet, aber fürs Erste reicht es. Ganz so ausdauernd bin ich doch noch nicht.«

»Alles andere wäre eine große Überraschung gewesen.« Professor Schneider lächelte und wandte sich schon wieder zum Gehen. »Ich bin froh, dass Sie wieder da sind und hoffe, Sie passen in Zukunft besser auf sich auf.«

»Mache ich«, versprach Niklas und sah seinem Chef einen Moment lang hinterher, dann vervollständigte er den angefangenen Arztbrief.

Die Entlassung seines Patienten war rasch erledigt, somit stand seinem Feierabend nichts mehr im Weg. Erschöpft bog Niklas in Richtung der Kantine ab, denn sein Magen knurrte vernehmlich und dort duftete es bereits lecker nach Mittagessen.

In der Warteschlange tippte er kurz eine Nachricht an Freja, dass er vor seiner Heimfahrt noch in der Klinik essen würde, dann war auch schon an der Reihe.

»Du bist Niklas Thorsen, richtig?« Eine Ärztin etwa in seinem Alter setzte sich ungefragt zu ihm an den Tisch.

»Mhm?« Mit gerunzelter Stirn sah Niklas von seinem Teller auf. Er konnte es gar nicht leiden, wenn Kollegen selbstverständlich zum Du übergingen, ohne überhaupt gefragt zu haben. »Wer will das wissen?«, fragte er unfreundlich und schob sich eine Gabel mit Gemüse in den Mund.

»Alexandra, ich bin Assistenzärztin in der Neurochirurgie«, stellte sich die unbekannte Kollegin vor.

»Aha.« Niklas gab sich keine Mühe, freundlich zu sein und die Konversation aufrecht zu erhalten.

»Du bist doch mit Frederik befreundet, nicht?«, blieb Alexandra hartnäckig, als würde sie Niklas' Tonfall gar nicht mitbekommen.

»Was tut das zur Sache?«, fragte Niklas und ließ seinen Löffel sinken. »Was willst du von mir?«

»Ich hatte gehofft, dass du weißt, wo Frederik steckt. Wir suchen ihn seit einer Weile und auf sein Telefon reagiert er nicht«, berichtete Alexandra und weckte endlich Niklas' Interesse.

»Frederik ist verschwunden?«, wiederholte Niklas und hielt inne. Er war wie elektrisiert, sein Puls hatte sich schlagartig erhöht. »Er hat heute mit Hanson operiert, mehr weiß ich auch nicht.«

»Doktor Hanson hat sich vorhin krankgemeldet«, informierte ihn die andere Assistenzärztin. »Und Frederik ist wie vom Erdboden verschluckt. Niemand scheint ihn gesehen zu haben.«

Wie vom Erdboden verschluckt.

Alexandras Worte hallten in Niklas nach.

Hanson im OP zusammen mit Frederik.

121

Frederiks ungutes Gefühl von heute Morgen.
Das konnte doch gar kein Zufall sein.
Verdammt, wo konnte Frederik nur sein?
War er vielleicht doch seinem Rat gefolgt und auf das
Gestüt gefahren?
Nur, warum ging er dann nicht an sein Handy?

Hastig schlang Niklas die restliche Portion seines Mittagessens hinunter und lief dann zur Personalumkleide der Unfallchirurgen. Sein Handy hatte er im Spind gelassen und wählte sofort Frederiks Handynummer, während er sich umzog.
Das Freizeichen ertönte.
»Guten Tag, Sie sind verbunden mit der Mailbox von Frederik Hendriksson. Hinterlassen Sie eine Nachricht nach dem Signalton«, meldete sich schließlich die automatische Ansage.
»Frederik? Hier ist Niklas. Wo steckst du? Ruf mich bitte zurück, sobald du die Nachricht hörst.« Niklas ließ den Kittel in seinen Händen sinken. »Ich mache mir Sorgen«, fügte er noch hinzu, dann legte er auf.
War Hanson wirklich so abgebrüht, Frederik während der Frühschicht aus dem hektischen OP-Bereich verschwinden zu lassen?
Handelte Hanson überhaupt aus eigener Motivation heraus oder zog jemand die Fäden im Hintergrund?
Oder war diese Aktion so etwas wie ein persönlicher Rachefeldzug Hansons, der Frederik noch nie besonders hatte leiden können?
Niklas seufzte und drückte erneut auf das Symbol mit dem grünen Hörer. Wieder lauschte er dem Freizeichen.

Kapitel 18

Der Feierabendverkehr war längst verschwunden und hatte geschäftigem Partytreiben Platz gemacht, als Benett Hanson nach Hamburg zurückkehrte. Er war erschöpft, aber auch sehr zufrieden mit sich. Endlich hatte sein Plan funktioniert und er war nicht bei der Ausführung unterbrochen worden.

Lächelnd hielt er an einer roten Ampel und sah auf die Uhr. Kurz nach Mitternacht, in weniger als sieben Stunden musste er wieder in der Klinik sein. Wieder stand ihm ein langer Tag im OP bevor – doch dieses Mal konnte er sich den Assistenzarzt aussuchen und musste nicht mit Hendriksson arbeiten. Allein diese Aussicht hob seine Stimmung und ließ das Lächeln noch eine Spur breiter werden.

Das Telefonklingeln riss ihn aus seinen Gedanken, das Display des Bordcomputers verriet, dass der Anrufer seine Rufnummer unterdrückt hatte. Das grenzte die Zahl der möglichen Anrufer auf genau einen ein, der ihn um diese Uhrzeit anrufen würde.

»Ja?«, meldete sich Hanson schroff und beschleunigte seinen Wagen wieder, nachdem die Ampel auf Grün umgeschaltet hatte.

»Sie sind noch unterwegs?«, fragte Maximilian Hendriksson ohne Begrüßung. »Wunderbar, dann sehen wir uns gleich in meinem Büro. Ich hoffe, Sie haben gute Neuigkeiten.«

Irritiert runzelte Hanson die Stirn und wechselte die Spur.

Warum wurde er so kurzfristig zum Rapport bestellt?

Warum um diese Uhrzeit?

War etwas in der Klinik vorgefallen, während er seinen Assistenzarzt aus der Stadt geschafft hatte?

All diese Gedanken schob Benett Hanson beiseite, als er seinen Wagen auf dem für ihn reservierten Parkplatz abstellte. Energisch stieß er die Fahrertür auf, zog sich die Kapuze seiner dünnen Jacke über den Kopf und eilte dann durch einen Nebeneingang in das Gebäude. Er war offiziell krankgemeldet, also sollte er gut aufpassen, dass ihm keiner seiner Kollegen über den Weg lief. Doch er hatte Glück, die Flure waren menschenleer. Nur Hansons eigene Schritte halten von den kahlen Wänden wider.

In der Klinik für Allgemeinchirurgie lief der Oberarzt zielstrebig zum Büro von Maximilian Hendriksson und trat ohne zu Klopfen ein, nachdem die Tür nur angelehnt gewesen war.

»Sie wollten mich sprechen?«, wollte Benett Hanson mit bemüht ruhiger Stimme wissen und schloss die Tür hinter sich.

Professor Hendriksson sah starr auf den Wandschirm, der mehrere CT-Aufnahmen anzeigte, und drehte Hanson weiterhin den Rücken zu. »Ich habe Gerüchte gehört, dass ... Frederik ... verschwunden ist und er ... von seinen kleinen Freunden telefonisch nicht erreicht werden kann?«

Natürlich wusste er über alles Bescheid, wie könnte es auch anders sein. Hanson seufzte innerlich.

Wie machte er das nur?
Woher bezog er all diese Informationen?
Wie konnte er seine Augen und Ohren überall haben?

»Das ist richtig«, bestätigte Hanson, zog sich die Kapuze vom Kopf und verschränkte die Arme. »Ich habe Ihre Aufgabe erfüllt. Er wird Ihnen keine Probleme mehr bereiten.«

»Wie haben Sie es zu Ende gebracht?«, fragte der Kopf der Organisation kalt.

»Was?« Irritiert hielt Hanson inne.

»Wie haben Sie ihn getötet? Ich möchte es hören.« Maximilian Hendriksson drehte sich nun doch zu ihm um und starrte ihn durchdringend an.

»Ich …« Benett Hanson atmete tief durch und sortierte rasch seine Gedanken. Jetzt nur keinen Fehler machen, betete er sich innerlich vor. Mach jetzt nur keinen Fehler. »Ich habe ihn heute Mittag in der OP-Vorbereitung mit einer Waffe gefügig gemacht und gemeinsam mit Doktor Peters aus der Klinik eskortiert«, berichtete er und wich dem bohrenden Blick seines Gegenübers nicht aus. Das würde ihn nur zu weiteren Nachfragen ermutigen und das konnte Hanson jetzt wirklich nicht gebrauchen.

»Guter Start, was geschah dann?« Professor Hendriksson dachte gar nicht daran, seinen Kollegen vom Haken zu lassen. Stattdessen hatte er Vergnügen daran, ihn so richtig zappeln zu lassen.

»Wir sind nach Rügen gefahren, in meinem Wochenendhaus hatte ich alles vorbereitet«, fuhr Hanson fort. »Ich habe Frederik mit Muskelrelaxans gefügig gemacht und ihm ausgiebig gezeigt, wie wenig ich ihn leiden kann.«

»Sie haben ihn also geschlagen?«, fragte der Chefarzt interessiert und hob eine Augenbraue. »Das hatte ich von Ihnen gar nicht erwartet, Hanson. Ich dachte immer, Sie sind für den schnellen, sterilen Weg ...«

»Frederik ist die berühmte Ausnahme, nachdem ich ihn so lange als Assistenzarzt ertragen musste«, gab Benett Hanson zurück.

»Sie hatten also Ihren Spaß, und dann?«, fragte Maximilian Hendriksson unbarmherzig weiter. »Wie haben Sie es zu Ende gebracht?«

»Heparin und einige Schläge gegen den Kopf«, antwortete Hanson wie aus der Pistole geschossen und wartete innerlich angespannt, ob das seinem Gegenüber ausreichte oder ob er ihn der Lüge überführen würde. Er war so dicht an der Wahrheit geblieben wie möglich, aber ...

»Und die Leiche haben Sie entsorgt?«, wollte der Chefarzt emotionslos wissen, als würden Sie über eine beliebige Person und nicht über seinen eigenen Sohn sprechen. Wie jemand so abgestumpft und gefühlskalt werden konnte war Hanson ein Rätsel.

Hastig nickte Benett Hanson. »Er wird nicht mehr auftauchen«, versicherte er.

»Gut.« Ein kleines, mehrdeutiges Lächeln zeigte sich im Gesicht seines Gegenübers und ließ Hanson kalte Schauer über den Rücken rinnen. »Alle Achtung, Doktor Hanson, ich hätte Ihnen gar nicht zugetraut, dass das noch etwas wird, nachdem Sie zuletzt einige Male gescheitert waren. Zugegeben, ich war schon drauf und dran, Sie zu ersetzen. Schön, dass ich mich geirrt habe.« Er wandte sich wieder den CT-Aufnahmen zu. »Ich gehe davon aus, dass Sie sich als nächstes um Niklas Thorsen kümmern und ihn ebenfalls zum Schweigen bringen?«

»Ich habe alles vorbereitet«, versicherte Benett Hanson mit klopfendem Herzen. »Er wird keine weiteren Nachforschungen anstellen und stattdessen teuer für seine Neugier bezahlen.«

»Nennen Sie es, wie Sie wollen. Hauptsache, er verschwindet.« Professor Hendriksson machte eine kurze Handbewegung zur Tür. »Ich erwarte Ihren Bericht, sobald Sie diese Aufgabe erfüllt haben, Doktor Hanson. Und jetzt gehen Sie, ich habe noch zu tun.«

Kapitel 19

Den ganzen Abend über hatte Niklas versucht, Frederik telefonisch zu erreichen, während dessen Brüder im Hotel und auf dem Gestüt nach ihm gesucht hatten. Julian war sogar zur Polizei gegangen, um Frederik als vermisst zu melden, doch eine Anzeige war nicht aufgenommen worden.

Frederik könne seinen Aufenthaltsort selbst wählen und müssen niemandem Bescheid geben. Das sei zwar ungünstig für die Angehörigen, aber völlig legal, hatte der Beamte erklärt.

»Immer noch nichts?«, fragte Freja müde und setzte sich auf, als Niklas' Wecker zu klingeln begann.

»Nichts«, seufzte Niklas und schaltete den Wecker aus. »Irgendetwas stimmt nicht, Frederik würde nie einfach so verschwinden. Wir hatten uns für gestern Abend verabredet und wollten nochmal ausführlich reden, da taucht er nicht einfach ohne eine Entschuldigung unter.« Frustriert warf Niklas die dünne Bettdecke zurück und stand auf. »Ich werde nach der Schicht selbst zur Polizei fahren. Vielleicht erwische ich einen vernünftigeren Polizisten als Julian gestern.«

»Hoffen wir es.« Freja musterte ihren Freund nachdenklich. »Was habt ihr beiden eigentlich angestellt? Eure Geheimniskrämerei in den letzten Wochen ist eine Sache, aber mit Frederiks ... Verschwinden ... was ist los, Niklas? Worum ging es in all euren Gesprächen zuletzt? Hansons Name ist oft gefallen, was hast du überhaupt mit ihm zu tun?«

Niklas seufzte und schüttelte den Kopf. »Ich kann dir das jetzt nicht erklären, ich muss zur Arbeit.« Er nahm frische Kleidung aus seinem Schrank. »Ich kann mir gut vorstellen, dass das sehr seltsam für dich sein muss, aber … bitte, vertrau mir.«

»Vertrauen?« Irritiert runzelte Freja die Stirn. »Du weißt, dass ich dir vertraue, Niklas. Allein, dass du mich extra darum bittest, lässt bei mir die Alarmglocken schrillen.«

»Wir reden heute Nachmittag, wenn ich aus der Klinik zurück bin«, versprach Niklas und küsste sie auf die Stirn, dann verließ er das Schlafzimmer.

Freja beobachtete Niklas argwöhnisch, während er seinen Rucksack fertig packte.

»Bis heute Mittag.« Er gab ihr einen zärtlichen Abschiedskuss. »Sei nicht sauer, bitte …« Erneut küsste er Freja, dann machte sich Niklas auf den Weg in die Tiefgarage. Gut eine halbe Stunde Zeit hatte er noch, dann begann die Frühbesprechung. Das sollte er leicht schaffen, selbst wenn wegen einer Bahnstreckensperrung etwas mehr Verkehr war als üblich.

Die Tür zum Treppenhaus fiel laut scheppernd hinter Niklas ins Schloss. Der dumpfe Knall hallte durch die Tiefgarage, während Niklas mit langen Schritten zu seinem Auto lief. Sein Puls hatte sich beschleunigt und sein Blick glitt aufmerksam über die geparkten Fahrzeuge, doch er konnte nichts Ungewöhnliches entdecken. *Woher also kamen diese Nervosität und das ungute Gefühl in seiner Magengegend?*

Die Lichter des dunkelblauen Audis blinkten, als Niklas ihn mit der Fernbedienung aufschloss und seinen Rucksack auf den Beifahrersitz stellte. Schon umrundete er das Fahrzeug und hatte die Hand am Türgriff, als plötzlich ein ohrenbetäubender Knall durch die Tiefgarage hallte und das Fenster der Fahrertür zerbarst. Instinktiv warf sich Niklas zu Boden.

Verdammt, war das ein Schuss gewesen?

Warum schoss jemand auf ihn?

Wo stand der Schütze?

Wo sollte er sich bloß verstecken, um nicht getroffen zu werden?

Panisch suchte Niklas nach einem Ausweg, während er Schritte hörte, die näherkamen.

War das der Schütze?

Die zweite Seitenscheibe des Audis von einem weiteren Schuss getroffen, dessen lauter Knall ein Pfeifen in Niklas' Ohren hinterließ. Doch das war nebensächlich, er musste hier weg! Längst war Angstschweiß auf Niklas Stirn getreten, seine Operationsnarbe pochte im selben Rhythmus wie sein Herz.

»Na na, Doktor Thorsen.« Die männliche Stimme ließ ihm das Blut in den Adern gefrieren. »Dieses Versteckspiel ist doch nicht nötig, ich erwische Sie so oder so.«

»Lassen Sie mich!«, schrie Niklas mit sich überschlagender Stimme und schob sich in geduckter Haltung am linken Vorderrad vorbei. Er wollte sich zwischen Motorhaube und Wand hindurchquetschen und so hinter dem Audi in Deckung gehen, eine andere Fluchtmöglichkeit sah er nicht.

Die Schritte kamen immer näher, jetzt lugte der Lauf der Pistole hinter einer Säule hervor.

Schmerzen machten sich in Niklas' Brust breit, die zusammengekauerte Haltung tat ihm überhaupt nicht gut. Doch das war nebensächlich, hier ging es um das bloße Überleben. Endlich hatte er den schmalen Spalt erreicht und sah über seine Schulter, als ein weiterer Schuss fiel und ihn am Oberarm traf. Die neuen Schmerzen waren heftig, gleichzeitig färbte sich der hellblaue Stoff des Poloshirts blutrot. All das nahm Niklas nebenbei wahr, denn sein Instinkt drängte ihn zur Flucht. Mit dem Mut des Verzweifelten quetschte er sich gebückt zwischen Motorhaube und Wand vorbei auf die andere Fahrzeugseite. Der Schütze visierte ihn weiter an und veränderte ebenfalls seine Position.

Bevor er jedoch erneut schießen konnte, näherte sich ein Fahrzeug mit quietschenden Reifen und hupte laut.

Die nächsten Szenen zogen wie im Film an Niklas vorüber.

Polizisten mit gezogenen Waffen tauchten in der Tiefgarage auf.

Jemand vom Rettungsdienst redete auf Niklas ein und untersuchte dessen blutenden Arm, doch Niklas verstand nicht ein Wort.

Er befand sich in einer Art Schockstarre, aus der er erst im Rettungswagen erwachte.

»Haben Sie Schmerzen?«, fragte die Rettungsassistentin und versorgte die Wunde mit einem Druckverband.

»Mhm …« Niklas sah auf ihre Hände. »Das muss fester sein, sonst hilft das doch gar nichts«, stellte er fest und zupfte mit der freien Hand am Verband.

Die Seitentür des Fahrzeugs wurde aufgeschoben, bevor die Rettungsassistentin auf Niklas' Bemerkung reagieren konnte.

»Darf ich?«, fragte ein uniformierter Polizist und stieg in den Rettungswagen. »Ich muss eine Personenbeschreibung aufnehmen.«

»Wir sind hier noch nicht fertig«, wehrte die Rettungsassistentin ab und justierte den Druckverband noch einmal nach.

»Wie ist Ihr Name?«, fragte der Polizist mit gezücktem Notizblock. »Haben Sie den Schützen gesehen? Was können Sie zum Tatablauf sagen?«

Niklas nahm die Beine wieder von der Liege und drehte sich zu dem Polizisten um. Ihm war etwas schwindlig, doch an sich ging es ihm den Umständen entsprechend gut. »Ich heiße Niklas Thorsen und nein, ich habe den Schützen nicht gesehen. Nur seine Waffe, für mehr hat die Zeit nicht gereicht, weil der Typ mehrfach auf mich geschossen hat!«

»Wie viele Schüsse waren das?«

»Einer hat mich offensichtlich getroffen«, gab Niklas angefressen zurück. »Und ich glaube zwei Mal hat er auf mein Auto geschossen. Keine Ahnung, das ging alles so schnell und ich war mehr damit beschäftigt, eine Fluchtmöglichkeit zu finden, als die Anzahl der Schüsse zu zählen. Verdammt, was wollen Sie denn noch?«, schnauzte er nun die Rettungsassistentin an, die die Blutdruckmanschette um seinen gesunden Oberarm gelegt hatte.

»Ich bestimme Ihre Vitalparameter, dann fahren wir ins Krankenhaus. Sie müssen dringend ärztlich versorgt werden, Herr Thorsen.«

»Das ist nur ein Kratzer«, wehrte Niklas ab und sah

zurück zum Polizisten. »Haben Sie den Verrückten erwischt, der auf mich geschossen hat? Wer hat Sie
überhaupt alarmiert?«

»Es sind vier Notrufe aus dem Haus eingegangen und
wir suchen noch nach dem Schützen.« Der Polizist sah
zur Rettungsassistentin. »Wohin fahrt ihr? Eine Streife
wird euch begleiten, nur zur Sicherheit.«

»Eine Streife?« Niklas schüttelte den Kopf. »Ihr habt
doch keine Ahnung, mit was ihr es zu tun habt!«

»Es geht in die Uniklinik«, mischte sich die Rettungsassistentin ein und brachte Niklas damit weiter auf die
Palme.

»Auf gar keinen Fall«, wehrte sich Niklas. »Ich werde
mich nicht in diesem Krankenhaus behandeln lassen.
Lieber nähe ich die Wunde selbst, als dass ich mich
dort einliefern lasse.«

Kapitel 20

Nach der Wundversorgung in der Notaufnahme wurde Niklas von den beiden Streifenpolizisten zu ihrem Fahrzeug geführt.

»So, danke für den Ausflug, aber jetzt reicht es auch wieder.« Niklas blieb neben der geöffneten Autotür stehen und verschränkte die Arme. »Was haben Sie vor? Warum haben Sie mich in die Klinik begleitet? Wohin wollen Sie mich jetzt bringen? Was um alles in der Welt ist denn heute los?«

»Doktor Thorsen, wir sollen Sie zum Polizeipräsidium bringen, um Ihre Zeugenaussage aufzunehmen. Die Schüsse in der Tiefgarage waren kein Kavaliersdelikt, es werden Ermittlungen aufgenommen.«

»Mhm.« Niklas runzelte die Stirn und setzte sich dann widerwillig auf den Rücksitz. Sein Blick ging hinaus auf die Straße, die dank des guten Wetters stark belebt war. All die Leute, die so unbekümmert und sorgenfrei unterwegs waren, er beneidete sie.

Warum hatten er und Frederik überhaupt Nachforschungen zu den Organspenden angestellt?

Was hatte es ihnen gebracht?

Frederik war seit fast vierundzwanzig Stunden verschwunden und auf ihn selbst wurde geschossen. Angesichts des kurzen zeitlichen Abstands war es für Niklas schwer zu glauben, dass es keinen Zusammenhang zwischen beiden Ereignissen geben sollte.

War es Hanson, der da auf sie beide losgegangen war?
Wenn ja, was hatte er Frederik angetan?

Hanson konnte ja schlecht unbemerkt im OP-Bereich auf Frederik geschossen haben.

Niklas seufzte und sah auf seine Hände. Es fühlte sich an wie ein einziger Albtraum, aus dem er endlich aufwachen wollte. Er wollte sein unbeschwertes, langweiliges Leben zurück.

»Kommen Sie.« Die Polizisten führten Niklas durch das Foyer des Polizeipräsidiums und brachten ihn schließlich in ein kleines, kahles Vernehmungszimmer. Jetzt kam sich Niklas definitiv vor wie ein Schwerverbrecher, obwohl er sich nichts vorwerfen konnte.

Was ging hier eigentlich vor?
Warum sollte er jetzt verhört werden, als wäre er einer der Täter?

Endlich öffnete sich die Tür und ein Mann in ziviler Kleidung trat ein. »Doktor Thorsen? Mein Name ist Peter Hauser und ich leite die Ermittlungen zu den Schüssen in der Tiefgarage. Können Sie mir noch einmal berichten, was genau vorgefallen ist?«

Niklas verengte die Augen und starrte ihn lange an.

»Ich wollte heute Morgen ganz normal zur Arbeit fahren. Bevor ich aber ins Auto einsteigen konnte, ist ein Schuss gefallen«, berichtete Niklas mit bebender Stimme, der Schock stand ihm ins Gesicht geschrieben. »Das Seitenfenster hinter mir ist zerborsten. Ich habe mich zu Boden geworfen, und …« Stockend fasste er den Ablauf der Szene zusammen und wischte sich die schweißnassen Hände immer wieder an der Hose ab. »Ich kann den Täter nicht beschreiben, das habe ich einem Ihrer Kollegen vorhin bereits gesagt.«

»Schon gut, Doktor Thorsen«, beruhigte ihn der Kriminalpolizist und dachte kurz nach. »Sie sind Arzt, richtig? Haben Sie eine Idee, warum Ihnen jemand in der Tiefgarage auflauert und auf Sie schießt?«

Andeutungsweise schüttelte Niklas den Kopf und verschränkte die Arme vor der Brust. »Ich bin Assistenzarzt und nein ...« Er verstummte.

War das seine einzige Gelegenheit, mit einem Polizisten über die unsauberen Transplantationen zu sprechen und ernst genommen zu werden? Dieser Hauser machte ja einen ganz vertrauenswürdigen Eindruck ...

»Doktor Thorsen?«, fragte Peter Hauser und beugte sich vor. »Ist alles in Ordnung?«

»In Ordnung ...« Niklas lachte zynisch. »In Ordnung ist schon seit einer Weile nichts mehr ...« Er rang noch einen Moment mit sich.

»Wie meinen Sie das?« Der Polizist musterte ihn undurchdringlich. »Was ist nicht in Ordnung?«

Niklas holte tief Luft. »Ich glaube, dass im UKE Organspenden in großem Stil manipuliert wurden und Patienten gezielt getötet wurden, um ihre Organe transplantieren zu können«, stieß er hervor. Angespannt wartete er auf die Reaktion seines Gegenübers.

Rein äußerlich ließ sich Peter Hauser nichts anmerken, nur seine rechte Augenbraue zuckte kurz. »Eine Manipulation von Organtransplantationen«, wiederholte er nach langem Schweigen. »Wie kommen Sie darauf? Haben Sie konkrete Fälle beobachtet, bei denen die Vergabe von Spenderorganen manipuliert wurde?«

Mit derartigen Fragen hatte Niklas gerechnet. Deswegen waren er und Frederik bisher auch nicht zur Polizei oder einem Anwalt gegangen. Aus Angst, dass der Verdacht aus der Luft gegriffen war und es keine ausreichenden Beweise gab. »Ich habe gemeinsam mit einem Kollegen die Transplantationsfälle der letzten vierzehn Monate durchgesehen«, berichtete er und wischte seine Hände erneut an der Hose ab, doch die schwitzigen Handflächen blieben. »Bei einigen Patienten der letzten vier Monate waren Frederik Hendriksson und ich an der Behandlung beteiligt, bis die Patienten plötzlich hirntot waren. Unvorhersehbare Hirnblutungen, so wurde das gerne von den Oberärzten erklärt. Aber ich glaube, da steckt ein System dahinter.«

»Moment, verstehe ich Sie richtig? Sie verdächtigen Oberärzte, für den Hirntod von Patienten verantwortlich zu sein, nur im deren Organe transplantieren zu können?«, wollte Peter Hauser skeptisch wissen.

»Ich weiß, wie das klingt.« Niklas zog seinen Schlüsselbund aus der Hosentasche, an dem er einen USB-Stick befestigt hatte. »Soll ich Ihnen meine Notizen zeigen?«

Peter Hauser hatte rasch einen Laptop organisiert, auf dem Niklas ihm seine Recherchen zeigen konnte.

»Warum haben Sie sich nicht schon früher an die Polizei gewandt, Doktor Thorsen?«, fragte er schockiert. »Das ist hochbrisantes Material!«

»Es sind doch nur Vermutungen ...« Niklas sank etwas in sich zusammen.

»Vermutungen, die man mit einer Razzia und gezielten Befragungen der dort aufgeführten Oberärzte bestätigen kann.« Peter Hauser stand auf. »So erscheinen die Schüsse auf Sie in völlig anderem Licht, ist Ihnen das klar? Sie schweben in akuter Lebensgefahr, Doktor Thorsen!«

Niklas blieb stumm und sah auf seine Hände.

»Ich werde mich mit Kollegen besprechen, wie wir weiter vorgehen, dann bin ich gleich wieder bei Ihnen.« Schon verließ der Kriminalpolizist das Vernehmungszimmer. Zurück blieb Niklas mit ungutem Gefühl und schlechtem Gewissen.

Hätte es irgendetwas am Lauf der Ereignisse geändert, wenn er und Frederik früher mit der Polizei gesprochen hätten?

»Was haben Sie für mich?« Elisabeth Baumgartner begrüßte ihren Kollegen von der Kriminalpolizei in ihrer typisch unterkühlten Art. »Ihre Hinweise am Telefon waren nicht gerade aussagekräftig.«

»Ich weiß.« Hauser schloss die Bürotür hinter ihr und deutete auf den Laptop auf seinem Schreibtisch. »Denn das ist kein Thema für ein Telefonat. Wenn auch nur die Hälfte der Vermutungen wahr ist haben wir es mit einem gewaltigen, kriminellen Sumpf zu tun voller skrupelloser Täter, die ihre Spuren jahrelang verwischt haben.«

»Sie sprechen in Rätseln, Hauser. Kommen Sie zum Punkt. Worum genau geht es?« Die LKA-Ermittlerin verschränkte die Arme.

»Organtransplantationen.« Peter Hauser deutete auf den Bildschirm. »Mein Zeuge hat umfangreiche Recherchen durchgeführt, die darauf hindeuten, dass die Transplantationsverfahren in der Uniklinik seit Jahren manipuliert werden.«

»Manipulationen …«, wiederholte Elisabeth Baumgartner nachdenklich. »In welchem Sinn? Dass die Organe abseits des üblichen Vergabeverfahrens verteilt wurden?«

»Nicht nur. Vielmehr scheinen dutzenden Patienten vorsätzlich schwere Hirnblutungen zugefügt worden zu sein, um sie zu Organspendern zu machen.« Peter Hauser bekam allein eine Gänsehaut, wenn er daran dachte. »Die Fälle ziehen sich durch sämtliche chirurgische Abteilungen, mein Zeuge hat vor allem die neurochirurgischen und unfallchirurgischen Patienten aufgelistet.«

Stumm überflog Baumgartner die geöffneten Dokumente.

»Wie sind Sie auf diesen Fall gestoßen?«, fragte sie, ohne den Blick vom Bildschirm zu wenden.

»Auf unseren Zeugen wurde heute Morgen in einer privaten Tiefgarage geschossen«, berichtete der Kriminalpolizist. »Als wir ihn zu möglichen Hintergründen gefragt haben kamen die Organtransplantationen zur Sprache.«

»Dann ist man bereits hinter dem Zeugen her … Ist er glaubwürdig? Welchen Hintergrund hat er?« Baumgartner stützte sich mit beiden Händen auf die Tischplatte.

»Doktor Thorsen ist Assistenzarzt für Unfallchirurgie und hat in meinen Augen keinen Grund für Lügen. Er wirkt auf mich absolut aufrichtig.« Peter Hauser seufzte. »Aber Sie haben schon recht, er schwebt in großer Gefahr.«

»Ich werde selbst mit Doktor Thorsen sprechen und mir ein Bild von diesem Fall machen«, entschied die LKA-Beamtin. »Allerdings habe ich schon jetzt den Eindruck, dass ich länger mit ihm zu tun haben werde. Ohne Polizeischutz wird er dieses Gebäude nicht verlassen.«

Niklas hatte inzwischen das Zeitgefühl verloren und erschrak heftig, als die Tür aufgestoßen wurde und Ermittler Hauser mit einer Kollegin eintrat.

»Es tut mir leid, dass Sie warten mussten, Doktor Thorsen, aber ich musste den Fall erst mit Frau Baumgartner vom LKA besprechen.« Die Polizisten setzten sich Niklas gegenüber an den Tisch.

»Und?« Niklas strich sich über den dicken Verband an seinem Oberarm. »Zu welchem Schluss sind Sie gekommen? Darf ich dann nach Hause oder brauchen Sie noch mehr von mir?«

»Doktor Thorsen«, begann Elisabeth Baumgartner und musterte ihn durchdringend. »Wie es scheint, sind Sie einem großen kriminellen Netzwerk auf die Spur gekommen. Ihre Aussage ist somit nicht nur eine wichtige Grundlage für weitere Ermittlungen, sondern auch Kernelement von Gerichtsprozessen. Somit sind Ihre Sicherheit und Unversehrtheit von größtem Interesse.«

»Okay …« Fragend sah Niklas zwischen den Polizisten hin und her. »Und was heißt das für mich? Sie können mich ja schlecht zu Hause einsperren, bis Sie meine kriminellen Kollegen vor Gericht gestellt haben.«

Elisabeth Baumgartners Blick ruhte weiterhin auf ihm und ließ ihn unruhig hin und her rutschten. »Nachdem Ihr Leben akut bedroht ist und damit zu rechnen ist, dass diverse Mitglieder dieser kriminellen Organisation daran interessiert sind, Sie endgültig zum Schweigen zu bringen, empfehle ich Ihnen, sich in das Zeugenschutzprogramm aufnehmen zu lassen.«

»Zeugenschutzprogramm«, wiederholte Niklas und runzelte die Stirn. »Das klingt wie ein schlechter Krimi, nur habe ich keine Ahnung, was es mit diesem Programm auf sich hat.«

»Wir nehmen Sie aus der Schussbahn und bringen Sie an einen sicheren Ort. Dort werden Sie mit Hilfe einer Tarnidentität Ihr aktuelles Leben hinter sich lassen.«

»Tarnidentität?« Niklas verzog das Gesicht. »Sie meinen einen neuen Namen?«

»Neuer Name, neuer Job, kein Kontakt zum alten Umfeld. Ein radikaler Bruch mit Ihrem aktuellen Leben.« Die LKA-Beamtin blieb völlig sachlich. »All das ist aus meiner Sicht nötig, um zu verhindern, dass Sie getötet werden.«

»Was ist mit meiner Freundin?«, fragte Niklas. »Was ist mit meinem Job? Ich stehe kurz vor der Facharztprüfung, ich kann doch jetzt nicht einfach hinwerfen.«

»Ihre Freundin ist aus Sicht der Täter ein geeignetes Druckmittel, Sie aus Ihrer Deckung zu locken. Deswegen rate ich eindringlich, dass Ihre Freundin ebenfalls in den Zeugenschutz aufgenommen wird.«

»Bis wann muss ich das entscheiden?«, wollte Niklas überfordert wissen und hielt sich den Kopf. Schon wieder fühlte er sich wie in einem schlechten Traum, aus dem er liebend gern aufwachen würde.

»Wir protokollieren Ihre Aussage und sichern die Beweismittel, die Sie meinem Kollegen Hauser bereits übergeben haben. Danach brauche ich eine Entscheidung von Ihnen, um die weiteren Schritte planen zu können.«

»Darf ich vorher mit meiner Freundin darüber sprechen? Sie ist davon ja genauso betroffen wie ich.«
»Wo ist Ihre Freundin gerade?«, fragte Peter Hauser.
»Wir schicken Kollegen, um sie abzuholen. Dann können Sie sich gemeinsam entscheiden. Viel Zeit dafür haben Sie aber nicht.«

Der Polizeiapparat im Hintergrund war bereits angelaufen, ohne dass Niklas viel davon mitbekam. Er war nur froh, seine Freundin endlich in die Arme schließen zu können. Auch wenn das bedeutete, dass er ihr einige Wahrheiten früher beichten musste, als er das vorgehabt hatte.
»Glauben Sie, die beiden treten in das Zeugenschutzprogramm ein?«, fragte Hauser und beobachtete das Paar durch den Einwegspiegel.
»Thorsen macht einen vernünftigen Eindruck«, stellte Elisabeth Baumgartner knapp fest. »Ich glaube, er hat sich längst entschieden.« Sie sah auf die Unterlagen in ihren Händen. »Falls er zustimmt, bringen wir ihn sofort zum *Safe Place Vier*, bis wir die Tarnidentität entsprechend vorbereitet haben. Ich habe mein Team bereits in Bereitschaft versetzt.«

Kapitel 21

Eskortiert von sechs zivil gekleideten Polizisten wurden Niklas und Freja in die Tiefgarage zu bereits wartenden Fahrzeugen gebracht.

»Wir erklären Ihnen alles weitere im *Safe Place*«, erklärte Elisabeth Baumgartner und setzte sich auf den Beifahrersitz des schwarzen BMWs, Niklas und Freja saßen auf der Rückbank. »Erst einmal ist nur wichtig, dass wir Sie ohne Zwischenfälle aus dem unmittelbaren Gefahrenbereich bringen.«

Niklas schluckte. Das fühlte sich so surreal an. Seit den Schüssen heute Morgen hatten sich die Ereignisse verselbstständigt und sich vollständig seinem Einfluss entzogen. Er hatte keine Kontrolle mehr über sein Leben und das war ein äußerst beängstigendes Gefühl.

Nach gut einer halben Stunde Fahrt bog der BMW von der Bundesstraße auf eine schmale Zufahrtsstraße ab und hielt gut hundert Meter weiter vor einem großen, einstöckigen Haus auf einem weitläufigen Grundstück. Das zweite Fahrzeug parkte direkt neben ihnen.

»Kommen Sie.« Wieder nahmen die Polizisten das Paar in ihre Mitte und führten sie ins Haus, wo zwei weitere Polizisten bereits warteten.

»Wie ... wie geht es denn jetzt weiter?«, fragte Freja überfordert und kuschelte sich in Niklas' gesunden Arm.

»Hier sind Sie vorerst in Sicherheit, das ist das oberste Ziel«, erklärte Elisabeth Baumgartner und setzte sich an den Esstisch. »Als nächstes werden wir Ihnen eine Tarnidentität beschaffen, dazu zählen vor allem Ausweise, Zeugnisse und Versicherungsdokumente. Und wir müssen uns Gedanken machen, an welchem Ort Sie Ihr neues Leben beginnen.«

»Neues Leben ...« Freja schüttelte den Kopf. »Ein neues Leben auf der Flucht, meinen Sie wohl. Immer mit der Angst im Nacken, dass uns doch jemand gefolgt sein könnte und Niklas doch angreifen wird. Wie wollen Sie das verhindern?«

»Das Zeugenschutzprogramm wird abseits Ihrer neuen Identität weitere Sicherheitskreise um Sie herum aufbauen. Dazu zählt auch, dass uns Ihr bisheriges Umfeld informiert, wenn es ungewöhnliche Kontaktaufnahmen gab«, erklärte die Polizistin mit Blick auf Ihren Laptopbildschirm.

»Neues Leben hin oder her, ich brauche morgen Früh meine Medikamente«, stellte Niklas fest und setzte sich mit Freja im Arm auf das gemütlich aussehende Sofa.

»Die können wir jederzeit holen.« Mathias Hofmann kam näher. »Gibt es darüber hinaus Dinge, auf die Sie nicht verzichten können?«

Die weiteren Vorbereitungen für die neue Identität nahmen einige Tage in Anspruch.

Tage, in denen Freja und Niklas keinen Schritt ohne die Polizisten machen konnten.

Tage, in denen ihnen schon bald die Decke auf den Kopf fiel.

Endlich waren die nötigen Papiere beisammen und die wichtigsten Entscheidungen zum Lebenslauf beider Tarnidentitäten gefallen.

»Nachdem sich das Netzwerk Ihrer kriminellen Kollegen über ganz Deutschland erstreckt, werden wir Sie im Ausland in Sicherheit bringen«, erklärte Elisabeth Baumgartner am Abreisetag. »Wir haben uns für Södertälje in Schweden entschieden und dort bereits eine erste Unterkunft angemietet.« Sie schob Niklas eine Mappe mit den neuen Dokumenten zu. »Ihre bisherigen Namen dürfen Ihnen nicht mehr über die Lippen kommen, prägen Sie sich Ihre neue Identität also gut ein. Das ist lebensentscheidend.«

Neugierig öffnete Freja die Mappe und seufzte. »Isabel Karlsson? Hätte es nicht ein schönerer Name werden können?«

»Lars Weidner«, las Niklas in seinem neuen Ausweis und hielt bereits seinen Lebenslauf in der Hand. »Sie haben mir das Medizinstudium und die Facharztausbildung einfach herausgestrichen?«

»Es ist zu gefährlich, Sie wieder als Unfallchirurg arbeiten zu lassen, Doktor Thorsen. Damit würden Sie unweigerlich auffallen und das können wir gegenwärtig überhaupt nicht gebrauchen.« Die Polizistin sah ihn bedauernd an. »Dementsprechend haben wir Ihren Wehrdienst etwas verlängert und Sie einige Jahre als Berufssoldat arbeiten lassen. Darauf aufbauend können Sie sich beruflich neu orientieren, nur eben nicht im medizinischen Bereich.«

»Mhm ...« Niklas seufzte. Obwohl man ihm das direkt nach seiner Aussage alles erklärt und er dutzende Papiere und Geheimhaltungsverpflichtungen dazu unterschrieben hatte, jetzt mit den Tatsachen konfrontiert zu werden, war hart und fühlte sich endgültig an. Er hatte sein altes Leben abgeschnitten und losgelassen. Er war nun kein Arzt mehr. Er …

»Und ich? Freja blätterte in der Mappe und überflog ihren neuen Lebenslauf. »Sie verbieten mir ebenfalls meinen Job? Wo ist denn bei mir das Risiko? Ich bin doch längst nicht so gefährdet wie Niklas.«

»Lars«, korrigierte Elisabeth Baumgartner mit ernster Miene. »Es mag sein, dass Sie nicht so sehr im Mittelpunkt stehen wie Ihr Freund, doch wir können für Sie beide kein Risiko eingehen. Sie werden ebenfalls neu anfangen.«

»Wenn Sie meinen …« Freja seufzte.

»Ich weiß, dass das ein harter Bruch mit vielem Vertrauten ist, Frau Karlsson, aber Sie beide haben sich für diesen Schritt entschieden.« Die Polizistin sah auf die Uhr. »Bevor wir fahren dürfen Sie sich von Ihrer Familie verabschieden. Ich konnte diesen Wunsch erfüllen, Herr Weidner.«

»Sie sind auf dem Weg hierher?« Niklas ließ die Papiere in seinen Händen sinken. Sofort ging sein Blick zum Fenster.

»Ihre Eltern und Ihre Schwester sind in wenigen Minuten hier«, bestätigte Elisabeth Baumgartner und stand auf. »Wir bringen Ihr Gepäck bereits zu den Fahrzeugen, dann können wir direkt losfahren.«

Unruhig wartete Niklas auf die Ankunft seiner Familie und starrte aus dem Fenster. Die beiden BMW wurden beladen, dazu trafen die Polizisten letzte Absprachen. Alles wurde für die Abreise vorbereitet und endlich tauchte ein silberfarbener VW-Bus in Niklas' Sichtfeld auf. Uniformierte Polizisten hatten die Fahrt begleitet und ließen Niklas' Eltern und seine Schwester aussteigen.

»Niklas!« Stefanie Thorsen eilte auf ihren Bruder zu und schloss ihn sofort in die Arme. »Was ist denn passiert, dass du von so vielen Polizisten bewacht wirst? Und warum hat man uns gesagt, dass wir uns von dir verabschieden müssen?«

»Das sind gute Fragen, Frau Thorsen, die ich so weit wie möglich beantworten möchte.« Wieder ergriff Elisabeth Baumgartner das Wort, während sich ihre Kollegen im Hintergrund hielten. »Wir haben Ihren Bruder und seine Lebensgefährtin mit sofortiger Wirkung in das Zeugenschutzprogramm aufgenommen, weil sein Leben akut gefährdet ist. Deswegen werden wir ihn nach diesem Gespräch an einen unbekannten, sicheren Ort bringen.«

»Niklas?« Sein Vater Alexander musterte ihn besorgt. »Was ist hier los? Warum ist dein Leben gefährdet? Wer hat es auf dich abgesehen und warum?«

Niklas wich seinem Blick aus. »Ich kann es dir nicht sagen, Papa«, murmelte er und starrte zu Boden. »Ich kann euch nicht auch noch in Gefahr bringen.«

»In Gefahr bringen?« Niklas' Mutter runzelte die Stirn und nahm seine Hand. »Bist du in kriminelle Sachen verwickelt oder was ist los?«

»Nein, das nicht.« Niklas seufzte. »Ich kann nichts dazu sagen, Mama, es ist zu eurer Sicherheit.«

Bestätigend nickte Elisabeth Baumgartner. »Während wir die beiden in Sicherheit bringen, werden Ihnen Kollegen aus meinem Team erklären, wie es hier in

Hamburg weitergeht. Sei es mit der Wohnung, den Jobs oder Ihrer eigenen Rolle in unserem Sicherheitssystem rund um Ihren Sohn.«

»Sicherheitssystem?« Stefanie schüttelte den Kopf. »Niklas, bitte, sag, dass das alles nur ein schlechter Witz ist. Sind wir bei *Verstehen Sie Spaß* oder so einer Sendung? Wir sind dir auf den Leim gegangen, du kannst jetzt aufhören, uns etwas vorzumachen.«

»Ich wünsche mir so sehr, dass das nur eine Fernsehsendung ist.« Niklas seufzte. »Aber dem ist nicht so.« Er umarmte sie mit seinem gesunden Arm. »Ich hoffe, wir sehen uns bald wieder.«

Viel Zeit war für die Verabschiedung nicht eingeplant, sodass Niklas' Familie mit dem VW-Bus rasch wieder nach Hause gefahren wurde und Freja und Niklas mit ihrer Eskorte in die beiden schwarzen BMW einstiegen.

»Okay, dann mal los.« Elisabeth Baumgartner befestigte das Mikrofon ihres Headsets am Kragen ihrer dunkelblauen Bluse und schnallte sich an. »Wir folgen euch.«

Niklas seufzte und lehnte sich im Sitz zurück, automatisch griff er nach der Hand seiner Freundin. »Ich hoffe, dass dieser Albtraum bald vorbei ist«, murmelte er.

»Mhm …« Freja drückte seine Finger. »Wo bist du da nur hineingeraten?«, fragte sie. »Mit wem hast du dich angelegt? Und welche Rolle spielt Frederik?«

Kapitel 22

Die Fahrer hatten zwei Mal gewechselt, doch abseits von Tankpausen fuhren sie die elf Stunden durch und erreichten Södertälje in der Nähe von Stockholm kurz nach Mitternacht.

»Hier sind wir.« Elisabeth Baumgartner zog den Zündschlüssel ab. Sie stieg aus und sprach mit weiteren zivil gekleideten Polizisten, die vor dem freistehenden Einfamilienhaus bereits gewartet hatten.

»Was für eine Fahrt.« Niklas gähnte und versuchte, die Tür zu öffnen, doch Hofmann auf dem Beifahrersitz hatte das Fahrzeug per Knopfdruck verriegelt.

»Herr Weidner, Sie steigen erst aus, wenn die Lage gesichert ist«, erinnerte er Niklas und drückte erneut auf den Knopf, nachdem er die Bestätigung seiner Kollegen über das Headset erhalten hatte.

»Ich muss mich erst noch daran gewöhnen, keinen Handgriff mehr ohne Nachfragen machen zu dürfen.« Müde stieg Niklas aus und streckte sich, er war vom langen Sitzen ganz steif geworden.

»Kommen Sie erstmal ins Haus.« Schon waren Niklas und Freja wieder von den Polizisten umgeben und wurden sicher zur Haustür eskortiert.

Neugierig ließ Niklas den Blick schweifen.
Die helle Einrichtung wirkte zweckmäßig, aber unpersönlich. Etwas anderes hatte Niklas aber auch nicht er-

wartet, nach allem, was er in den letzten Stunden erlebt hatte.

»So, Herr Weidner.« Elisabeth Baumgartner unterdrückte selbst ein Gähnen. »Ich schlage vor, wir besprechen uns später, wenn wir alle eine Mütze voll Schlaf abbekommen haben. Oder haben Sie schon jetzt konkrete Fragen?«

Andeutungsweise schüttelte Niklas den Kopf. »Ich will auch nur noch schlafen.« Er sah zu Freja, die ähnlich geschafft aussah, wie er sich fühlte.

»Schlaf- und Badezimmer sind oben, Ihre Taschen stehen im Flur.« Mathias Hofmann setzte sich an den Esstisch, seine Kollegen taten es ihm gleich. Offenbar hatten die Polizisten noch Besprechungsbedarf, bevor sie Feierabend machen konnten.

»Danke und … gute Nacht.« Er folgte Freja in den Flur.

»Das sieht so steril und langweilig aus wie ein Hotelzimmer«, stellte Freja bei ihrer Rückkehr aus dem Badezimmer fest und setzte sich neben Niklas auf die Bettkante. Sie seufzte schwer und legte den Kopf an seine Schulter.

»Woran denkst du?«, fragte Niklas betreten. Er fühlte sich ein Stück weit schuldig, dass er seine Freundin so unvermittelt aus ihrem Leben gerissen hatte.

»Seit wir von der Fähre runter sind muss ich daran denken, unter welchen Umständen ich dieses Land vor fünfzehn Jahren verlassen habe.« Freja schniefte. »Dieser vermaledeite Autounfall ist fünfzehn Jahre her, ist das zu glauben? So lange muss ich schon ohne meine Eltern leben.«

»Shhht …« Niklas gab ihr einen Kuss auf die Stirn.

»Sie fehlen mir so«, schluchzte Freja und konnte ihre Tränen nicht länger zurückhalten.

Stumm hielt Niklas seine Freundin fest, mehr konnte er im Moment nicht für sie tun. Er wusste, wie es sich anfühlte, wenn alte Wunden wieder aufgerissen wurden, und wie schmerzhaft dieser Prozess sein konnte.

»Warum muss es ausgerechnet Schweden sein? Warum ausgerechnet Södertälje?« Freja wischte sich mit dem Ärmel über das Gesicht und zog geräuschvoll die Nase hoch. »Das ist so ein beschissener Zufall. Wer hat sich das ausgedacht und will mir damit eins auswischen? Wer tut so etwas?«

»Komm her.« Niklas drückte sie fester an sich. »Wir werden das gemeinsam schaffen«, versicherte er, auch um sich selbst Mut zu machen. »Wir sind beide nicht allein.«

»Wenigstens das«, murmelte Freja und lächelte zaghaft. »Wenigstens dich habe ich noch.«

Im Haus war Ruhe eingekehrt, doch an Schlaf war für Niklas und Freja immer noch nicht zu denken.

»Willst du mir nicht endlich erzählen, was genau uns in diese Lage gebracht hat?«, fragte sie und streichelte Niklas mit den Fingerspitzen über die Wange. »Die letzten achtundvierzig Stunden fühlen sich an wie ein beängstigender Albtraum. Ich fühle mich so machtlos wie in einem Fahrzeug, das auf eine Mauer zu rast, und bei dem ich keine Möglichkeiten habe, es zu stoppen. Ich bin zum Zuschauen verdammt, ohne zu wissen, worum es eigentlich geht.«

Niklas seufzte und schloss kurz die Augen, doch Frejas Blick ruhte weiterhin auf ihm.

»Wie viel hast du von meinen Gesprächen mit Frederik mitbekommen?«, fragte Niklas nach langem Zögern.

»Du meinst eure Detektivgeschichten, die dich angeblich von einer frühzeitigen Rückkehr in die Klinik abhalten sollten?« Den Unterton in Frejas Stimme konnte Niklas nicht näher deuten, das beunruhigte ihn zusätzlich. Doch verdenken konnte er es seiner Freundin nicht. Vermutlich hätte er sich ihr schon vor Wochen anvertrauen sollen.

»Genau die meine ich …« Schuldbewusst sah Niklas seine Freundin im Halbdunkeln an. »Weißt du, ich … Frederik und mir sind einige Organtransplantationen komisch vorgekommen. Es kam bei jungen Patienten zu unerwarteten Komplikationen, die immer zum Hirntod und anschließend zu einer Organspende geführt haben. Wenn so etwas einmal passiert, ist das noch keine große Sache. Aber wenn du solche Fälle drei Mal pro Schicht hast, wirst du irgendwann misstrauisch.« Er atmete tief durch. »Frederik und ich haben also recherchiert, welche Organtransplantationen in den letzten Monaten vorgenommen wurden und von welchen Ärzten die Patienten zuletzt behandelt worden sind. Wir hatten gehofft, ein Muster zu finden, aber dem war nicht so. Immer wenn drei Fälle zusammengepasst haben konnten wir sie nicht zu anderen hinzufügen.«

»Warum habt ihr das für euch behalten, wenn das so eine große Sache war?«, wollte Freja betreten wissen und nahm seine Hand in ihre.

»Wir … wir hatten keine Beweise, nur Vermutungen, und wollten uns nicht unglaubwürdig machen, wenn wir zur Polizei gehen.« Niklas seufzte. »Ich habe diesem Hauser von der Kriminalpolizei alles berichtet, nachdem man mich zu den Schüssen in der Tiefgarage befragt hat. Und er meinte auch, dass ich früher etwas hätte sagen müssen. Hinterher ist man immer klüger. Aber zu der Zeit erschien es Frederik und mir nicht richtig, ohne Beweise zur Polizei zu gehen. Und in der Klinik haben wir keinem getraut, das waren also auch keine Ansprechpartner.«

»Das heißt aber, dass wir so oder so in dieses Zeugenschutzprogramm gekommen wären, auch wenn du früher etwas gesagt hättest?«, überlegte Freja laut.

»Der Zeitpunkt ändert ja nichts am Kernthema und meinen kriminellen Kollegen.« Niklas schüttelte den Kopf. »Hätten sich diese Idioten kein anderes Krankenhaus aussuchen können? Dann würden Frederik, du und ich immer noch unsere langweiligen, normalen Leben weiterführen.«

»Langweilig wäre toll.« Freja lächelte andeutungsweise und rollte sich auf die andere Seite, um sich in Niklas' Arme zu kuscheln. »Langweilig und gewöhnlich, wie verlockend das jetzt klingt …«

Kapitel 23

Gehetzt verließ Benett Hanson die OP-Vorbereitung und eilte den langen Flur entlang in gut einer Stunde lag sein nächster Patient auf dem Operationstisch, dazwischen war er für Konsile in der Ambulanz und auf Station angefordert worden.

»Doktor Benett Hanson?« Ein Mann erwartete ihn bereits im Flur vor dem OP-Bereich und stellte sich ihm in den Weg. Ein eher untypisches Verhalten für Angehörige, aber Hanson wusste, dass es für alles ein erstes Mal gab. Vor allem, seit er sich auf diese verdeckte Organisation eingelassen hatte.

»Peter Hauser, Kripo Hamburg. Ich muss Ihnen ein paar Fragen stellen." Der Mann zeigte seinen Ausweis und ließ diesen gleich wieder in seiner Tasche verschwinden.

Kriminalpolizei?

Sofort machten sich Hansons Gedanken selbstständig. *Was wollte denn die Polizei von ihm?*

Frederik Hendriksson konnte kaum der Grund sein, denn der war fixiert und sediert in seinem Wochenendhaus auf Rügen.

Und Niklas Thorsen?

Für ihn hatte Hanson aus Zeitgründen einen Killer beauftragt, der seinen Auftrag gestern hatte ausführen sollen. Hatte er sich überhaupt gemeldet? Hanson war sich gerade gar nicht mehr sicher.

»Wo können wir uns ungestört unterhalten?«, fragte der Polizist und riss Hanson damit aus seinen rotierenden Gedanken. »Ansonsten nehme ich Sie gleich mit auf das Präsidium, die Entscheidung liegt bei Ihnen.«

»Ich muss in weniger als einer Stunde wieder operieren.« Benett Hanson führte ihn widerwillig in ein Besprechungszimmer auf der Etage. »Sie haben also noch fünfzig Minuten Zeit.«

Peter Hauser schmunzelte. »Das ist schön, dass Sie die Uhr so gut im Blick haben. Dann können Sie mir mit Sicherheit sagen, wo Sie am Dienstag zwischen sechs und acht Uhr morgens waren?«

Der Neurochirurg die Stirn.

Dienstagmorgen, verdammt. Das war der Tag, den er mit dem Auftragskiller vereinbart hatte, an dem Thorsen aus dem Weg geräumt werden sollte.

Dass jetzt ausgerechnet nach diesem Tag gefragt wurde konnte entweder bedeuten, dass bei dem Auftragsmord etwas gehörig schiefgelaufen war, oder Niklas Thorsen tatsächlich tot war.

Aber warum kam man dann überhaupt auf ihn zu?

Er hatte mit Thorsen nichts zu tun, sie gehörten nicht einmal der gleichen Fachrichtung an.

»Doktor Hanson?«, fragte Hauser und riss ihn erneut aus seinen Gedanken. »Wo waren Sie am Dienstagmorgen zwischen sechs und acht Uhr?«

»Ich habe operiert, ein schwerverletzter Motorradfahrer. Die Kollegen aus der Nachtschicht haben mich gegen fünf Uhr angerufen und gebeten, auszuhelfen.« Hanson sah den Polizisten gelangweilt an und verschränkte die Arme.

»Ich verstehe.« Peter Hauser runzelte die Stirn. »Dann

haben Sie bestimmt die Namen der Kollegen und des Patienten für mich?«

»Sie glauben mir nicht?«, gab Hanson schnippisch zurück.

»Ich halte mich lieber an überprüfbare Fakten als zu glauben.« Der Kriminalpolizist drehte den Kugelschreiber in seinen Händen. »Also? Wer hat Sie angerufen und wen haben Sie operiert?«

Widerstrebend gab ihm Benett Hanson die Informationen, um sich durch Kooperation nicht verdächtig zu machen. Denn die Aufmerksamkeit der Kriminalpolizei konnte er im Moment gar nicht gebrauchen.

»Warum wollen Sie das eigentlich alles wissen?«, stellte sich Hanson dumm. »Was ist denn passiert?«

»Am Dienstagmorgen wurde Niklas Thorsen, ein angehender Unfallchirurg, angeschossen.« Der Polizist verengte die Augen und wartete offenbar auf kleine Veränderungen in Mimik und Gestik, die Hanson verdächtig machen würden.

»Und was führt Sie zu mir? Ich bin Neurochirurg.« Hanson behielt sein Pokergesicht bei.

»Nun ja, Doktor Thorsen hat uns umfangreiche Recherchen vorgelegt, in denen es um manipulierte Organtransplantationen geht. Und eine zentrale Rolle fällt dabei scheinbar Ihnen zu, gerade wenn es um die Beschaffung neuer Organspender geht.«

»Das ist ein persönlicher, konstruierter Racheakt von Doktor Thorsen«, redete sich Hanson sofort heraus. »Die Vergabe von Spenderorganen ist zentral geregelt, daran kann nicht gerüttelt werden. Und was seinen Vorwurf angeht, ich würde neue Organspender beschaffen, das ist absurd. Die Feststellung des Hirntodes ist ebenfalls ein standardisiertes Verfahren, in das nicht mal so eben eingegriffen werden kann.« Er beugte sich vor. »Haben Sie konkrete Beweise, dass ich irgendetwas dergleichen getan habe? Falls nein, entschuldigen Sie mich bitte. Mein Patient ist inzwischen in Narkose und wartet darauf, dass ich die Operation beginne.«

»Ich melde mich bei Ihnen, Doktor Hanson.« Der Kriminalpolizist machte keine Anstalten, ihn aufzuhalten.

Erleichtert eilte Hanson zurück in den OP-Bereich, ihm blieben noch zehn Minuten vor dem Eingriff, um sich wieder auf den Patienten zu konzentrieren. Ihm stand eine mehrstündige Operation an der Wirbelsäule bevor mit einem enorm hohen Schwierigkeitsgrad. Ein Spielraum für Fehler war nicht vorhanden, beim kleinsten Fehler konnte er seinen Patienten töten.

»Doktor Hanson.« Professor Hendriksson betrat den Vorbereitungsraum und stellte sich mit verschränkten Armen neben seinen Kollegen an das Waschbecken. »Haben Sie die Freundlichkeit, mir zu erklären, warum es hier im Krankenhaus nur so vor Polizisten wimmelt? Was wollen die hier? Was geht hier vor?« Die Miene von Maximilian Hendriksson war wie eingefroren.

»Ich wurde gerade von einem Peter Hauser befragt. Er hat mich informiert, dass Thorsen wohl *umfangreiche Recherchen* zu vermeintlich manipulierten Organtransplantationen an die Kriminalpolizei übergeben hat.« Hanson seufzte und verrieb Seife gründlich auf seinen Unterarmen. »Ich habe auf die standardisierten Verfahren verwiesen, durch die Organspenden nicht manipuliert werden können.«

»Ich verstehe.« Die eisige Stimme von Maximilian Hendriksson ließ die gefühlte Temperatur im Raum um weitere Grade fallen. »Und wie kommt Thorsen überhaupt dazu, sich an die Polizei zu wenden? Wollten Sie ihn nicht mundtot machen?«

»Offenbar ist das nicht nach Plan verlaufen.« Mit gesenktem Kopf hielt der Neurochirurg seine Arme wieder unter das Wasser.

»Sie haben sich nicht selbst darum gekümmert und diese wichtige Aufgabe stattdessen an Amateure weitergegeben? Hanson? Ich dachte, meine Anweisungen waren klar?« Professor Hendriksson machte einen weiteren Schritt auf seinen Kollegen zu. »An wen haben Sie die Aufgabe unerlaubterweise delegiert? Wie wurde die Aufgabe ausgeführt? Was genau ist schiefgelaufen? Ich will alles haarklein wissen, haben Sie mich verstanden?« Er sah durch das kleine Sichtfenster in den OP-Saal. »Ich erwarte Ihren Bericht nach dieser Operation. Überlegen Sie sich bis dahin gut, was Sie mir zu sagen haben.«

Die Wirbelsäulenoperation hatte länger gedauert, als Benett Hanson das im Vorfeld erwartet hätte, doch er war froh, dass alles gut gegangen war. Die Gespräche mit dem Polizisten und Professor Hendriksson direkt vor dem Eingriff hatten seine Konzentration rapide abstürzen lassen, doch seine Erfahrung hatte ihm während der Operation gute Dienste geleistet.

Der Patient wurde inzwischen in den Aufwachraum verlegt und Doktor Hanson bog ab in eines der Bereitschaftszimmer. Ein paar Minuten Zeit hatte noch, bevor er Professor Hendriksson wieder unter die Augen treten musste. Und diese Zeit wollte er nutzen, denn die Ereignisse von Dienstagmorgen gaben Ihm noch immer große Rätsel auf.

Ungeduldig wanderte Hanson auf und ab und lauschte dem Freizeichen.

»Was ist?«, fragte der Mann am anderen Ende der Leitung schroff.

»Sie hatten einen Auftrag«, erinnerte ihn Hanson ebenso ungehalten. »Sie sollten das Zielobjekt töten!«

»Ja, es lief nicht reibungslos, aber bei dem engen Zeitfenster, das Sie mir vorgegeben haben, war nicht mehr drin. Mit mehr Vorarbeit hätte ich eine bessere Gelegenheit abpassen können.« Der Auftragskiller machte eine kurze Pause. »Die Bullen waren wahnsinnig schnell vor Ort, ich musste meinen eigenen Arsch retten.«

»Sie werden bald keinen Arsch mehr haben, wenn Sie den Auftrag nicht beenden. Bringen Sie Thorsen zum Schweigen, egal wie! Hauptsache, Sie tun es schnell!«, befahl Hanson und umklammerte das Handy, das er sich schon vor Jahren extra für derartige Gespräche besorgt hatte.

»Das ist inzwischen mit großem Risiko und Aufwand verbunden«, informierte ihn der Auftragsmörder, den solche Drohungen und Befehle völlig kalt ließen. »Ihr *Zielobjekt* wurde in das Zeugenschutzprogramm aufgenommen. Das heißt, er wird seither von mindestens drei Polizisten abgeschirmt und von einem Versteck zum nächsten verfrachtet.«

»Haben Sie etwa nur eine Kugel?« Genervt verdrehte Hanson die Augen. »Tun Sie, was nötig ist, um Thorsen ins Jenseits zu befördern!«

Kapitel 24

Aufmerksam las Maximilian Hendriksson den Bericht der Spurensicherung, den ihm eine Kontaktperson zugespielt hatte.

»Das heißt also, dass ein Projektil dieser Waffe bereits an einem anderen Tatort aufgetaucht ist?«, fragte er den unscheinbar aussehenden Polizisten vor sich.

»Es gab einen Treffer in der Datenbank, ja.«, bestätigte Markus Fiedler und rutschte unruhig auf dem Stuhl hin und her. Obwohl das weder ihr erstes Treffen noch die ersten privat weitergegebenen Informationen waren, zeigte der Polizist immer noch ein äußerst angespanntes Nervenkostüm.

Ungeduldig hob Maximilian Hendriksson eine Augenbraue. »Bitte, fahren Sie fort. Ich kann Ihnen doch nicht jedes Wort aus der Nase ziehen.«

Fiedler nickte. »Okay, also ... äh ... mit der gleichen Pistole wurde vor circa sieben Jahren eine Polizistin erschossen. Der Mord an Carolina Reichelt wurde nie aufgeklärt, die Waffe nie zugeordnet. Weitere Spuren oder Hinweise gab es nie.«

»Carolina Reichelt ...« Die Miene des Chefarztes blieb regungslos, als er sich seufzend gegen den Schreibtisch lehnte. »Ich kenne den Fall, sie war die Verlobte meines Sohnes und wurde am Tag vor der Hochzeit erschossen.«

»Das tut mir leid.« Markus Fiedler senkte den Blick.

»Vielleicht findet man endlich den Täter. So kann Ihre Familie mit dieser Tat abschließen.«

»Kümmern Sie sich nicht um mich oder meine Familie, sondern um Ihre Aufgabe.« Er reichte ihm einen Umschlag mit Bargeld. »Ein Rezept habe ich beigefügt, damit sollten Sie die nächsten Wochen wieder über die Runden kommen.« Innerlich schmunzelte der Chefarzt. Es war so leicht, wenn man die Schwachstelle seines Gegenübers kannte. Oft waren es finanzielle Verlockungen, denen niemand lange widerstand. Oder, in Markus Fiedlers Fall, eine Tablettensucht, die er bisher erfolgreich vor seinem Umfeld verbarg.

Stumm nahm Fiedler den Umschlag entgegen und stopfte ihn in seine Jackentasche.

»Ich warte auf Ihre nächsten Neuigkeiten.« Hendriksson brachte ihn zur Tür.

In Gedanken versunken goss sich Maximilian Hendriksson an der Bar im Erdgeschoss einen teuren Whiskey ein und ging mit dem Glas in der Hand wieder nach oben in sein Büro. Die ganze Villa war herrlich ruhig, nachdem zwei seiner Söhne dauerhaft auf dem Gestüt lebten, seine Frau wieder mit dem Orchester unterwegs war und Frederik ... ja, er war endlich weg und konnte keine gefährlichen Nachforschungen mehr anstellen. Und Niklas Thorsen war mit der gleichen Waffe angeschossen worden wie damals Carolina Reichelt.

Mit zynischem Lächeln auf den Lippen wählte Maximilian Hendriksson und lauschte dem Freizeichen. Es war an der Zeit, einem alten Bekannten auf den Zahn zu fühlen.

»Chester, das ist ja schön, Sie wieder zu sprechen.«

Der Chefarzt trank einen kleinen Schluck Whiskey. »Sagen Sie, haben Sie am Dienstagmorgen auf Niklas Thorsen geschossen?«

Der Auftragskiller blieb einen Moment still und rang mit sich, ob er auf diese Frage überhaupt antworten sollte.

»Lassen Sie es mich anders formulieren«, kam ihm Maximilian Hendriksson zuvor. »Sie beantworten meine Fragen und erhalten im Gegenzug einen äußerst lukrativen Auftrag. Was sagen Sie, kommen wir ins Geschäft?«

»Ja, ich habe auf Thorsen geschossen«, bestätigte Chester Montgomery nach einer weiteren Pause.

»Seit wann verwenden Sie Waffen ein zweites Mal? Das ist ein Anfängerfehler.« Ein bedrohlicher Unterton schwang in Hendrikssons Stimme mit.

»Es war nicht meine beste Wahl, aber ich konnte die Waffe damals nicht entsorgen. Mein üblicher ...«

»Sparen Sie die Erklärungen, mich interessiert das alles nicht«, unterbrach ihn Maximilian Hendriksson ungehalten. »Mich interessieren Ergebnisse. Und nachdem Sie damals sehr effektiv und sauber gearbeitet haben, werde ich Ihnen eine letzte Chance geben. Der Auftrag hat höchste Dringlichkeit und muss möglichst schnell erledigt werden. Kann ich auf Sie zählen?«

Kapitel 25

Freja und Niklas hatten bis weit in den Vormittag hinein geschlafen, nachdem sie nachts lange gesprochen hatten. Ihnen lief ja nichts davon, seit sie aus ihrem gewohnten Umfeld herausgerissen worden waren. Hand in Hand betraten sie die große Wohnküche, wo es bereits nach Kaffee duftete und die Stimmen der Polizisten zu hören waren.

»Guten Morgen.« Niklas sah nur kurz zu den Polizisten am Esstisch und suchte erst einmal in den Küchenschränken nach Tassen.

»Gibt es etwas Neues?«, fragte Freja, während ihr Blick an Mathias Hofmann hängen blieb. »Oder besprechen Sie sich einfach nur so?«

Elisabeth Baumgartner stand auf. »Nein, *nur so* besprechen wir uns nicht«, gab sie zu und holte sich eine Flasche Wasser aus dem Kühlschrank. »Wir haben neue Informationen aus Hamburg erhalten und diskutieren gerade, welche Auswirkungen das auf unser Zeugenschutzprogramm hat.«

»Das heißt, es ist etwas in Hamburg vorgefallen?«, forschte Freja weiter nach. Niklas neben ihr spülte erst einmal seine üblichen Morgentabletten mit einem Glas Leitungswasser hinunter.

»Vorgefallen ist der falsche Ausdruck.« Die Teamleiterin setzte sich zurück an den großen Esstisch. »Wir wurden über die Ergebnisse der Spurensicherung in der Tiefgarage informiert. Dazu wurde gestern eine Razzia im UKE durchgeführt, mein Koll…«

»Eine Razzia? In der Uniklinik?« Niklas hob die Augenbrauen. »Wie haben Sie das denn so schnell umgesetzt? Und mit welcher Rechtfertigung? Etwa meinen vagen Vermutungen?«

»Vage waren Ihre Vermutungen bei weitem nicht, Herr Weidner«, bemerkte Mathias Hofmann. »Aufgrund Ihrer umfangreichen Recherchen hat die Staatsanwaltschaft einer Durchsuchung der Klinik zugestimmt, um Beweismittel sicherzustellen.«

»Und? Haben Sie etwas gefunden?«, fragte Niklas hoffnungsvoll. »Gibt es Beweise dafür, dass Organspenden manipuliert wurden?«

»Es wurden zahlreiche Dokumentationen sichergestellt«, mischte sich Elisabeth Baumgartner ein. »Diese müssen jetzt ausgewertet werden, dann wissen wir mehr. Aber es sieht vielversprechend aus.« Sie räusperte sich. »Zudem wurden zahlreiche Oberärzte und die Chefärzte der relevanten chirurgischen Kliniken befragt. Das bietet weitere Ansatzpunkte.«

»Mhm …« Niklas runzelte die Stirn. »Und wer hat auf mich geschossen? Haben Sie das auch schon herausgefunden? Tut mir leid, aber das klingt viel zu einfach und auch zu schön, um wahr zu sein.«

»Bisher stützen unsere Ermittlungen Ihre bisherigen Recherchen auch nur, Herr Weidner«, erklärte die Polizistin. »Jetzt müssen wir das gesamte Ausmaß der Manipulationen aufdecken und dies mit Beweisen untermauern, die auch vor Gericht standhalten. Sie haben sich mächtige Gegner ausgesucht, die ihre Spuren über Jahre hinweg sehr gut verwischt haben. Das macht unsere Arbeit aufwändiger, aber nicht unmöglich. Wir werden alle Geduld brauchen.«

»Geduld ...« Niklas schüttelte den Kopf. »Sagt sich so leicht, wenn davon abhängt, wann man zurück in sein altes Leben darf.« Er dachte kurz nach. »Und was war mit der Spurensicherung? Wer hat denn nun auf mich geschossen?«

»Es gab einen Treffer in der Datenbank«, berichtete Mathias Hofmann und sah sofort zu seiner Chefin, die kaum merklich nickte. »Vor sieben Jahren wurde mit der gleichen Waffe eine Polizistin erschossen und ihr Partner schwer verletzt. Diese Ermittlungen werden nun ebenfalls neu aufgerollt und auf Parallelen zum aktuellen Fall geprüft.«

»Vor sieben Jahren«, wiederholte Niklas und stellte seine Tasse zurück auf die Arbeitsfläche. »Jetzt sagen Sie nicht, dass es um Carolina Reichelt geht.«

Erstaunt wechselten die Polizisten Blicke.

»Woher wissen Sie das?« Mathias Hofmann hob die Augenbrauen.

»Carolina Reichelt war die Verlobte von Frederik Hendriksson. Sie wurde einen Tag vor ihrer Hochzeit erschossen.« Niklas schloss die Augen und atmete tief durch.

Freja neben ihm schluckte schwer. »Der Täter wurde nie gefasst, es gab keine Spuren oder Hinweise«, fügte sie hinzu. »Aber das wissen Sie sicher längst.«

Wieder wechselten die Polizisten Blicke, ehe sich Elisabeth Baumgartner zu einer Antwort entschloss. »Ich werde die Kollegen darauf hinweisen, sofern sie das noch nicht wissen. Vielleicht schaffen wir es endlich, diesen Täter aus dem Verkehr zu ziehen.« Die Polizistin stand auf und verließ die Wohnküche mit dem Telefon am Ohr.

»Wann ist dieser Albtraum endlich vorbei?«, fragte Niklas mit belegter Stimme und schloss seine Freundin in die Arme. »Wann gibt es endlich keine weiteren, unerfreulichen Überraschungen?«

Freja drückte ihn sanft und schmiegte ihre Wange an seine Brust. »Vor den Erinnerungen kann man nicht fliehen«, murmelte sie und schniefte. »Es ist wie mit meinen Eltern. Hier fehlen sie mir umso mehr.«

Beruhigend streichelte Niklas ihr mit einer Hand über den Rücken. »Kämpf nicht dagegen an, sondern lass die Erinnerung zu. Danach wird es dir bessergehen.«

»Das ist es ja«, schluchzte Freja unter Tränen. »Ich kann mich an nicht mehr viel erinnern, die Erinnerung wird mit jedem Tag blasser.«

Niklas blieb stumm und hielt seine Freundin einfach nur fest. Worte für diesen Schmerz waren kaum zu finden und selbst wenn war es fraglich, ob sie überhaupt halfen oder den Schmerz nur noch schlimmer machten.

»Sie fehlen mir so.« Freja zog die Nase hoch. »Statt an tolle, gemeinsame Momente muss ich immer wieder an die Reise nach Hamburg zu meiner Großtante denken, so kurz nach der Beerdigung. Und dann musste ich sofort auf die neue Schule und ...« Immer wieder unterbrachen Schluchzer Frejas Worte. »Weißt du noch, wie wir uns im Physikkurs kennengelernt haben? Niemand wollte ein Team mit mir bilden und du hast dich einfach neben mich gesetzt.«

»Ich konnte nicht anders.« Niklas küsste sie auf die Stirn. »Wollen wir uns vielleicht auf das Sofa setzen?«

Kapitel 26

Die Notoperation an einem Polizisten hatte Benett Hanson über mehrere Stunden hinweg beschäftigt und ihm einiges abverlangt, doch er hatte den Mann retten können. Die Frage war nur, welche Auswirkungen die durch den Kopfschuss entstandenen Hirnverletzungen nach sich ziehen würden.

Gähnend tauschte er die OP-Kleidung gegen seine weiße Dienstkleidung und setzte sich für einen Moment auf die Bank in der Umkleide. Der Vierundzwanzig-Stunden-Dienst steckte ihm in den Knochen und ein Feierabend war längst nicht in Sicht, wie er mit Blick auf sein klingelndes Handy feststellen musste.

»Wir sehen uns sofort in meinem Büro«, befahl ihm Maximilian Hendriksson ohne Begrüßung, dafür aber in frostigem Tonfall.

»Ich bin gleich da«, versicherte Hanson und seufzte.

Was war nun schon wieder los?

Warum musste er schon wieder beim Chefarzt antreten?

Irgendwie schien sich die gesamte Organisation verselbstständigt zu haben.

Spätestens seit dem Befehl, Frederik Hendriksson und Niklas Thorsen dauerhaft aus dem Weg zu räumen, glitten ihm die Fäden des Handelns zusehends aus den Händen. Als wäre die Annahme dieser Aufgabe allein ein großer Fehler gewesen.

Energisch stand Benett Hanson auf und fuhr in seinen Kittel. Besser, er brachte die Unterredung rasch hinter sich. Mit großen Schritten ließ er den OP-Bereich hinter sich und betrat das Büro von Professor Hendriksson, nachdem ihn die Sekretärin wortlos vorbeigehen hatte lassen.

»Was gibt es?«, wollte Hanson wissen und vergrub die Hände in seinen Kitteltaschen.

Maximilian Hendriksson stand am Fenster und sah hinaus, die Arme hatte er hinter seinem Rücken verschränkt. »Sie sind ein Sicherheitsrisiko, Sie gefährden das gesamte System«, begann er mit gefährlich ruhiger Stimme. »Und vor allem scheint es Ihnen große Freude zu bereiten, sich meinen Anweisungen zu widersetzen.«

»Wie meinen Sie das?«, fragte Benett Hanson beunruhigt. »Von welchen Anweisungen sprechen Sie? Ich habe doch alles ausgeführt, was Sie …«

»Verkaufen Sie mich nicht für dumm, Hanson.« Noch immer drehte sich Maximilian Hendriksson nicht zu ihm um. Doch die Gefühlskälte in seiner Stimme ließ Hansons Alarmglocken umso lauter schrillen. »Sie wissen genau, wovon ich spreche. Es geht um die beiden Assistenzärzte, die Sie für mich beseitigen sollten. Bei Thorsen haben Sie die Aufgabe unerlaubt an einen Dilettanten weiterdelegiert, der seinen Job grandios verpatzt hat. Und bei Frederik … nun ja, entgegen Ihrer lebhaften Schilderungen, wie Sie ihn umgebracht haben, scheint er ja noch quicklebendig zu sein. Zumindest so lebendig, dass jemand in Ihrem Namen Lösegeld zu erpressen versucht.« Endlich drehte sich der Chefarzt um und musterte Hanson mit eisigem Blick.

»Was …?«, stammelte Benett Hanson und taumelte zwei Schritte rückwärts. Ihm wurde ganz schlecht, denn er wusste, wie mit Personen verfahren wurde, die nicht nach der Pfeife von Maximilian Hendriksson tanzten und dabei erwischt worden waren.

»Ich gebe Ihnen eine allerletzte Chance«, informierte ihn der Chefarzt emotionslos. »Vermasseln Sie die, war es das. Haben Sie mich verstanden?«

»Sie wollen mich entlassen?« Hanson hielt dem Blick nur mit Mühe stand, sein Mund war wie ausgetrocknet. Mit aller Macht unterdrückte er den Impuls, davonzurennen.

»Damit Sie mich mit Ihrem Insiderwissen an die Polizei ausliefern können?« Hendriksson verzog den Mund zu einem hinterhältigen Lächeln. »So naiv können Sie doch gar nicht sein, Hanson. Nicht nach all den Jahren, in denen Sie mir so gute Dienste geleistet haben.«

»Wie lautet der Auftrag?«, fragte Hanson ergeben und schwankte leicht.

»Es ist zugegebenermaßen ein Doppelauftrag und ich erwarte Beweise für deren Ausführung«, erklärte Maximilian Hendriksson und machte einen Schritt auf ihn zu. »Sie werden Ihre Fehler der letzten Tage korrigieren und sowohl Frederik als auch Niklas Thorsen eigenhändig töten. Nur werde ich mich dieses Mal nicht auf Ihren mündlichen Bericht verlassen. Ich verlange jeweils einen Beweis, dass Sie ihren Auftrag erfüllt haben. Das kann ein Video sein, noch lieber wäre mir aber die Leiche selbst.«

»Die … die Leiche?«, stammelte Hanson überfordert.

»Sie machen das schon«, war sich der Chefarzt sicher. »Melden Sie sich, wenn es etwas zu sehen gibt.«

Wie betäubt verließ Doktor Hanson die Klinik für Allgemeinchirurgie.

Das Gespräch mit dem Chefarzt hatte in vielerlei Hinsicht für erschreckende Klarheit gesorgt:

Sein Stuhl wackelte nicht nur, er stand bereits auf der Abschussliste.

Er steckte in einer ausweglosen Lage, seit er die letzten beiden Aufträge etwas großzügiger ausgelegt hatte.

Was hatte er sich nur dabei gedacht, Frederik Hendriksson nicht sofort zu töten, sondern gefangen zu halten und sogar Lösegeld zu erpressen? Dieser Schuss hatte doch nach hinten losgehen müssen! Warum hatte er sich nur für diesen Weg entschieden?

Und dann war da noch Niklas Thorsen. Da hatte er alles richtig machen wollen und sogar einen Auftragskiller mit dem Mord betraut. Warum hatte der Mann Thorsen nicht einfach erschossen, sondern bei drei Schüssen nur einen Streifschuss gelandet? Wie hatte man ihm diesen Mann als Scharfschützen verkaufen können?

Endlich erreichte Benett Hanson die Umkleide der neurochirurgischen Station und zerrte seinen Rucksack aus seinem Spind.

Mit Frederik Hendriksson hatte er leichtes Spiel, diesen Teil der Aufgabe konnte er jederzeit erledigen.

Wichtiger war Niklas Thorsen, denn der war seit den Schüssen in der Tiefgarage wie vom Erdboden verschluckt. Also sollte sich Hanson besser auf ihn konzentrieren und schnellstens seinen Aufenthaltsort herausfinden. Nur, angeblich war Thorsen mithilfe des Zeugenschutzprogrammes untergetaucht. Dadurch war er schwer bis unmöglich zu finden. Mist.

Vielleicht war dieses Zeugenschutzprogramm auch nur ein Märchen und Thorsen versteckte sich bei entfernten Verwandten oder Freunden. Das erschien Hanson logischer. Jetzt musste er nur noch deren Namen herausfinden. Bestimmt konnte ihm dabei Frederik Hendriksson weiterhelfen, immerhin waren die beiden Assistenzärzte seit vielen Jahren befreundet. Da war es vielleicht doch ganz nützlich, dass er den jungen Hendriksson noch nicht beseitigt hatte.

Endlich formten sich seine wirren Gedanken zu konkreten Plänen, da klingelte sein Handy.

»Hanson?«, meldete er sich, schloss den Spind ab und stapfte auf den Flur.

»Hauser, Kripo Hamburg«, meldete sich der Polizist, der ihn bei der Razzia vorige Woche bereits befragt hatte. »Doktor Hanson, ich habe noch einige Fragen an Sie, was die Organspenden betrifft. Bitte kommen Sie morgen um Neun im Polizeipräsidium.«

»Natürlich.« Benett Hanson beendete das Gespräch und verließ das Krankenhaus eilig.

Die Vorladung brachte ihn kaum aus dem Konzept, denn sein Problem wog deutlich schwerer als die Fragen des Ermittlers. Er musste Niklas Thorsen finden, ansonsten würde ihn Maximilian Hendriksson beseitigen lassen. Und das war kein erstrebenswertes Ziel. Immerhin hatte Hanson in den letzten Jahren hautnah mitbekommen, wie mit Personen verfahren wurde, die sich dem Kopf der Organisation widersetzt hatten. Und so ein Ende wünschte er niemandem, am wenigsten sich selbst.

Kapitel 27

Draußen war es inzwischen dunkel geworden, doch Polizistin Elisabeth Baumgartner saß noch immer am Laptop und verglich den Bericht ihrer Hamburger Kollegen mit Niklas Thorsens Aussagen.

Schritte näherten sich, kurz darauf erschien Niklas in der Tür. »Was machen Sie denn noch auf?«, wollte er müde wissen. »Schlafen Sie nie?«

»Die gleiche Frage könnte ich Ihnen stellen, mhm?« Sie stand auf und füllte ihr Glas erneut mit Leitungswasser. »Was ist los, Herr Weidner?«

»Ich kann nicht schlafen, die Gedanken halten mich wach«, gab er ohne Umschweife zu und setzte sich auf die Arbeitsfläche neben dem Herd. »Ich weiß, dass jetzt offiziell ermittelt wird, trotzdem muss ich über die Organspenden nachdenken.« Er seufzte. »Und ich mache mir große Sorgen um Frederik Hendriksson. Er ist einen Tag vor den Schüssen spurlos verschwunden. Sein Bruder wollte eine Vermisstenanzeige aufgeben, aber der Polizist meinte, dass es dafür keinen Anlass gibt. Immerhin dürfte Frederik seinen Aufenthaltsort frei wählen, ohne jemandem Bescheid geben zu müssen.«

»Frederik Hendriksson ... das ist der andere Assistenzarzt, mit dem Sie zusammen recherchiert haben?« Nachdenklich kehrte die Polizistin zu ihrem Laptop zurück.

»Er hatte als erster von uns beiden vermutet, dass da etwas nicht stimmt. Aber in der Neurochirurgie wird er auch häufiger mit dem Hirntod konfrontiert.« Niklas fuhr sich mit beiden Händen durch das zerzauste Haar. »Können Sie das für mich herausfinden? Also, ob er inzwischen offiziell als vermisst gilt und nach ihm gesucht wird?«

Andeutungsweise nickte Elisabeth Baumgartner und gab den Namen in die Suchmaske des Polizeiportals ein. »Da gibt es eine Anzeige von gestern Abend, aufgegeben von Julian Hendriksson. Das ist wohl der Bruder von Doktor Hendriksson?«

Langsam atmete Niklas aus. Endlich konnte nach Frederik gesucht werden. Warum allerdings so lange gewartet und trotz seiner Fragen nach Frederiks Verschwinden nicht früher etwas getan worden war, blieb ihm ein Rätsel.

»Ich telefoniere später mit den Kollegen in Hamburg, vielleicht kann ich etwas mehr in Erfahrung bringen.« Baumgartner musterte Niklas nachdenklich. »Was beschäftigt Sie noch, Herr Weidner? Es ist ja nicht Ihre erste schlaflose Nacht und so langsam macht mir Ihr Anblick Sorgen.«

Niklas seufzte. Er wusste selbst, wie erbärmlich und übernächtigt er aussah. Zudem bekam er die körperlichen Auswirkungen des Schlafentzugs mit jeder weiteren schlaflosen Nacht deutlicher zu spüren, vor allem in Form von Übelkeit, Kopf- und Bauchschmerzen. »Das wird schon, ich müsste nur mal wieder richtig schlafen«, meinte er ausweichend. »Aber davon hält mich allein der Gedanke an Doktor Hanson und Professor Hendriksson ab. Bei den beiden bin ich mir verdammt sicher, dass sie tief in diese manipulierten Organspenden verwickelt sind. Und dass sie mit den Schüssen auf mich zu tun haben. Was, wenn sie uns hier aufspüren?«

»Wir haben ein Frühwarnsystem durch Ihren Familien- und Bekanntenkreis eingerichtet«, versuchte Elisabeth Baumgartner, seine Sorgen etwas zu zerstreuen. »Nimmt beispielsweise Doktor Hanson Kontakt mit einem Familienmitglied auf und versucht, Ihren Aufenthaltsort zu erfragen, werden wir umgehend informiert. Sollte es weitere Alarmzeichen geben, werden wir Sie und Ihre Freundin an einen neuen sicheren Ort bringen.«

»Das heißt, wir können auch hier einfach aus dem Umfeld gerissen werden?« Niklas seufzte schwer. »Also wird das im ungünstigsten Fall ein Leben auf der Flucht, ohne auch nur die Chance, an einem Ort richtig anzukommen?«

»Das ist leider möglich, Herr Weidner. Wir beurteilen die aktuelle Gefährdungslage jeden Tag neu und stimmen uns eng mit den Ermittlern in Hamburg ab.« Die direkte Art der Polizistin tat Niklas gut, wenngleich er nicht gerade das zu hören bekam, was er sich erhofft hatte. »Im Moment ist der Södertälje sicher«, fuhr Elisabeth Baumgartner fort. »Das heißt, Sie werden Ihren Wohnort anmelden und sich um Jobs bemühen. Vorstellungsgespräche und Stellenzusagen müssen Sie wie in Hamburg besprochen mit uns abstimmen, damit Sie nicht versehentlich zurück auf das Radar Ihrer Verfolger geraten.«

Niedergeschlagen ließ Niklas den Kopf hängen. »Wir bauen uns also ein neues Leben auf in dem Wissen, dass Sie uns auch hier jederzeit herausreißen können.« Er seufzte. »Das ist richtig beschissen, wie ein verdammtes Damoklesschwert.«

»Es ist nur zu Ihrem Schutz, Herr Weidner«, versicherte Elisabeth Baumgartner. »Wir können uns auch Schöneres vorstellen, als Sie regelmäßig umzusiedeln.« Sie dachte kurz nach. »Warum sind Sie beide damals eigentlich nach Deutschland gezogen?«

»Mein Vater hat eine Stelle in Hamburg angeboten bekommen, die ihn beruflich um einige Karrierestufen nach oben gehoben hat.« Niklas nahm sich selbst ein Glas aus dem Hängeschrank und befüllte es mit Leitungswasser. »Ich war zehn und meine Schwester acht Jahre alt, als wir nach Deutschland gekommen sind.«

»Und wie war das bei Ihrer Freundin?«, fragte die Polizistin neugierig weiter. »Auch berufliche Gründe der Eltern?«

»Frejas Eltern sind vor fünfzehn Jahren bei einem Autounfall in der Nähe von Stockholm ums Leben gekommen«, berichtete Niklas und seufzte. »Sie wurde bei ihrer Großtante in Hamburg aufgenommen, die vor drei Jahren auch gestorben ist. Unsere Rückkehr nach Schweden bringt gerade viele Emotionen und Erinnerungen hoch, die Freja damals nicht zugelassen hat. Ich glaube, das wird sie auch noch eine Weile beschäftigen.«

»Ich verstehe.« Baumgartner runzelte die Stirn. »Ich muss Sie trotzdem bitten, Herr Weidner, Ihre Freundin bei ihrem neuen Namen anzusprechen, auch wenn wir hier im Haus unter uns sind. Ihre neuen Identitäten sind Ihre Lebensversicherung.«

»Entschuldigung.« Niklas senkte den Blick. »Darf ich

Ihnen noch eine Frage stellen, bevor ich versuche, eine Mütze voll Schlaf zu finden?«

Die Polizistin nickte und sah ihn neugierig an.

»Warum haben Sie uns nach Schweden gebracht? Sie haben zwar gesagt, dass Deutschland zu gefährlich ist, weil man die Reichweite des Netzwerkes an beteiligten Medizinern und Kliniken nicht abschätzen kann. Nur, wer sagt Ihnen, dass nicht auch schwedische Ärzte beteiligt waren? Wer garantiert uns, dass wir hier nicht auch aufgespürt werden? Isabel und ich sind gebürtige Schweden, diese Verbindung dürfte nicht schwer herauszufinden sein.«

»Eine Garantie, dass Sie nicht aufgespürt werden, kann Ihnen niemand geben. Nur ist die Wahrscheinlichkeit, Sie hier zu finden, deutlich geringer. Wir haben uns für Södertälje entschieden, weil es weit genug von Ihren Geburtsorten und bisherigen Wohnorten in Schweden weg ist und Sie, Herr Weidner, keinen Bezug zu diesem Ort haben. Sie persönlich verbindet nichts mit Södertälje.«

»Mhm …« Niklas unterdrückte ein Gähnen. »Hoffen wir, dass Ihr Plan aufgeht und tatsächlich niemand auf die Idee kommt, in Schweden nach mir zu suchen.« Er rutschte von der Arbeitsfläche und wandte sich zum Gehen. »Bis später …«

»Schlafen Sie gut, Herr Weidner.« Die Polizistin wandte sich wieder ihrem Laptop zu.

Elisabeth Baumgartner war nicht die Einzige, die in dieser Nacht keinen Schlaf fand, wie der eingehende Anruf gegen drei Uhr morgens zeigte.

»Herr Hauser, Sie haben meine Nachricht also erhalten?«, fragte sie schmunzelnd und lehnte sich im Stuhl zurück. »Ich habe mir schon gedacht, dass ich nicht bis acht Uhr auf Ihre Antwort warten muss.«

»Wir haben genug zu tun bei der Menge an Unterlagen, die wir im UKE sichergestellt haben.« Hauser machte eine kurze Pause. »Die Recherchen und bisherigen Aussagen von Doktor Thorsen helfen uns sehr weiter, aber wie es scheint, hat er nur an der Oberfläche der Manipulationen gekratzt. Wir haben Fälle gefunden, die über neun Jahre zurückliegen.«

»Erklärt auch, warum auf ihn geschossen wurde, um ihn zum Schweigen zu bringen«, gab Elisabeth Baumgartner trocken zurück. »Hören Sie, ich hatte gerade ein interessantes Gespräch mit meinem Schützling. Er war ja nicht der Einzige, der Nachforschungen angestellt hat und anschließend bedroht worden ist. Frederik Hendriksson ist einen Tag vor den Schüssen auf Niklas Thorsen spurlos verschwunden.«

»Hendriksson …« Peter Hauser hielt inne.

Wo hatte er den Namen zuletzt gelesen?

Nicht Frederik Hendriksson, sondern …

Endlich fiel der Groschen.

»Deuten Doktor Thorsens Aussagen nicht immer wieder auf Maximilian Hendriksson hin, den Allgemeinchirurgen?«

»Ja, schon, die beiden Hendrikssons sind Vater und Sohn«, überlegte Elisabeth Baumgartner laut. »Sie meinen, dass …«

»Es passiert in den besten Familien, dass Eltern auf ihre Kinder losgehen. Und seit die Auswertung der Razzia erste Beweise für manipulierte Organspenden liefert bekommt Frederik Hendrikssons Verschwinden

177

einen ganz schalen Beigeschmack. Wie lange wird er schon vermisst?« Hektisch zog er eine weitere Mappe zu sich heran. »Ah, da steht es, das sind schon fast drei Wochen. Drei verdammte Wochen, da kann alles passiert sein! Vor allem ist die Wahrscheinlichkeit verdammt hoch, dass er gar nicht mehr am Leben ist.«

»Mir ist das durchaus bewusst, Herr Kollege«, entgegnete Elisabeth Baumgartner ruhig. »Nur liegt mein Fokus auf Niklas Thorsen, nicht auf Frederik Hendriksson. Gab es Hinweise in Hendrikssons Zuhause? Irgendetwas, das sein Verschwinden erklären könnte?«

»Die Vermisstenanzeige ist erst ein paar Stunden alt, die Kollegen auf dem Kommissariat haben erst jetzt einen Grund gesehen, den Fall aufzunehmen. Im Moment wird Hendrikssons Hotelzimmer nach Hinweisen durchsucht.« Peter Hauser verstummte. »Moment mal, das Hotel ist direkt neben der Uniklinik …«

»Was ist mit seinem Auto?«, warf Elisabeth Baumgartner einen weiteren Gedanken in den Raum.

»Verschwunden. Deswegen gab es ja so lange die Vermutung, dass Frederik Hendriksson freiwillig in eine kleine Auszeit abgetaucht ist.« Hauser seufzte. »Ich melde mich, wenn ich neue Erkenntnisse habe. Und Sie versuchen bitte, noch mehr aus Niklas Thorsen herauszubekommen. Vielleicht kennt er doch noch einen Schlupfwinkel von unserem Vermissten …«

Kapitel 28

»Wie sieht es aus?«, fragte Benett Hanson und ließ die Tür seines Wochenendhauses auf Rügen leise ins Schloss fallen.

»Ich wollte gerade anfangen, aber wenn Sie stattdessen Hand anlegen wollen ...« Der Mann, den er mit der Folter von Frederik Hendriksson beauftragt hatte, trank seinen Kaffee aus und stand vom Barhocker am Küchentresen auf. »Gibt es Neuigkeiten?«

Hanson schüttelte den Kopf. Das ging diesen Mann überhaupt nichts an, er würde sich damit nur angreifbar machen.

»Ich fange heute an, ich muss ihm ein paar Fragen stellen«, stellte Benett Hanson klar und betrat das Nebenzimmer, in dem er den Assistenzarzt untergebracht hatte. Ein strenger Geruch stieg ihm in die Nase, doch das legte sich nach einem Moment.

»So, Hendriksson.« Hanson näherte sich der Liege und musterte den Gefangenen aufmerksam. Dessen Gesicht war blutverschmiert und von dutzenden Blutergüssen verfärbt. »Ich werde Ihnen gleich ein paar Fragen stellen, die Sie mir wahrheitsgemäß beantworten werden. Ansonsten wird sich Ihr neuer Freund gleich noch einmal ausführlich um Sie kümmern, haben Sie mich verstanden?«

Frederik Hendriksson blinzelte mit dem einen nicht zugeschwollenen Auge, Nicken war in seiner gefesselten und geknebelten Lage ebenso unmöglich wie mündliche Antworten.

»Wunderbar.« Hanson zog sich Handschuhe über. »Nur noch ein kleiner Hinweis am Rande. Ich werde Ihnen gleich den Knebel entfernen, damit Sie vernünftig mit mir kommunizieren können. Es steht Ihnen natürlich frei, herumzuschreien, aber dann bringt Sie Ihr neuer Freund gleich zum Schweigen. Davon abgesehen hört Sie hier eh niemand. Haben Sie das verstanden?«

Abermals blinzelte Frederik, sodass Hanson den Gurt um dessen Hals löste und den Knebel entfernte. Wie ein Ertrinkender schnappte Frederik nach Luft, sein Kopf kippte einfach auf die Seite.

»Ich brauche Informationen zu Niklas Thorsen«, begann Hanson und verschränkte die Arme. »Gibt es einen Ort, an den er sich normalerweise zurückzieht, wenn er seine Ruhe haben möchte?«

Frederik Hendriksson blieb stumm und machte keine Anstalten, etwas zu sagen.

»Überlegen Sie noch oder weigern Sie sich, mit mir zu sprechen?« Hanson beugte sich vor. »Sie wissen, dass ich mit Ihnen machen kann, was ich will. Also? Gibt es Rückzugsorte von Thorsen?«

»Nn…« Das Wort wollte Frederik kaum über die Lippen kommen.

»Nein?« Erstaunt hob Benett Hanson die Augenbrauen. »Er hat keine Rückzugsorte? Schwer zu glauben. Also, neuer Versuch. Wohin zieht es Niklas Thorsen, wenn er nicht gerade arbeitet oder in seiner Wohnung ist?«

Frederik blieb stumm und schloss das Auge wieder.

»Oh nein, so einfach machen Sie es sich nicht, Hendriksson!« Reflexartig hieb Hanson ihm mit der flachen Hand auf den Bauch. Sofort bäumte sich der geschwächte Körper auf, ein gequältes Stöhnen verließ Frederiks Kehle.

»Ich warte auf Ihre Antwort, Hendriksson! Und zwar heute noch, ich habe nicht ewig Zeit, mit Ihnen Spielchen zu spielen!«

Obwohl sie Frederik zu zweit bearbeitet hatten, eine Antwort auf seine Fragen bekam Benett Hanson nicht. Unzufrieden setzte er sich an den Küchentresen und googelte nach Niklas Thorsen. So schwer konnte das doch nicht sein, Anhaltspunkte zu finden.

»Wie machen wir mit Hendriksson weiter?«, fragte Hansons Kollege und setzte sich auf den zweiten Barhocker.

»Was?« Irritiert sah Hanson auf. »Ähm, Hendriksson, richtig. Machen Sie weiter wie bisher, neue Anweisungen gebe ich Ihnen in den nächsten ein, zwei Tagen.«

Mit gerunzelter Stirn überflog Benett Hanson die Suchergebnisse und rief schließlich die Facebook-Seite des Assistenzarztes auf. Unter persönlichen Infos musste es doch Hinweise auf …

»Bingo«, freute sich Hanson. »Warum nicht gleich so?«

Niklas Thorsen war gebürtiger Schwede und hatte offenbar regelmäßig Verwandte in seinem Heimatort Ostersund besucht, wie einige Fotos bewiesen. Ein Klick auf die Freundesliste des Assistenzarztes zeigte Hanson gleich acht Kontakte mit Familienname *Thorsen* an. Damit konnte er auf jeden Fall weiterarbeiten.

Es kostete Hanson keine halbe Stunde, die Kontaktdaten der Familienangehörigen von Niklas Thorsen herauszufinden. Wieder einmal griff er zu seinem Zweithandy und wählte mit unterdrückter Nummer die erste schwedische Telefonnummer, die er im Online-Telefonbuch gefunden hatte.

»Thorsen?«, meldete sich ein Mann mittleren Alters.

Vielleicht der Onkel, schoss es Hanson durch den Kopf.

»Hallo?«, fragte Hanson auf Englisch. »Ist Niklas bei Ihnen? Ich bin ein Kollege aus der Klinik und brauche dringend eine Information zu seinem Patienten.«

»Niklas ist nicht hier«, entgegnete der Mann irritiert. »Wie kommen Sie an meine Nummer? Wer sind Sie denn?«

»Dann entschuldigen Sie bitte die Störung.« Schon beendete Hanson das Gespräch.

Er war sich nicht sicher, ob ihm dieser Thorsen die Wahrheit gesagt hatte oder ob Niklas sich nicht pauschal von all seinen Familienmitgliedern am Telefon verleugnen ließ.

Vermutlich war es das Beste, wenn er sich direkt in Schweden auf Spurensuche begeben würde.

In der Klinik hatte sich Hanson schon am Morgen krankgemeldet, da kam es auf ein paar Tage mehr auch nicht mehr an.

Die Hauptsache war, dass er den Auftrag von Maximilian Hendrikssons pünktlich und vollständig ausführte.

Alles andere war nebensächlich.

In Gedanken versunken rief Hanson die Fährverbindungen von Deutschland nach Schweden auf. Morgen in der Früh könnte er von Travemünde nach Malmö übersetzen. Perfekt.

Benett Hanson verlor keine Zeit, sondern verließ Rügen nach einem kurzen Zwischenstopp an der Tankstelle. Gut dreieinhalb Stunden Fahrt lagen vor ihm, die Strecke war laut der Anzeige seines Bordcomputers frei. Wenigstens etwas.

In der Stille seines Fahrzeugs hatte Hanson seine Gedanken gut sortieren und seine nächsten Schritte planen können, als ihn kurz hinter Wismar ein Anruf aufschrecken ließ.

»Ja?«, meldete er sich und konnte sich angesichts der unterdrückten Rufnummer schon denken, wer ihn da anrief.

»Haben Sie Neuigkeiten für mich, Hanson?«, fragte Professor Hendriksson und kam ebenfalls ohne Begrüßung sofort zur Sache. »Haben Sie zumindest eine Hälfte Ihres Auftrages erledigt?«

»Ich arbeite daran, ich ...«

»Ihre Ausreden interessieren mich nicht, Hanson, wie oft muss ich das noch sagen?«, unterbrach ihn Maximilian Hendriksson ungehalten. »Ich ging in der Annahme, dass Sie sich krankgemeldet haben, um sich voll und ganz auf meinen Auftrag zu konzentrieren. Stattdessen bekomme ich nichts als Ausflüchte zu hören. Sie strapazieren meine Geduld auf äußerst gefährliche Art und Weise. Also, was haben Sie für mich?«

Hanson seufzte und trommelte mit den Fingern auf das Lenkrad. »Ich bin auf der Suche nach Niklas Thorsen. Es ist gut möglich, dass er bei seinem Onkel in Ostersund untergetaucht ist.«

»Warum haben Sie so lange für diese Informationssuche benötigt? Das ist doch kein Staatsgeheimnis!«

Hendriksson klang äußerst ungehalten. »Für wie dumm wollen Sie mich noch verkaufen?«

»Überhaupt nicht.« Benett Hanson wechselte auf die rechte Spur und ließ den Wagen in gemäßigtem Tempo rollen. Die Überholspur war bei diesem Gespräch keine gute Idee.

»Morgen um zwölf Uhr mittags erwarte ich handfeste Ergebnisse, Hanson. Egal ob Niklas oder Frederik, die Wahl liegt bei Ihnen. Sie präsentieren mir morgen eine Leiche, ansonsten sind Sie der Nächste, der unauffindbar verschwindet.« Ohne ein weiteres Wort legte der Chefarzt und Kopf der Schattenorganisation auf.

»Fuck!« Hanson hieb mit dem Handballen auf das Lenkrad. »Fuck, fuck, fuck!«

Im Grunde konnte er diese absurde Forderung nur erfüllen, wenn er Frederik opferte. Obwohl er den Assistenzarzt nicht gut leiden konnte, widerstrebte es ihm, ihn einfach zu töten. Am einfachsten wäre es für ihn, die Aufgabe an seinen Kollegen bei Frederik vor Ort zu delegieren und die Leiche quasi direkt an den Chefarzt liefern zu lassen. Das könnte sein Plan B werden, falls er Niklas Thorsen nicht durch Zufall doch noch in der vorgegebenen Zeit fand.

Am späten Abend erreichte Benett Hanson den Parkplatz einer kleinen Pension unweit des Fähranlegers. Hier konnte er auch ohne Reservierung übernachten, das hatte er zuvor auf der Homepage herausgefunden. Ächzend stieß er die Fahrertür auf und streckte sich, die lange Fahrt gleich zwei Mal am selben Tag hatte ihre Spuren hinterlassen. Jetzt noch eine Kleinigkeit zu essen und eine heiße Dusche, dann konnte er hoffentlich Kraft schöpfen für den morgigen Tag. Die Reise nach Schweden und weitere Suche nach Niklas Thorsen würde anstrengend werden, dazu kam die Frist von Professor Hendriksson, die er unbedingt einhalten musste.

»Hanson, was machen Sie denn hier?« Die Stimme kam dem Neurochirurgen sofort bekannt vor und ließ ihn erschrocken herumfahren.

»Peters?« Misstrauisch musterte Benett Hanson seinen Kollegen aus der Herz-Thorax-Chirurgie, der ihm bei der Entführung von Frederik geholfen hatte. »Die Frage kann ich nur zurückgeben. Das ... das ist kein Zufall, oder?« Nervös schluckte er und wich einen Schritt zurück. Weit kam er nicht, denn schon lehnte er an der Seitentür seines Fahrzeugs.

»Nein, das ist tatsächlich kein Zufall.« Doktor Peters griff in seine Umhängetasche und zog einen schwarzen Gegenstand heraus. Dass es sich um eine Pistole mit aufgeschraubtem Schalldämpfer handelte, sah Hanson trotz der Dunkelheit auf dem Parkplatz.

Sein Puls beschleunigte sich, während er hektisch nach Fluchtmöglichkeiten suchte, die quasi nicht vorhanden waren.

Verdammt.

Dass es so enden würde, hätte er nie gedacht.

Kapitel 29

Frustriert scrollte Niklas durch das Jobportal und legte das Handy schließlich wieder aus der Hand.

Das Verbot, sich auf einen Job im medizinischen Bereich zu bewerben, verdarb ihm die Laune schon am frühen Morgen und ließ seine Motivation gegen Null sinken.

Was sollte er denn jetzt beruflich machen?

Er war doch nicht grundlos Arzt geworden.

»Ich verstehe.« Elisabeth Baumgartner betrat die Wohnküche mit dem Handy am Ohr und hatte Niklas noch nicht bemerkt. »Nein, hier ist soweit alles ruhig, wir hatten keine kritischen Kontakte.« Sie öffnete und schloss den Kühlschrank und blieb weiterhin in der Küchenzeile stehen. »Okay, dann verbleiben wir so. Ich werde mich gleich mit den anderen besprechen und wir beurteilen die Gefährdungslage erneut. Und Sie melden sich, sobald es weitere Neuigkeiten in diesem Fall gibt. Ja, genau. Bis später!« Sie beendete das Telefonat und entdeckte just in dem Moment Niklas.

»Wie viel haben Sie mitbekommen?«, fragte sie mit gerunzelter Stirn.

»Genug, um beunruhigt zu sein.« Niklas stand auf und kam auf sie zu. »Was ist denn passiert? Warum müssen Sie unsere Gefährdungslage schon wieder neu beurteilen? Welchen konkreten Anlass gibt es?«

»Herr Weidner ...« Die Polizistin seufzte. »Es gab ungewöhnliche Kontaktaufnahmen, die in dem Fall Ihr Onkel umgehend gemeldet hat. Das zeigt, dass unser Frühwarnsystem funktioniert. Aber es heißt auch, dass Sie tatsächlich hier in Schweden vermutet werden. Wir sammeln gerade noch weitere Informationen zu dem mutmaßlichen Anrufer und treffen später eine Entscheidung, ob wir Sie als Vorsichtsmaßnahme an einen neuen, sicheren Ort bringen.«

Niklas schluckte und verschränkte die Arme vor der Brust. »Wie groß ist die Gefahr tatsächlich, dass wir ungebetenen Besuch bekommen?«, fragte er.

»Wie ich dem Kollegen gerade schon gesagt habe, bisher gab es hier keine Situationen, die uns Kopfzerbrechen bereiten. Das kann sich sehr schnell ändern, deswegen müssen wir wachsam sein und Alternativpläne vorbereiten.« Elisabeth Baumgartner seufzte und stellte ihre Flasche mit Apfelschorle auf die Arbeitsfläche. »Ich weiß, dass diese Ungewissheit verbunden mit der neuen Gesamtsituation für Sie und Ihre Freundin alles andere als einfach ist.«

»Ich vertraue Ihnen.« Niklas wich ihrem Blick nicht aus. »Aber ich möchte Sie bitten, reden Sie mit uns und stellen uns nicht nur vor vollendete Tatsachen. Dass wir kein Mitspracherecht bei vielen Entscheidungen haben, ist mir bewusst und das akzeptiere ich. Trotzdem möchte ich gern begreifen, was los ist.«

»Das verstehe ich.« Die Polizistin nickte bekräftigend.

»Von Frederik gibt es immer noch nichts Neues, oder?«, fragte Niklas niedergeschlagen. »Gibt es wenigstens eine Spur, wo er sein könnte oder wer ihn … verschwinden hat lassen?«

»Es wird in alle Richtungen ermittelt«, blieb Elisabeth

Baumgartner vage. »Ich habe auch nur am Rande von den Ermittlungen mitbekommen, aber es scheint noch keine heiße Spur zu geben.«

»Verdammt.« Niklas senkte den Blick. »Das kann aber auch heißen, dass Frederik gar nicht mehr …« Er brach ab und schluckte schwer.

»Es ist leider eine Möglichkeit, die mit jedem weiteren Tag, den er verschwunden bleibt, wahrscheinlicher wird«, gab ihm die Polizistin recht. »Sie kennen einander schon seit einigen Jahren?«

»Wir haben uns im Studium kennengelernt und sind dann gute Freunde geworden. Eine Zeit lang waren wir ein tolles Vierergespann, mit Freja und Carolina. Bis … na ja, bis Caro erschossen worden ist.« Niklas seufzte und lehnte sich gegen die Anrichte. »Aber auch das hat unsere Freundschaft überstanden, wir sind zu Brüdern geworden.«

»Die Verlobte von Frederik, wie war sie in die Familie Hendriksson integriert? Wie kam sie zum Beispiel mit ihren künftigen Schwiegereltern klar?«, wollte Elisabeth Baumgartner nachdenklich wissen.

»Mit Julian und Oliver war sie sehr gut befreundet, auch mit Frederiks Mutter gab es keine Probleme. Die hatten alle ein sehr herzliches Verhältnis untereinander.« Niklas räusperte sich. »Nur mit ihrem künftigen Schwiegervater, da hat es immer wieder gekracht, zumindest hat Frederik das durchklingen lassen.«

»Frederik hat also gegen den Willen seines Vaters heiraten wollen, was bei dem überhaupt nicht gut angekommen ist?«, vermutete die Polizistin.

»So ungefähr. Aber ich kenne den alten Hendriksson nicht anders. Er muss alles entscheiden dürfen und wehe, jemand ist anderer Meinung und widersetzt sich. Dann gab und gibt es richtig Stress.«

»Also ein sehr herrisches Familienoberhaupt?«

»Er ist ja nicht nur im Privaten so.« Niklas schnitt eine Grimasse. »In der Klinik verhält er sich genauso. Ich war damals heilfroh, dass ich meine Pflichtstunden in der Allgemeinchirurgie abgeleistet hatte.«

»Mhm … das heißt, Professor Hendriksson weiß grundsätzlich über alles und jeden in seiner Klinik Bescheid?«, überlegte Elisabeth Baumgartner laut. »Ist es dann überhaupt möglich, dass in der Klinik für Allgemeinchirurgie Organtransplantationen stattgefunden haben, ohne dass es der Chefarzt mitbekommt?«

»Ausgeschlossen.« Energisch schüttelte Niklas den Kopf. »Er kontrolliert jeden Mitarbeiter, er weiß über alles Bescheid. Nennen Sie mir einen Bereich, in dem er seine Finger nicht im Spiel hat.«

»Also hat er die Manipulationen zumindest gebilligt, wenn nicht sogar selbst daran mitgewirkt.« Baumgartner runzelte die Stirn. »Das …«

Frejas gellender Schrei im Obergeschoss unterbrach ihren Gedanken und ließ sie gemeinsam mit Niklas nach oben rennen, Mathias Hofmann folgte ihnen.

»Freja?« Niklas drängte sich an der Polizistin vorbei ins Schlafzimmer, wo sich seine Freundin im Bett umherwarf.

»Hey, ich bin es, Niklas.« Er fixierte ihre Handgelenke und atmete erleichtert auf, als sie endlich die Augen aufschlug.

»Was ist denn los?« Sofort suchte Niklas Frejas Blick und lockerte seinen Griff.

»Hanson«, würgte Freja leichenblass hervor, warf die

Bettdecke zurück und rannte mit der Hand vor dem Mund ins Badezimmer, wo sie sich sofort übergab.

»Ich mache das schon.« Niklas schickte die Polizisten wieder nach unten und folgte Freja dann ins Bad. Zögernd blieb er neben der Tür stehen und musterte seine Freundin, die sich noch immer übergab.

»Ich bin ja da«, murmelte er und ging neben ihr in die Hocke. »Lass es raus.«

Andeutungsweise nickte Freja und atmete tief durch, dann lehnte sie sich erschöpft in Niklas' Arme.

»Magst du ausspülen?«, fragte Niklas.

»Gleich.« Freja schloss kurz die Augen. »Ich brauche nur einen Moment, mich zu sammeln.«

Mit besorgter Miene führte Niklas seine Freundin schließlich zurück ins Schlafzimmer und schüttelte ihr Kopfkissen auf, bevor sie sich wieder hinlegte.

»Geht es wieder? Oder soll ich dir einen Eimer oder eine Schüssel für den Notfall organisieren?« Niklas streichelte ihr über die Wange.

»Ich glaube, das geht so.« Freja lächelte matt und drückte seine Hand. »Was machst du eigentlich schon auf? Es ist doch erst kurz nach Sieben.«

»Ich kann mal wieder nicht schlafen.« Niklas seufzte und gab ihr einen Kuss auf die Stirn. »Aber was war das eben bei dir? Ein ziemlich heftiger Albtraum, in dem Hanson eine Hauptrolle gespielt hat?«

»Hanson hat mich verfolgt und wollte mich umbringen«, flüsterte Freja gequält und kuschelte sich in seinen Arm, nachdem sich Niklas neben ihr ausgestreckt hatte.

»Das war nur ein Traum. Er wird dir nichts tun.« Niklas

gab ihr einen Kuss auf die Stirn. »Ich lasse nicht zu, dass er dir etwas antut.«

»Er hat auf mich geschossen, dagegen kannst selbst du nichts tun«, murmelte Freja und schloss die Augen wieder.

»Hanson wird keine Gelegenheit mehr bekommen, auf einen von uns zu schießen«, murmelte Niklas und atmete tief ein. »Es gibt wirksame Schutzmaßnahmen, die ihn davon abhalten werden. Wir stehen nicht allein da, wir haben das Team um uns, das ...«

»Sie werden nicht immer da sein können«, flüsterte Freja gequält und glitt mit der Hand über ihren Oberbauch. »Irgendwann ...«

»Sie bleiben so lange bei uns, wie Hanson eine Bedrohung darstellt«, versicherte Niklas. »Er wird uns nicht kriegen, mein Schatz.«

Kapitel 30

»Was haben Sie für mich?«, fragte Maximilian Hendriksson knapp und setzte sich an seinen großen Schreibtisch, auf dem sich schon wieder Mappen mit Arztbriefen zum Unterschreiben und zahlreiche Patientenakten stapelten. Diese Unordnung war dem Chefarzt ein Dorn im Auge, da würde er wohl nochmal ein ernstes Wort mit seiner Sekretärin wechseln müssen.

»Der Auftrag ist erledigt«, meldete Doktor Peters und verschränkte die Arme vor der Brust. »Keine Zeugen, keine Überwachungskameras, nichts. Alles ist unauffällig und diskret verlaufen.«

»Tatsächlich.« Maximilian Hendriksson hob eine Augenbraue. »Das ging ja schnell. Ich hatte frühestens morgen damit gerechnet. Konnten Sie noch nützliche Informationen aus Hanson herausbekommen?«

Doktor Peters schüttelte den Kopf. »Wie vermutet war er in Travemünde und hatte bereits in Ticket für die Fähre nach Malmö heute Morgen. Damit liegt der Verdacht nahe, dass sich Niklas Thorsen im Moment in Schweden aufhält. Dazu wollte Hanson jedenfalls nichts sagen, ich habe alles versucht.«

»Schon gut, die Informationen wären ein schöner Bonus gewesen.« Hendriksson griff nach seiner Kaffeetasse und trank einen großen Schluck. »Gibt es Hinweise, wo Hanson seine Geisel festgehalten hat?«

Erneut schüttelte Doktor Peters den Kopf. »Ich kümmere mich darum«, bot er an.

»Machen Sie nur und melden sich, sobald Sie etwas Neues erfahren haben.« Entspannt lehnte sich Maximilian Hendriksson im Schreibtischstuhl zurück.

»Natürlich«, versicherte Doktor Peters und verließ das Büro des Chefarztes.

»Na, das war doch mal eine Ansage«, bemerkte Professor Hendriksson zufrieden und dachte nach.

Hanson war aus dem Weg, nachdem er zuvor mit seiner Schludrigkeit die ganze Organisation gefährdet hatte.

Damit blieben noch Niklas Thorsen und Frederik, die ihm ein Dorn im Auge waren.

Um Frederik kümmerte sich nun Doktor Peters.

Auf Niklas Thorsen hatte der Chefarzt erneut den Auftragsmörder Chester Montgomery angesetzt, unterstützt von Insider-Informationen, die er direkt von der Polizei bezog.

Es war an der Zeit für ein Update.

Ungeduldig lauschte Maximilian Hendriksson dem Freizeichen und wanderte in seinem Büro auf und ab.

»Ja?«, meldete sich eine jüngere Frau und schloss lautstark eine Tür hinter sich.

»Ich warte auf Ihren überfälligen Rapport«, bemerkte Hendriksson streng. »Sie wollten mich eigentlich gestern Abend über den aktuellen Stand informieren.«

»Es ist gerade viel in Bewegung und ich konnte keinen ruhigen Moment ohne Zuhörer abpassen«, verteidigte sich die Polizistin mit gedämpfter Stimme. »So viel kann ich jetzt schon sagen: meine Kollegen wollen

Thorsen spätestens morgen an einen neuen, sicheren Ort bringen. Gerade diskutieren wir noch darüber, ob es Göteborg oder Sundsvall wird.«

Der Chefarzt blieb stumm und wartete auf weitere Informationen.

»Ansonsten haben sowohl Thorsen als auch seine Freundin beide gesundheitliche Probleme, vielleicht könnte man das ausnutzen ...«

»Gesundheitliche Probleme?«, wiederholte Maximilian Hendriksson interessiert.

»Beide jammern wegen Übelkeit und Bauchschmerzen«, informierte ihn die Polizistin.

»Das ist ein guter Hinweis. Ich werde prüfen, inwieweit man den für unsere Zwecke nutzen kann.« Hendriksson dachte kurz nach. »Dann bleiben wir bei dem bisherigen Plan: Sie halten nach Möglichkeiten Ausschau, Thorsen unauffällig und ohne Verdachtsmomente aus dem Weg zu räumen. Falls Sie Medikamente oder Ähnliches dafür benötigen, das ist kein Problem. Nur dass Sie ihn erschießen, ist leider keine Option, das wirft zu viele Fragen auf.«

»Ich rufe Sie an, sobald ich mehr weiß«, versprach die junge Frau und beendete dann das Gespräch.

Kapitel 31

Niklas kehrte erst am frühen Nachmittag ins Erdgeschoss zurück, um eine Tasse Kamillentee für seine Freundin zu kochen.

»Wie geht es Isabel?«, fragte Elisabeth Baumgartner sofort und unterbrach die Teambesprechung.

»Sie hat ein wenig geschlafen, aber gut geht es ihr nicht.« Niklas schaltete den Wasserkocher ein und nahm die Teepackung aus der Schublade.

»Dann hoffen wir mal, dass der Tee hilft«, stellte die Polizistin fest. »Wir werden in zwei Stunden aufbrechen, denn die Hinweise verdichten sich, dass Sie hier nicht mehr sicher sind.«

»Verdammt.« Niklas ließ die Schultern hängen. »Nur wie wollen Sie Fr… ich meine Isabel überhaupt ins Auto bekommen? Eben hat sie sich übergeben, als sie aufstehen wollte.«

»Was sagen Sie zur gesundheitlichen Verfassung Ihrer Freundin?«, fragte Elisabeth Baumgartner nachdenklich. »Sollten wir sie vor Abfahrt noch beim Arzt vorstellen oder gibt es nicht verschreibungspflichtige Medikamente, die ihre Beschwerden lindern könnten?«

»Ich glaube, dass der Stress und die Anspannung der letzten Wochen ihren Tribut fordern und sich in Isabels Fall durch Magenschmerzen und Übelkeit äußern.« Niklas goss den Tee auf und dachte kurz nach. »Es gibt tatsächlich Medikamente gegen die Übelkeit, die wir aus der Apotheke holen sollten. Anders halte ich die Fahrt für nicht durchführbar.« Er griff nach der Tasse. »Ich bringe Isabel den Tee und würde dann gern selbst zur Apotheke fahren, falls die Gefahrensituation das zulässt.«

»In Begleitung ist das in Ordnung.« Mathias Hofmann nickte und legte sein Schulterholster an, seine Kollegen trugen ihre Waffen bereits.

Freja hatte den Tee nicht lange bei sich behalten und sah Niklas schließlich matt dabei zu, wie er ihre Sachen wieder in die beiden Koffer packte.

»Wir müssen also tatsächlich sofort los?«, fragte sie. »Ich weiß wirklich nicht, wie ich das schaffen soll.«

»Das habe ich den Polizisten auch gesagt, aber es hilft nichts. Wir müssen abreisen.« Niklas schloss die Reißverschlüsse und richtete sich ächzend auf. »Ich bin gleich wieder bei dir, ich bringe nur schon mal das Gepäck nach unten.«

»Lass dir Zeit, ich versuche derweil aufzustehen, ohne mich zu übergeben.« Freja schob ihre Füße ganz langsam aus dem Bett und rutschte an die Bettkante. Wieder atmete sie tief durch, um die aufsteigende Übelkeit in den Griff zu bekommen.

Niklas führte seine Freundin schließlich in Begleitung der Polizisten zum Auto und ließ sie auf den Rücksitz sinken. Anschließend umrundete er das Fahrzeug und setzte sich hinter den Fahrer.

»Hier ist deine Tüte.« Er reichte Freja einen der Plastikbeutel, die er in weiser Voraussicht eingepackt hatte. Es war nur eine Frage der Zeit, bis sie sich wieder übergeben würde müssen. »In einer Stunde kann ich dir nochmal Medikamente geben, so lange muss es irgendwie so gehen.«

Die gut fünfstündige Fahrt zu ihrem Hotel in Sundsvall war nicht nur für Freja eine Tortur gewesen, auch Niklas sah angeschlagen aus. Doch bei ihm lag das eher an der Sorge um seine Freundin und das große Schlafdefizit, das er mit sich herumschleppte. Wieder mussten sie warten, bis die Polizisten des ersten Fahrzeugs die Situation vor Ort abgeklärt hatten, dann wurden sie an der Rezeption vorbei zum Hotelzimmer gebracht.

»Wir haben die Zimmer nebenan und direkt gegenüber«, informierte Elisabeth Baumgartner Niklas und schloss ein Hotelzimmer auf. »Ich möchte Sie eindringlich bitten, sich weiterhin an alle Regeln zu halten und schon gar nicht allein loszuziehen.«

»Das habe ich verstanden«, versicherte Niklas und sah zu Freja, die leicht taumelte. »Willst du dich erstmal hinlegen oder musst du gleich wieder ins Bad?«

»Versuchen wir das Bett«, murmelte Freja und strich sich mit der freien Hand über den linken Oberbauch. »Und hoffen wir, dass ich endlich nichts mehr im Magen habe, das ich noch auskotzen könnte.«

Erschöpft war Freja schließlich eingeschlafen, ihr Magen schien sich tatsächlich für einen Moment beruhigt zu haben. Ein kleiner Erfolg.

Obwohl Niklas ebenfalls zum Umfallen müde war, klopfte er leise an die Verbindungstür zum Nachbarzimmer und betrat das geräumige Doppelzimmer der

Polizisten zögerlich. »Störe ich?«, wollte er unsicher wissen und sah über seine Schulter zurück zu Freja, die tief und fest schlummerte.

»Was gibt es, Herr Weidner?«, wollte Yvonne Schwarzenbrunner neugierig wissen. Die jüngere Kollegin von Elisabeth Baumgartner hatte bisher kaum ein Wort mit Niklas gewechselt und war immer im anderen Fahrzeug mitgefahren.

»Isabel schläft jetzt«, stellte Niklas fest und sah weiter zu Elisabeth Baumgartner. »Und ich bin vorsichtig optimistisch, dass sie das Schlimmste hinter sich hat.«

»Das freut mich zu hören.« Die Teamleiterin lächelte andeutungsweise.

»Warum haben Sie uns eigentlich in ein Hotel gebracht und nicht wieder in ein Haus oder eine Wohnung?«, wollte Niklas nachdenklich wissen, nachdem er schon die Hand auf der Türklinke liegen hatte. »Hat das mit der neuen Gefährdungssituation zu tun, von der sie in Södertälje gesprochen haben? Oder ist noch etwas anderes vorgefallen?«

»Wir wissen nicht, wie lange wir hierbleiben«, antwortete Yvonne Schwarzenbrunner und verschränkte die Arme. »Und das liegt in erster Linie daran, dass man heute Morgen die Leiche von Doktor Benett Hanson in Travemünde gefunden hat. Der Verdacht liegt nahe, dass er mit der Fähre nach Schweden übersetzen wollte.«

Stumm wich Niklas einen Schritt zurück, während die Worte nur nach und nach bei ihm ankamen.

Hanson war tot.

Er konnte ihm nicht mehr gefährlich werden.

Nur, wer war stattdessen hinter ihm her?

»Ich kann mir gut vorstellen, dass diese Nachricht ein großer Schock für Sie ist.« Elisabeth Baumgartner musterte ihn wachsam.

»Wie ... wie ist er gestorben?«, fragte Niklas und schüttelte den Kopf.

Die Polizistinnen wechselten einen langen Blick.

»Die Obduktion wird erst noch durchgeführt, doch ersten Untersuchungen zufolge weist die Leiche dutzende Stich- und Schussverletzungen auf«, berichtete schließlich Yvonne Schwarzenbrunner.

»Das klingt so, als wäre der Täter ganz schön wütend gewesen«, stellte Niklas trocken fest. »Aber da dürfte es einige in Hansons Umfeld geben, auf die das zutrifft.« Erneut schüttelte er den Kopf. »Nur warum? Warum wurde er umgebracht? Warum passiert das alles?«

»Das Warum ist eine sehr gute Frage, auf die wir alle eine Antwort suchen.« Baumgartner nahm eine Flasche Wasser aus dem Minikühlschrank. »Im Moment deutet jedoch einiges darauf hin, dass Doktor Hanson von seinen eigenen Leuten beseitigt worden ist.«

»Mit welchem Motiv?«, fragte Niklas weiter, denn er konnte dieses Thema nicht einfach in sich hineinfressen. Er musste darüber sprechen, so wie er es normalerweise mit Frederik getan hätte. »Das ergibt doch alles gar keinen Sinn. Wenn Hanson in diesen Organhandel verstrickt war ...«

»Vielleicht wollte er aussteigen«, vermutete Yvonne Schwarzenbrunner schulterzuckend. »Da ist es für die ganze Vereinigung sicherer, ihn auf diesem Weg zum Schweigen zu bringen, als Gefahr zu laufen, von ihm an die Polizei ausgeliefert zu werden.

»Warum sollte Hanson denn aussteigen, wenn er so tief in der Organisation drinhängt wie Frederik und ich insgeheim vermuten? Warum ausgerechnet jetzt?« Frustriert schüttelte Niklas den Kopf. »Das macht doch alles keinen Sinn ...«

»Ich verstehe Sie, Herr Weidner.« Mitfühlend musterte Elisabeth Baumgartner ihren Schützling. »Nur kann ich Ihnen leider keine weiteren Informationen geben. Wir versuchen ja selbst noch, die Zusammenhänge herzustellen. Heute Vormittag wurde die Wohnung von Doktor Hanson durchsucht. Vielleicht gibt es da neue Zusammenhänge, die uns bisher verborgen gewesen sind.«

»Mhm ...« Niklas schüttelte den Kopf. »Und Frederik? Gibt es von ihm irgendein Lebenszeichen oder einen Hinweis, wo er sein könnte?«

Kapitel 32

»Du entkommst mir nicht.«

Freja sah Benett Hanson aus angsterfüllten Augen an. Der Oberarzt trug den gleichen schwarzen Mantel wie bei ihrem ersten unfreiwilligen Aufeinandertreffen und hatte die Hände wieder in den Taschen vergraben.

»Dein Freund hätte sich besser an meine Worte gehalten«, seufzte Hanson theatralisch, dann trat er Freja kräftig in den Bauch.

Sie keuchte auf und konnte sich wegen der Schmerzen kaum auf den Beinen halten.

»Warum müsst ihr es immer darauf anlegen? Wir hätten das alles so schön lösen können und jetzt lässt du mir keine andere Wahl.« Hanson beugte sich über sie und packte Freja mit der linken Hand am Haar. »Oder wolltest du unbedingt damit Bekanntschaft machen?« In seiner anderen Hand hielt Benett Hanson ein silbrig glänzendes Messer und holte damit aus.

»Nein, nein!« Freja hielt die Hände schützend vor sich, doch gegen Hanson hatte sie keine Chance. Sie schrie aus Leibeskräften, doch damit konnte sie nicht verhindern, dass die Klinge in ihren Bauch gestochen wurde.

»Hey! Wach auf!« Niklas beugte sich über seine Freundin und streichelte ihr über die Wange.

»Nnn…Niklas?« Freja blinzelte und schluchzte auf. »Oh Gott, ich dachte … ich dachte wirklich, dass …«

»Du hast wieder von Hanson geträumt, mhm?« Niklas zog sie sanft in seine Arme und gab ihr einen Kuss auf die Stirn. »Shhht, dir passiert hier nichts. Hanson ist tot und kann niemandem mehr wehtun. Das war ein fieser Traum, der dich da heimgesucht hat«, murmelte er mit den Lippen dicht an Frejas Ohr und wiegte sie leicht hin und her.

»Geht es Ihnen gut?« Auf einmal stand Polizistin Yvonne Schwarzenbrunner in der Verbindungstür. »Ist alles in Ordnung? Wir haben Sie nur schreien gehört.«

»Schon gut.« Freja atmete tief durch. »Das ... ich hatte einen Albtraum, das ist alles.« Sie schmiegte sich enger an Niklas.

»Herr Weidner?« Elisabeth Baumgartner tauchte unvermittelt hinter ihrer Kollegin auf. »Ich habe Neuigkeiten für Sie, Frederik Hendriksson wurde heute Nachmittag von der Polizei befreit und in eine Klinik auf Rügen eingeliefert. Er lebt und ist stabil.«

»Frederik ist wieder da?!« Niklas riss die Augen auf. »Dann ... dann wurde er also tatsächlich entführt? Aber warum wurde kein Lösegeld erpresst? Ist er schwer verletzt? Wie geht es ihm insgesamt?«

»Ich kann Ihnen nicht mehr sagen, das ist nur die Kurzinfo, die ich vom leitenden Ermittler erhalten habe.« Schon wandte sich die Polizistin zum Gehen. »Versuchen Sie, etwas Schlaf zu bekommen, Herr Weidner. Wir sprechen morgen beim Frühstück.«

»Frederik ist wieder da«, wiederholte Freja ungläubig. »Damit hätte ich gar nicht mehr gerechnet, so lange wie er verschwunden war.«

»So leicht lässt sich Frederik nicht unterkriegen«, murmelte Niklas und küsste seine Freundin zärtlich. »Wir werden diesen Albtraum überstehen und dann endlich in unsere langweiligen, gewöhnlichen Leben zurückkehren.«

»Du meinst unser altes Leben, in dem du mir nach einem langen Tag erzählst, welchen Patienten du die Knochen zersägt hast und von alten Damen angeflirtet wirst? Ohr ja, das klingt traumhaft.« Freja seufzte wehmütig.

»Genau dieses Leben meine ich.« Niklas lächelte und streichelte ihr über die Wangen. »Ich erzähle von meinen Operationen und du von durchgeknallten Hauptdarstellern, die sich offen auf der Bühne die Köpfe einschlagen.«

»Ich vermisse es sehr«, gab Freja zu und schloss müde die Augen. »Ich vermisse unser Zuhause, unsere Freunde und deine Familie. Sie alle fehlen mir unglaublich.«

»Nicht nur dir …« Gähnend ließ sich Niklas rücklings auf das Kissen sinken, Freja behielt er weiterhin im Arm. »Und wir werden zurückkehren. Daran glaube ich ganz fest.«

Zum ersten Mal seit vielen Wochen konnte Niklas wieder eine Nacht durchschlafen. Mit Freja im Arm und der Gewissheit, dass sein bester Freund am Leben war, ging es ihm gleich wesentlich besser.

Frederiks Befreiung war auch bei den Polizisten rund um Elisabeth Baumgartner ein großes Thema, auch im deutschen Fernsehen wurde über den Fall berichtet.

»Pressekonferenz klingt ja höchst offiziell«, bemerkte Freja und setzte sich neben Niklas, der wie gebannt auf den Fernseher starrte.

Der Pressesprecher der Polizei eröffnete gerade die Pressekonferenz, neben ihm saß ein Polizist in ziviler Kleidung. Sein Namensschild wies ihn als Hauptkommissar Hauser aus.

»Wir dürfen Sie darüber informieren, dass der vermisste Doktor Frederik Hendriksson gestern wieder aufgetaucht ist«, berichtete der Pressesprecher mit professionell-sachlicher Miene und sah immer wieder auf seine Notizen. »Er wird gegenwärtig medizinisch und psychologisch betreut, doch ihm geht es den Umständen entsprechend gut.«

Niklas' Mundwinkel zuckten. Er kannte diese nichtssagenden, offiziellen Floskeln. Den Umständen entsprechend ... das konnte so einiges bedeuten.

»Wo wurde Doktor Hendriksson gefunden?«

»Wurde er entführt?«

»Wer hat ihn entführt?«

»Wurde er misshandelt?«

»Wo ist Doktor Hendriksson jetzt?«

»Wurde Lösegeld gezahlt?«

»Gibt es ein Statement der Familie Hendriksson?«

»Das sind gute Fragen«, stellte Freja fest und lehnte den Kopf an Niklas' Schulter. »Ich bezweifle aber, dass wir eine Antwort darauf bekommen werden.«

Hauptkommissar Hauser ergriff das Wort und wurde immer wieder durch neue Nachfragen unterbrochen.

»Neben Doktor Hendriksson ist ein weiterer Assistenzarzt aus dem UKE, Doktor Thorsen, spurlos verschwunden. Gibt es einen Zusammenhang zwischen den Fällen?«, fragte eine Reporterin.

»Aus ermittlungstaktischen Gründen kann ich dazu keine Angaben machen.« Erneut flüchtete sich Peter

Hauser in eine nichtssagende Floskel. »Aber ich kann Ihnen versichern, dass wir alles daransetzen, diesen Fall restlos aufzuklären. Das Gleiche gilt für das Verschwinden von Niklas Thorsen.«

»Wissen Sie inzwischen mehr?«, fragte Niklas und sah zu Elisabeth Baumgartner, die in der Verbindungstür aufgetaucht war und ebenfalls auf den Fernseher gestarrt hatte.

»Nein, denn das hat keinen Einfluss auf Ihre Gefährdungslage«, stellte sie fest und lächelte. »Wir warten morgen noch ab, aber wenn es keine weiteren Überraschungen oder Erkenntnisse gibt, können wir Sie zu einem neuen sicheren Zuhause auf Zeit bringen.«

»Wir kommen also endlich aus dem Hotel?« Ein Lächeln stahl sich auf Frejas Lippen. »Das ist ja toll, dann haben wir hoffentlich wieder etwas mehr Bewegungsraum als hier.«

»So ist der Plan.« Elisabeth Baumgartner nickte. »Wir hoffen, dass Sie dort länger bleiben und sich ein neues Leben aufbauen können.«

»Das heißt, Jobsuche?«, vermutete Niklas. »Und dieses neue Leben, bedeutet das auch, dass Sie nicht mehr permanent in unserer unmittelbaren Nähe sein werden?«

»Diese Entscheidungen hängen immer von Ihrer Gefährdung ab, Herr Weidner. Aber mittelfristig ist es durchaus in Ihrem Interesse, wieder eigenständig zu leben. Sollte es neue Kontaktaufnahmen oder andere Bedrohungen geben, sind wir natürlich sofort wieder da und schützen Sie.«

»Ich verstehe.« Niklas dachte nach. »Und was ist mit Frederik? Ich meine, klar, Sie dürfen mir nichts zu seinem Gesundheitszustand oder seiner Gefangenschaft oder seinem Aufenthaltsort sagen, aber ... darf ich wenigstens einmal kurz mit ihm sprechen?«

Bedauernd schüttelte Elisabeth Baumgartner den Kopf. »Sie haben ein neues Leben, Herr Weidner, eine Tarnidentität. Wenn Sie jetzt direkt Kontakt zu einem Ihrer engsten Vertrauten in Hamburg aufnehmen, war das Zeugenschutzprogramm umsonst. Wir können höchstens versuchen, Nachrichten über mich auszutauschen, sozusagen über eine Zwischenstation.«

Kapitel 33

Das Medieninteresse bei der Pressekonferenz war überwältigend gewesen und übertraf sogar die Vorstellungen der erfahrenen Ermittler.

»Da geht es nicht nur um den großen Namen, sondern um das Schicksal der beiden jungen Ärzte im Allgemeinen«, stellte Peter Hauser auf dem Weg zurück in sein Büro fest und schüttelte den Kopf. »Die Zwei sind nichtsahnend auf einen gewaltigen medizinischen Skandal gestoßen und wurden damit gewaltsam aus ihrem bisherigen Leben gerissen. Polizeischutz beziehungsweise Zeugenschutzprogramm, das ist ein brutales Kontrastprogramm.«

»Das Leben kann sich verdammt schnell ändern.« Seine Kollegin Julia Förster nickte nur zustimmend. »Haben die Ärzte schon gesagt, wann wir Doktor Hendriksson befragen dürfen?«

»Frühestens in ein paar Tagen, noch wird er intensivmedizinisch betreut. Der behandelnde Arzt wird mich anrufen, sobald er Doktor Hendriksson für stabil genug hält.« Peter Hauser kratzte sich am Kopf und hielt seiner Kollegin schließlich die Bürotür auf. »Ich vermute, dass das bis mindestens Anfang nächster Woche dauert. Ich meine, Sie haben selbst gesehen, wie Frederik zugerichtet worden ist. Davon erholt man sich nicht über Nacht.«

»Sicher nicht.« Julia Förster setzte sich an den Schreibtisch. »Wir besprechen die aktuellen Ermittlungsergebnisse wie üblich um Drei, oder? Dann kann ich meine Recherchen noch kurz zusammenfassen.«

»Machen Sie nur. Ich habe vorher noch eine Telefonbesprechung mit Team Thorsen. Mal sehen, was es da Neues gibt.« Hauser durchquerte das große Büro und schloss die Tür zum Nebenzimmer hinter sich. Hier hatte er zumindest für die nächste Viertelstunde seine Ruhe.

»Was haben Sie für mich?«, wollte Elisabeth Baumgartner neugierig wissen. »Außer, dass die Pressekonferenz mehr als gut besucht war. Gab es eigentlich große Sender oder Zeitungen, die nicht vertreten waren?«

»Sie haben es selbst gesehen, die Frage erübrigt sich.« Hauser schmunzelte und wurde gleich wieder ernst. »Eine Ermittlergruppe kümmert sich um den Mord an Doktor Hanson, eine heiße Spur gibt es jedoch nicht. Es wurden weder das Messer noch die Schusswaffe gefunden. Die Pistole ist bisher nirgends in Erscheinung getreten und der Rechtsmediziner vermutet ein Jagdmesser als zweite Tatwaffe. Also auch nichts Außergewöhnliches, was uns irgendwie weiterhelfen würde.«

»Die Brutalität, mit der der Mord ausgeführt worden ist, ist allerdings schon bemerkenswert«, stellte die Polizistin sachlich fest. »Wie viele Stiche und Schüsse waren es letzten Endes?«

»Zwölf Stiche und fünf Schüsse. Davon war nur einer tödlich, der hat ihn ins Herz getroffen.« Peter Hauser räusperte sich. »In Hansons Wohnung wurden eindeutige Hinweise gefunden, die sein Mitwirken an kriminellen … Nebentätigkeiten beweisen. Er wurde offensichtlich in bar bezahlt und hat das Geld alle paar Wochen auf sein Konto eingezahlt.«

»Hansons Motiv war also finanzieller Natur?« Elisabeth Baumgartner schüttelte den Kopf. »Nicht der Erste und nicht der Letzte, aber irgendwie hatte ich mir ein … schwerwiegenderes Motiv gewünscht.«

»Ich weiß, was Sie meinen.« Erneut machte Peter Hauser eine kurze Pause. »Hanson war spielsüchtig und hatte hohe Schulden. Er ist, wie es aussieht, vom Regen in die Traufe gekommen.«

»Man sieht es den Leuten nicht an, das wissen wir in unserem Job bestens«, philosophierte Baumgartner. »Wie sieht es mit den übrigen Verdächtigen in der Klinik aus, allen voran Professor Hendriksson? Gibt es da neue Erkenntnisse vor allem in Hinblick auf meinen Schützling?«

»Wir haben ihn einige Male befragt, doch wir bekommen ihn nicht zu fassen. Als würde man versuchen, eine nasse Seife in der Badewanne zu erwischen.«

»Also mauert er?«, vermutete Elisabeth Baumgartner.

»Er kooperiert in den bisherigen Befragungen, streitet natürlich alles ab und droht mit Anwälten, sofern wir ihn weiter belästigen sollten. Also das Übliche«, fasste Hauser den aktuellen Stand zusammen. »Aber es gibt keine Hinweise darauf, dass er euch einen Besuch abstatten würde.«

»Stille Wasser sind tief. Aber keine offensichtlichen Anzeichen sind für den Moment auch gute Nachrichten. Hoffen wir, dass ein wenig Ruhe einkehrt und sich meine Schützlinge etwas erholen können. Die letzten Wochen haben tiefe Spuren hinterlassen.«

Mit Blick auf die Uhr beendete Hauptkommissar Hauser das Telefonat mit seiner Kollegin und kehrte in das Büro zurück, wo sich die übrigen Mitglieder des Ermittlerteams bereits eingefunden hatten.

»Alle da?«, fragte er knapp und stellte sich mit verschränkten Armen neben die große Wandtafel. »Okay. Fangen wir mit den neuesten Ereignissen an. Frederik Hendriksson ist wieder da, wenn auch in kritischem physischen und psychischen Zustand. Das bringt mich auch gleich zu meiner ersten Frage: wer war dafür zuständig, das direkte Umfeld von Doktor Hendriksson zu überprüfen? Ich habe mir die Befragungen gestern noch einmal angesehen – Hanson war der letzte Kollege, mit dem Hendriksson direkt zusammengearbeitet hat. Warum hat niemand näher nachgeforscht? Wer war dafür zuständig?«

Wie erwartet erntete Peter Hauser nur betretenes Schweigen, doch er war noch nicht fertig.

»Ist euch eigentlich klar, dass wir Frederik Hendriksson ein wochenlanges Martyrium ersparen hätten können? Hanson hätte ihn in der Zwischenzeit umbringen können!« Er atmete tief durch. »Worauf ich hinauswill: Bitte achtet auf jedes kleine Detail in diesem Puzzle, damit wir sowohl Frederik Hendriksson als auch Niklas Thorsen weitere Übergriffe oder Mordversuche ersparen können.«

Die Erlaubnis der Ärzte, Frederik Hendriksson endlich persönlich zu seiner Gefangenschaft zu befragen, ließ tatsächlich bis nach dem Wochenende auf sich warten. Mit gemischten Gefühlen machte sich Hauptkommissar Hauser auf den Weg in die Klinik auf Rügen. Unterwegs hatte er viel Zeit, sich Gedanken zu machen. Noch immer ließen ihn die Bilder nicht recht los von dem Anblick, als sie Frederik aus seinem Martyrium befreit hatten. Wenn es ihm als Außenstehenden schon so ging – wie mochte es dann Frederik selbst ergehen?

Wie abgesprochen wurde Frederik Hendrikssons Krankenzimmer von Polizisten bewacht, die Hauser und seine Kollegin Julia Förster nach einer kurzen Ausweiskontrolle eintreten ließen.

»Doktor Hendriksson?«, fragte der Polizist leise und kam langsam näher. Frederik lag auf der Seite und hatte ihm den Rücken zugewandt, doch er schien wach zu sein. »Ich bin Peter Hauser von der Kripo Hamburg.«

»Mhm …« Frederik hob den Blick nur langsam.

»Wie geht es Ihnen, Doktor Hendriksson?«, wollte Peter Hauser wissen und musterte den jungen Mann nachdenklich. Die Wunden waren inzwischen fachmännisch versorgt worden und schienen gut zu heilen, auch die Schwellungen und Blutergüsse im Gesicht waren deutlich zurückgegangen.

»Mhm …« Frederik räusperte sich. »Es … es geht.«

»Wir ermitteln in Ihrem Vermisstenfall und würden Ihnen gern ein paar Fragen stellen. Fühlen Sie sich dazu in der Lage?«, fragte Hauser zurückhaltend.

»Versuchen wir es.« Ohne aufzusehen bewegte Frederik seine Finger.

»Können Sie sich an die Entführung erinnern?« Peter Hauser setzte sich auf einen der Stühle neben dem Krankenbett, damit Frederik nicht so weit nach oben sehen musste.

»Dunkel, wie … wie in einem schlechten Traum. Es …« Frederik brach ab und dachte lange über diese Frage nach. »Es sind Erinnerungsfetzen und vieles fühlt sich nicht real an.«

»Worum geht es in den Erinnerungsfetzen?«, fragte Hauser ruhig weiter.

»Hanson, er …« Frederik schloss die Augen, doch die aufkommenden Tränen blieben dem Kriminalpolizisten nicht verborgen. »Er … er hat so viele Patienten zu Organspendern gemacht, das …« Seine Stimme brach, dazu verlor Frederik vorerst den Kampf gegen die Tränen. »Ich … ich habe mit Niklas darüber gesprochen und … Was … ist er auch … entführt worden?«

»Sie meinen Doktor Niklas Thorsen?« Peter Hauser schüttelte den Kopf. »Nein, er wurde nicht entführt. Er ist für den Prozess über diesen Transplantationsskandal unser Kronzeuge. Er ist an einem sicheren Ort.«

»Mhm …« Ungelenk wischte sich Frederik über das Gesicht. »Und … wer …?«

»Sie hatten recht, was Doktor Hanson angeht«, fuhr Hauser fort. »Wir haben Ihre Unterlagen im Hotel gefunden, Sie haben uns damit sehr geholfen. Nur, warum haben Sie sich niemandem anvertraut? Warum haben Sie das nirgends gemeldet?«

»Es waren nur … lose Zusammenhänge und keine Beweise«, murmelte Frederik und atmete entspannt aus. Die Augen waren ihm längst wieder zugefallen.

»Wir machen ein anderes Mal weiter, Doktor Hendriksson. Vielen Dank fürs Erste und erholen Sie sich gut.« Peter Hauser stand leise auf und verließ den Raum zusammen mit Julia Förster, die sich still im Hintergrund gehalten hatte.

»Harter Tobak«, stellte die Polizistin auf dem Weg über die Station fest.

»Und er hat noch einiges vor sich, gerade was die psychischen Folgen dieses Martyriums angehen.« Hauser seufzte. »Lassen wir ihn erst einmal ankommen und befragen ihn nach seiner Entlassung aus der Klinik erneut. So bringt das niemandem etwas.«

»Und welche Auswirkungen hat das auf Team Thorsen? Im Grunde ändert sich erstmal nichts, oder? Wir haben keine neuen Erkenntnisse.«

»Gut zusammengefasst.« Peter Hauser hielt ihr die Tür zum Treppenhaus auf. »Ich bespreche mich später noch mit den Kollegen, aber ich gehe davon aus, dass *Plan A* weiterverfolgt wird.«

Kapitel 34

Der Umzug in ihr neues, sicheres Zuhause hatte sich um einige Tage verzögert, nachdem sich ein kleines Häuschen kurz vorher als für ihre Zwecke nicht brauchbar herausgestellt hatte. Stattdessen bezogen Freja und Niklas eine gemütliche, möblierte Dachgeschosswohnung in einem Mehrfamilienhaus mit sechs Parteien.

»Wir haben die Bewohner des Hauses und die Umgebung überprüft, dementsprechend dürfen Sie sich vollkommen frei bewegen, Herr Weidner«, erklärte Elisabeth Baumgartner. »Wie besprochen ist es wichtig, dass Sie sich jetzt nach und nach ein neues Leben aufbauen. Sollten Sie sich auf Jobs bewerben wollen sprechen Sie das bitte mit mir ab, damit die Stelle zum Zeugenschutzprogramm passt.«

»Natürlich.« Niklas hörte das nicht zum ersten Mal, die Polizistin schärfte ihm das seit seiner Entscheidung für das Zeugenschutzprogramm regelmäßig ein. »Müssen wir noch etwas beachten?«

»Auch wenn wir nicht mehr permanent bei Ihnen sind und nicht mehr alles mitbekommen, was Sie tun, möchte ich Sie noch einmal daran erinnern, dass Sie keinen Kontakt zu Ihrem alten Umfeld in Hamburg pflegen dürfen. Dazu gehört leider auch Frederik Hendriksson. Falls Sie dennoch Nachrichten austauschen wollen, geht das nur über mich.«

»Verstanden.« Ein Seufzen konnte sich Niklas nicht verkneifen, doch es half ja nichts. Er hatte in dieses Zeugenschutzprogramm mit all seinen Regeln eingewilligt, jetzt musste er sich auch daran halten.

»In Ordnung, Herr Weidner. Dann lassen wir Sie beide fürs Erste allein.« Elisabeth Baumgartner lächelte. »Wir sind noch die nächsten Tage in der unmittelbaren Umgebung und reisen dann nach Hamburg zurück, sofern es keine Vorkommnisse gibt, die Einfluss auf Ihre Gefährdungssituation haben. Meine Handynummer haben Sie. Falls etwas ist, melden Sie sich bitte.«

»Natürlich.« Niklas fühlte sich wie ein Kind, dessen Eltern zum ersten Mal über das Wochenende wegfuhren.

»Wir telefonieren morgen Vormittag. Machen Sie sich einen schönen Abend.« Die Polizistin verließ die Wohnung des Paares und folgte ihren Kollegen nach unten zu den Autos.

»Schon ein komisches Gefühl«, bemerkte Freja und sah wie Niklas aus dem bodentiefen Fenster nach unten, wo die Polizisten gerade in die Autos stiegen. »Kaum habe ich mich an deren permanente Anwesenheit gewöhnt und schon lassen sie uns wieder allein.«

»So geht es mir auch.« Niklas seufzte und schloss seine Freundin in die Arme. »Dafür sind wir jetzt zum ersten Mal seit vielen Wochen wieder allein.« Er lockerte die Umarmung lächelnd und gab Freja einen zärtlichen Kuss.

»Ganz allein ist so was von ungewohnt«, gab ihm Freja recht und schmunzelte. »Wir könnten das besonders feiern … so ganz ohne Ohrenzeugen …« Unschuldig streichelte sie mit beiden Händen über seine Seiten.

»Du sprichst also von einer Privatparty ...« Niklas lächelte und öffnete langsam den Reißverschluss von Frejas Sweatjacke. Darunter trug sie nur ein helles Top, das ihm guten Blick auf ihre Brüste gewährte. »Das könnte mir gefallen«, bemerkte er zweideutig und glitt mit dem Zeigefinger den Ausschnitt des Tops entlang. Sofort bildete sich unter seiner Berührung eine Gänsehaut.

»Party, nicht ärgern«, murmelte Freja mit geröteten Wangen. »Sonst muss ich ja dich ...« Sie verstummte, als Niklas ihr die Jacke über die Schultern streifte und das Top auszog. Schon stahlen sich seine Finger unter den BH und liebkosten ihre Brüste.

»Hör nicht auf«, keuchte Freja, griff sich selbst an den Rücken und öffnete den Verschluss, sodass ihr die BH-Träger sofort über die Schultern rutschten.

»Ich fange gerade erst an«, beteuerte Niklas, beugte sich vor und senkte seine Lippen auf die erwartungsfroh aufgerichteten Brustwarzen.

Frejas lautes Stöhnen wurde von einem weiteren leidenschaftlichen Kuss gedämpft, ihr ganzer Körper bebte in Niklas' Armen.

»Kommen wir zum eigentlichen Teil der Party.« Niklas schmunzelte und ließ Freja auf die Matratze sinken, nachdem er seine Freundin zuvor in sicherem Griff gehalten hatte. Eilig zog er sich den Pullover über den Kopf und beugte sich wieder über seine Freundin.

»Dein Vergnügen war kaum zu überhören, aber jetzt lass uns gemeinsam weitermachen.«

Stumm sah Freja ihm in die Augen, dann glitt ihr Blick über seinen Oberkörper. Die lange Narbe war gut verheilt, doch sie erinnerte Freja jedes Mal aufs Neue daran, wie viel Glück Niklas gehabt hatte.

»Du bist noch zu angezogen für gemeinsames Vergnügen«, stellte sie mit rauer Stimme fest und räusperte sich. »Ich glaube, ich sollte dir beim Ausziehen helfen.« Freja streichelte mit beiden Händen über seinen Oberkörper und öffnete zunächst die Gürtelschnalle, bevor sie Niklas' Jeans langsam aufknöpfte.

»Jetzt reizt du mich aber mit Absicht.« Niklas keuchte.

»Möglich.« Freja schmunzelte, setzte sich auf und bedeutete ihm, sich auf den Rücken zu legen.

»Komm her …« Fordernd streckte Niklas beide Hände nach seiner Freundin aus, doch sie dachte gar nicht daran, auf seine Bitte zu reagieren. Stattdessen wandte sie sich seiner steil aufgerichteten Erregung zu, die sich ihr entgegendrängte.

»Oh … Gott …« Niklas warf den Kopf in den Nacken und krallte die Hände in das Laken. Ein Schauer ging durch seinen ganzen Körper. »Ich …« Ruckartig bewegte er ihr sein Becken entgegen, doch Freja entzog sich ihm erneut.

»Du bist zu ungeduldig«, tadelte sie ihren Freund, kletterte über ihn und sank dann ohne Vorwarnung auf seine Erregung.

Kapitel 35

Drei Tage war das Team rund um Elisabeth Baumgartner noch in Schweden geblieben und hatte dann die Rückreise nach Hamburg angetreten. Obwohl sie jetzt räumlich von ihren Schützlingen getrennt waren, behielt das Team die Gefährdungslage genau im Auge und telefonierte täglich kurz mit ihnen.

»Hältst du es wirklich für eine gute Idee, die beiden allein zu lassen, Elisabeth?«, wollte Yvonne Schwarzenbrunner nachdenklich wissen, nachdem das übliche Vormittagstelefonat beendet war.

»Was meinst du?« Überrascht hob die Teamleiterin eine Augenbraue. »Sie halten sich an alle Regeln und wir haben keine Hinweise auf eine Gefährdung, die unsere Anwesenheit vor Ort erforderlich macht.«

»Ich meine ja nur, Doktor Thorsen hat sich mit großen, mächtigen Gegnern angelegt, die ihn bis zum Ende jagen werden und dabei keine Kosten und Mühen scheuen. Ist es da wirklich klug, die beiden allein zu lassen, nur weil es gerade keine Aktion des Gegners gibt?«

»Yvonne?« Elisabeth Baumgartner runzelte die Stirn. »Was weißt du, was ich nicht weiß?«

»Nichts.« Ihre Kollegin sah zurück auf ihren Bildschirm. »Das war mehr allgemein gesprochen. Jetzt, mit ein paar Tagen Abstand kommt man halt doch ins Grübeln. Wie es für unseren Schützling überhaupt weitergeht. Ob er aus dieser Situation je wieder heraus-kommt, auch nach einem möglichen Prozess gegen die Hauptakteure dieser Organisation.«

»Das stimmt, aber welcher von unseren Klienten hat das nicht, mhm?« Baumgartner lachte trocken und sah auf die Uhr. »Ich habe gleich ein Meeting mit Hauser zum aktuellen Ermittlungsstand. Wartet mit dem Mittagessen nicht auf mich, wir sehen uns nachmittags zur Lagebesprechung.«

Die Polizistin ließ das Büro hinter sich und durchquerte die langen Flure mit großen Schritten. Das Besprechungszimmer lag am anderen Ende des Gebäudekomplexes, dort waren die übrigen Ermittler rund um Peter Hauser bereits versammelt.

»Moin«, grüßte Elisabeth Baumgartner knapp und setzte sich an das Kopfende des langen Besprechungstisches, Hauptkommissar Hauser saß rechts neben ihr.

»Doktor Thorsen und seine Freundin befinden sich an einem neuen sicheren Ort, die Gefährdungslage sieht moderat aus. Keine ungewöhnlichen Kontaktaufnahmen und keine anderen Hinweise darauf, dass Doktor Thorsens Verfolger dicht hinter ihm wären. Wir behalten das permanent im Auge und halten auch enge Rücksprachen mit Doktor Thorsen selbst« Sie musterte die übrigen Kriminalpolizisten. »Okay, mehr gibt es von meiner Seite nicht zu sagen. Was haben Sie herausgefunden? Wie ist der aktuelle Ermittlungsstand bei den Organtransplantationen? Gibt es Neuigkeiten zum Mord an Doktor Hanson? Hat der Mann ausgesagt, der Doktor Hendriksson gefoltert hat? Wer von Ihnen möchte beginnen?«

»Wir sind durch mit den sichergestellten Patientenakten und haben die Fälle abgeglichen«, begann eine Kollegin aus Peter Hausers Team. »An sämtlichen Organtransplantationen waren Benett Hanson und Professor Hendriksson beteiligt. Hanson hat dabei den Hirntod bestätigt und Hendriksson die Organentnahmen durchgeführt.«

»Wurde Professor Hendriksson dazu befragt? Was sagt er zu diesen Häufungen?«, mischte sich Elisabeth Baumgartner ungefragt ein.

»Das haben wir mehrfach getan und Professor Hendriksson spricht von *interessanten Zufällen*«, zitierte Peter Hauser. »Zudem hat er erklärt, dass er aufgrund seiner Position und fachlichen Expertise, was Organtransplantationen angeht, grundsätzlich bei diesen Eingriffen beteiligt ist.«

»Er windet sich heraus, ich verstehe.« Baumgartner seufzte. »Hat sich Hanson vor seiner Ermordung zu diesem Thema geäußert?«

»Ähnliche Antwort, also alles andere als hilfreich«, gab Hauptkommissar Hauser zurück. »Dass Hanson in unsaubere Geschäfte verwickelt war belegen zudem große Bargeld-Einzahlungen auf sein Konto, nur haben wir keine Beweise, von wem er das Geld erhalten hat.«

»Mhm.« Elisabeth Baumgartner schüttelte den Kopf. »Das bringt uns nicht weiter. Was sagen denn die anderen Ärzte rund um Hanson oder Hendriksson?«

»Es ist schon aufgefallen, dass sich die Hirntoten und deren Transplantationen bei Hanson gehäuft haben«, berichtete Hauser weiter. »Auf Nachfrage hat er jedoch immer eine plausible Erklärung gefunden. Und von den Allgemeinchirurgen gab es gleich gar keine Aussage. Die haben alle viel zu viel Angst vor Professor

Hendriksson, wenn Sie mich fragen. Also erneut: eine Sackgasse.«

»Wir sollten uns die leitenden Ärzte noch einmal vornehmen. Angesichts von Hansons Ermordung wird vielleicht doch der eine oder andere gesprächig«, wandte die Polizistin ein, die vorhin mit dem Bericht begonnen hatte.

»Möglich ist es. Laden Sie die Ärzte vor und versuchen Sie Ihr Glück.« Elisabeth Baumgartner zuckte mit den Schultern. »Die nächste Frage in diesem Gesamtkonstrukt ist ohnehin, wie der Mord an Doktor Hanson ins Schema passt. Er scheint ja sehr tief in die Organtransplantationen verwickelt gewesen zu sein …«

»Vielleicht hat er gegen Prinzipien verstoßen oder sich anderweitig unbeliebt gemacht?«, überlegte ein anderer Kollege am Ende des langen Besprechungstisches.

»Viel wissen wir nicht«, seufzte Peter Hauser. »Hanson hat Frederik Hendriksson geführt, in seinem Wochenendhaus auf Rügen gefangen gehalten und foltern lassen. Das sind die harten Fakten. Warum sollte er so etwas tun? Wer hat ihn beauftragt?«

»Wenn Hanson den jungen Hendriksson erführt hat könnte er auch versucht haben, Lösegeld zu erpressen. Sagtest du vorhin nicht etwas wegen finanzieller Auffälligkeiten bei Hanson?«, wollte Elisabeth Baumgartner zerstreut wissen.

»Er war spielsüchtig und hatte hohe Schulden.« Hauser runzelte die Stirn. »Du meinst, Hanson haben die finanziellen Zuwendungen aus dem Organhandel nicht mehr ausgereicht und er hat aus der Entführung Profit schlagen wollen?«

»Das ist eine Möglichkeit, für die wir ebenfalls keine

Beweise haben. Und ein Geständnis bekommen wir nicht mehr«, seufzte Baumgartner. »Was ist mit den Schüssen auf Doktor Thorsen? Haben wir da inzwischen eine Spur?«

»Mit der gleichen Waffe wurde Carolina Reichelt, die Verlobte von Frederik Hendriksson erschossen. Der Mord wurde nie aufgeklärt, es gab damals keine Spuren«, fasste ein anderer Ermittler die Fakten kurz zusammen. »Wir haben Professor Hendriksson dazu befragt, immerhin war sie seine künftige Schwiegertochter, aber eine hilfreiche Aussage haben wir nicht erhalten.«

»Es gibt also überall *interessante Verknüpfungen und Zufälle*, aber keine handfesten Beweise«, fasste Elisabeth Baumgartner den aktuellen Stand der Ermittlungen zusammen. »Okay, wie gehen wir weiter vor?«

Kapitel 36

Eine Operation hatten den Feierabend von Professor Hendriksson weit nach hinten verschoben, doch das störte ihn nicht weiter. Zuhause wartete niemand auf ihn, seine Frau war immer noch mit dem Orchester unterwegs.

Erschöpft verließ der Chefarzt den Operationstrakt und kehrte in sein Büro zurück, wo sich die Mappen mit Dokumenten zum Unterschreiben schon wieder auf seinem Schreibtisch stapelten.

»Wie oft soll ich ihr das denn noch sagen?«, schimpfte er und setzte sich in einen der Sessel der kleinen Besprechungsecke. »Langsam glaube ich tatsächlich, dass ich nur noch mit Idioten ohne funktionierendes Kurzzeitgedächtnis arbeite.«

Maximilian Hendriksson schüttelte den Kopf und entsperrte sein Smartphone. Zwei entgangene Anrufe wurde angezeigt, dazu kam eine Nachricht auf der Mailbox.

»Was wollt ihr denn schon wieder von mir?«, fragte Hendriksson und lauschte der Mailboxnachricht.

Wie er sich schon beim Anblick der Rufnummer gedacht hatte, stammte die Nachricht von der Kriminalpolizei, die weitere Fragen an ihn hatte und am nächsten Vormittag im Polizeipräsidium sprechen wollte.

»Ich will auch so viel«, schmunzelte er und löschte die Nachricht. »Aber morgen Früh könnt ihr vergessen, da habe ich Operationen. Und meine Patienten werde ich sicher nicht warten lassen, nur weil ihr weiter im Nebel stochert.«

Zu welchem Thema wollten sie eigentlich schon wieder befragen?

Die Organtransplantationen?

Frederiks Entführung und Wiederauftauchen?

Niklas Thorsens Verschwinden?

Benett Hansons Ermordung?

Die Polizisten hatten schon viel versucht und in den Befragungen alle Register gezogen, doch beeindruckt war Maximilian Hendriksson nicht. All diese Fragen waren einfach an ihm abgeperlt.

Er musste sich mit wirklich wichtigen Dingen beschäftigen. Zum Beispiel, wie er seinen Kunden wieder Organtransplantationen anbieten konnte, solange das UKE als Transplantationszentrum gesperrt war.

Oder wie er endlich an Niklas Thorsen oder seinen missratenen Sohn herankam, um sie endgültig zum Schweigen zu bringen.

Es war alles so gut gelaufen, der Organhandel hatte perfekt funktioniert. Bis Hanson durch seine Fehler und eigenmächtigen Entscheidungen alles aufs Spiel gesetzt hatte. Ausgerechnet Benett Hanson, der die Organisation gemeinsam mit ihm aufgebaut hatte. Er war über die Jahre ein zuverlässiger Partner gewesen.

Warum war er in den vergangenen Wochen und Monaten immer unzuverlässiger geworden?

Wie war er nur auf die Idee gekommen, den Mord an Niklas Thorsen nicht selbst auszuführen, sondern an einen Externen zu vergeben?

Ausgerechnet Chester Montgomery, der bei ihrer ersten Zusammenarbeit so zuverlässig gewesen war, hatte sich nun ebenfalls einen groben Fehler erlaubt. *Wie war er nur auf die Idee gekommen, die gleiche Waffe bei zwei verschiedenen Aufträgen zu verwenden?*

Nur wegen dieses Anfängerfehlers gab es für die Polizei die Verbindung zwischen dem Mordfall Reichelt und dem Mordversuch an Thorsen.

Maximilian Hendriksson seufzte, stand auf und zog seinen Kittel aus.

Carolina Reichelt, sie war ihm über einige Jahre ein Dorn im Auge gewesen. Neugierig war sie gewesen und hätte beinahe verhindert, dass der Organhandel so groß geworden wäre. Als sie ihn dann auch noch erpresst hatte – aufzuhören ansonsten würde sie ihn anzeigen – hatte er keine Wahl gehabt, als ihren Mord bei Chester Montgomery in Auftrag zu geben.

Dass ihn diese alte Geschichte nun einholen sollte, hätte Maximilian Hendriksson nie gedacht.

Schnellen Schrittes verließ der Chefarzt die Klinik für Allgemeinchirurgie und wählte noch auf dem Weg zum Fahrzeug die Handynummer einer Kontaktperson, die ihm zumindest bei seinem Problem mit Niklas Thorsen behilflich sein konnte.

»Sind Sie zu Hause?«, fragte Maximilian Hendriksson knapp und schloss seinen Wagen auf. »Gut, ich bin in zwanzig Minuten bei Ihnen.«

Schon legte er auf und verließ den Personalparkplatz mit überhöhter Geschwindigkeit.

Es war an der Zeit, wieder aktiv zu handeln und nicht nur zu reagieren.

Auswendig navigierte er durch die nächtlichen Straßen Hamburgs und kam schließlich vor einem Mehrfamilienhaus im Norden Hamburgs zum Stehen. Die dort wartende Person stieg, ohne zu zögern, auf der Beifahrerseite ein.

»Worum geht es?«, fragte Yvonne Schwarzenbrunner angespannt und schnallte sich an, während der luxuriöse Mercedes anfuhr und stark beschleunigte.

»Lassen Sie die Spiele.« Professor Hendriksson warf ihr einen kurzen Seitenblick zu. »Sie wissen, worum es geht. Wo steckt Niklas Thorsen? Wo haben Sie ihn versteckt? Warum sind Sie überhaupt wieder in Hamburg? Heißt das, Thorsen ist wieder in der Stadt?«

Die Polizistin schwieg und starrte durch die Frontscheibe. »Er ist nach wie vor im Zeugenschutzprogramm«, murmelte sie und strich mit ihren Händen über die Reißverschlüsse der Handtasche. Die Dienstwaffe hatte sie darin verstaut, nur konnte sie die im Moment nicht einsetzen. Doch die Pistole gab ihr ein Gefühl der Sicherheit.

»Das ist mir bekannt, aber Sie beantworten meine Frage nicht. Wo hält sich Niklas Thorsen gerade auf?«, fragte der Chefarzt scharf und überfuhr eine rote Ampel.

Yvonne Schwarzenbrunner schwieg beharrlich.

Sie steckte bis zum Hals in Schwierigkeiten, doch sie rang mit sich, diese Details preiszugeben.

Sie wusste, welche Konsequenzen das für Niklas Thorsen und seine Freundin haben würde.

Es würde die Arbeit der letzten Wochen zunichtemachen und zwei Menschen in akute Lebensgefahr bringen.

»Über kurz oder lang bekomme ich meinen Willen«, prophezeite ihr Maximilian Hendriksson kalt. »Davon abgesehen habe ich Sie für klug genug gehalten, dass Sie unsere Abmachung nicht brechen. Sie erinnern sich noch, was Sie mir versprochen haben?«

Nervös nickte die Polizistin.

»Und Sie erinnern sich auch daran, was passiert, wenn Sie Ihre Schuld nicht begleichen?«, fragte Hendriksson mit schneidender Stimme, ohne den Blick von der Straße zu wenden.

Erneut nickte Yvonne Schwarzenbrunner.

»Dann denken Sie noch einmal scharf nach, ob Sie nicht doch wissen, wo sich Niklas Thorsen gegenwärtig aufhält.« Abrupt brachte er den Wagen vor dem Mehrfamilienhaus zum Stehen. »Ich erwarte Ihren Anruf. Und ich empfehle Ihnen eindringlich, lassen Sie sich nicht zu viel Zeit.«

Kapitel 37

Ohne die permanente Anwesenheit der Polizisten stellte sich endlich wieder Normalität bei Niklas und Freja ein. Die Gefahr vor erneuten Angriffen auf Niklas verschwand nie ganz aus ihren Gedanken, doch sie war merklich in den Hintergrund gerückt.

»Ich glaube, ich habe etwas gefunden.« Freja sah von ihrem Tablet auf. »Büroaushilfe im Rathaus. Das ist definitiv kein Traumjob, aber es wäre ein Anfang.«

»Büroaushilfe ...« Niklas' Mundwinkel zuckten. »Dann darf ich bald eine Sekretärin vernaschen?«

»Du bist unmöglich«, kicherte Freja errötend. »Nachdem davon nichts in der Stellenbeschreibung steht, müssen wir das wohl privat nachverhandeln. Und du? Hast du außer versauten Gedanken etwas brauchbares gefunden?«

»Die suchen hier in der Gegend alles Mögliche: IT-Techniker, Buchhalter, Banker... Nur ist keine Stelle dabei, die mich wirklich mitreißt. Ich meine, ich bin nicht grundlos Arzt geworden.« Niklas schüttelte den Kopf und sah die Liste weiter durch.

»Ich weiß ...« Mitfühlend drückte Freja seine Hand und sah dann wieder auf ihr Tablet. »Ich schicke dir den Link, dann können wir das unseren Aufpassern mailen. Schon ein seltsames Gefühl, selbst bei Bewerbungen erst jemanden um Erlaubnis fragen zu müssen ...«

»Da sagst du was ...« Niklas las die letzten Überschriften der Inserate. »Aushilfe für internationale Kommunikation. Das klingt nicht ganz so trocken wie alles andere vorher ... Betreuung unserer anspruchsvollen internationalen Kunden und alles was dazugehört ...« Er lächelte andeutungsweise. »Viel Auswahl bleibt mir gerade nicht. Mal sehen, was Frau Baumgartner dazu sagt und ob sie grünes Licht für die Bewerbungen gibt. Ich habe nur mäßig Lust, auch noch die nächsten Wochen mit Bewerbungen zu verbringen.«

»Machst du die Mail gleich fertig?« Freja schaltete das Display aus und stand auf. »Danach können wir eine Runde spazieren gehen. Das Wetter sieht wieder etwas besser aus.«

Während Freja und Niklas auf das Einverständnis der Polizisten warteten, bereiteten sie zumindest ihre Bewerbungsunterlagen vor, schließlich mussten die Lebensläufe noch vom Deutschen in die schwedische Sprache übersetzt werden.

»Oh Gott, das ist jetzt aber echt peinlich«, lachte Freja und trank einen Schluck Wein. »Wie konnte ich nur so einen Unsinn übersetzen?«

»Vielleicht liegt es weniger an deinen sprachlichen Fähigkeiten als an der fortgeschrittenen Stunde und dem damit verbundenen Alkoholgenuss?«, überlegte Niklas laut und schob den Laptop zur Seite.

»Das kann gar nicht sein.« Freja wischte sich Lachtränen von den Wangen. »Ich spreche besser schwedisch, wenn ich angetrunken bin ...«

Niklas schmunzelte und griff ebenfalls nach seinem Glas. »Du kannst noch etwas besser, wenn du etwas Wein getrunken hast«, murmelte er und zog Freja auf seinen Schoß, um sie besser küssen zu können. Leidenschaft und Verlangen ließen den Kuss alles andere als keusch werden. Gleichzeitig zerrten Niklas und Freja ungeduldig an den Kleidungsstücken des anderen.

»Endlich«, keuchte Freja und warf Niklas' grauen Pullover zu Boden. Mit beiden Händen glitt sie über seinen Oberkörper und hauchte dann einen Kuss auf die lange Narbe, die langsam verblasste.

»Wir brauchen ein Bett«, stellte Niklas fest, drückte Freja an sich und stand langsam auf. Sofort umschloss sie seine Hüfte mit ihren Beinen und hielt sich so an ihm fest. Das machte den Weg ins Schlafzimmer deutlich leichter.

»Ich bin immer sehr fürs Bett«, gab Freja ihm recht und ließ sich rücklings auf die Matratze sinken, Niklas war sofort wieder über ihr und küsste sie zärtlich.

Lange mussten Niklas und Freja nicht auf die Rückmeldung aus Hamburg warten. Das Team um Elisabeth Baumgartner gab grünes Licht für den Bewerbungsprozess, sodass sie die vorbereiteten Unterlagen noch am nächsten Tag abschickten. Weitere geeignete und vor allem für sie interessante Stellen waren nicht in den Jobportalen zu finden, sodass das Paar große Hoffnungen in diese eine Bewerbung setzte.

»Ob das noch was wird?«, fragte Freja Anfang Dezember mit Blick in das E-Mail-Postfach.

»Es gab für uns beide eine Eingangsbestätigung, immerhin das. Aber nachdem wir seither nichts mehr gehört haben, gehe ich davon aus, dass wir weitersuchen müssen.« Niklas seufzte. »Dafür haben wir uns nur einen echt blöden Zeitpunkt ausgesucht, die meisten Firmen werden die Stellenanzeigen erst im Januar veröffentlichen.« Er stellte seiner Freundin eine Tasse Kaffee hin.

»Das sind noch vier Wochen«, murrte Freja und schüttelte den Kopf. »Was sollen wir bis dahin machen? Versteh mich bitte nicht falsch, ich habe die letzten Wochen tatsächlich sehr genossen. Es ging endlich einmal nur um uns beide, keine Jobs oder andere Ablenkungen. Aber jetzt brauche ich wieder eine Aufgabe, bevor mir die Decke ganz auf den Kopf fällt.«

»Ich verstehe dich gut und mir geht es genauso.« Niklas küsste sie auf den Scheitel. »Ich will einfach nur unser altes, gewöhnliches und langweiliges Leben zurück. Dann könnten wir die Vorweihnachtszeit mit unseren Freunden und meiner Familie genießen und uns überlegen, für wen wir noch welche Geschenke besorgen müssten …«

»Und wie immer würdest du alles auf den letzten Drücker erledigen, weil dich die Klinik zu sehr in Beschlag hatte.« Freja lachte wehmütig. »Hamburg fehlt mir, Niklas. Und ich weiß, dass ich dich nicht so nennen darf, aber für mich bleibst du immer Niklas. Nicht Lars, oder sonst jemand.«

Stumm streichelte Niklas ihr über die Wange.

»Glaubst du, wir werden je zurückkehren?«, fragte Freja niedergeschlagen. »Wird es unser altes Leben überhaupt noch geben?«

Kapitel 38

Müde rollte sich Niklas auf den Rücken und starrte auf den schmalen Lichtstreifen, der durch den Türspalt auf den Holzfußboden vor dem Bett fiel. Nach einem heftigen Albtraum hatte Freja das Bett vor wenigen Minuten fluchtartig verlassen und war im Badezimmer verschwunden.

»Freja?«, fragte Niklas halblaut und stand ächzend auf. »Schatz?« Er folgte seiner Freundin ins Badezimmer und ging sofort neben ihr in die Hocke. »Hey ...«

Freja blieb stumm und ließ sich langsam zurück auf die Fersen sinken, ihre Hände klammerten sich noch immer um die Toilette. Sie atmete langsam durch den Mund aus.

»War dir vorhin auch schon schlecht, als wir ins Bett gegangen sind? Oder hängt das wieder mit deinem Traum zusammen wie zu Beginn des Zeugenschutzprogramms?«, fragte Niklas nachdenklich, stand auf und befüllte einen Zahnputzbecher mit Wasser.

»Hanson schlägt mir mal wieder auf den Magen«, murmelte Freja und nahm das Glas mit zittrigen Händen entgegen. Sie spülte aus und spuckte in die Toilette, das Glas stellte sie vor sich auf den Boden. »Ich hatte dir ja schon mal von diesen Träumen erzählt.«

»Mhm.« Niklas setzte sich nun ebenfalls auf den Boden und fuhr sich müde mit beiden Händen über das Gesicht. »Diese Träume haben dich lange in Ruhe gelassen, mhm? Warum kommen sie jetzt wieder? Hast du irgendwas zu Hanson oder dem Skandal gelesen? Oder …?«

Freja schüttelte andeutungsweise den Kopf. »Nein, das nicht.« Sie atmete erneut tief durch.

»Schon komisch, dass du gleich so körperlich auf diese Albträume reagierst«, bemerkte Niklas und unterdrückte ein Gähnen.

»Ich habe eine andere Vermutung, für die ich aber noch keine Bestätigung habe«, murmelte Freja und wurde rot. »Ich bin überfällig, Niklas.«

»Überfällig?« Es dauerte einen langen Moment, bis der Groschen bei Niklas fiel. »Du … du meinst, du bist vielleicht schwanger? Wie … ich meine … du nimmst doch die Pille und …«

»Du weißt, was in den letzten Wochen, eher Monaten in unserem Leben los war. Mit den langen Reisen und spontanen Umzügen habe ich vielleicht die eine oder andere Pille etwas verspätet genommen.« Sie glitt mit ihrer rechten Hand über ihren Oberbauch und atmete langsam durch den Mund aus.

»Du könntest also schwanger sein«, wiederholte Niklas und rutschte näher zu Freja. »Das …« Er räusperte sich. »Dann solltest du möglichst bald einen Test machen, ich kann später zur Apotheke fahren und …«

»Lass uns zusammen zur Apotheke laufen, ich brauche etwas frische Luft und Bewegung.« Freja nahm seine Hand und schüttelte den Kopf. »Wir könnten Eltern werden, Niklas. Das ist so … surreal …«

Geschlafen hatten Niklas und Freja nicht mehr, ihnen gingen viel zu viele Gedanken durch den Kopf.

Die Zeiger der Uhr schienen sich mit jedem Blick noch langsamer zu bewegen, doch endlich war acht Uhr vorüber.

»Wollen wir?«, fragte Niklas unsicher und schlang sich den Schal um den Hals.

»Bringen wir es hinter uns. Ich … ich muss wissen, was los ist, auch wenn die Vermutung … na ja …« Freja lächelte verlegen.

»Bald haben wir Gewissheit.« Niklas hielt seiner Freundin die Tür auf und ließ ihr den Vortritt. »Und egal wie der Test ausgeht, wir werden das gemeinsam schaffen. Ich bin für dich da.«

»Willst du denn jetzt schon ein Kind?«, wollte Freja zaghaft wissen und zog sich den Reißverschluss ihrer dicken Jacke bis unter das Kinn, bevor sie aus der Haustür trat. »Ich meine, wir haben schon mal das eine oder andere Mal über das Thema gesprochen, aber … das war alles immer nur hypothetisch und zeitlich so weit weg …«

»Ich will dich.« Niklas nahm ihre Hände und sah seiner Freundin tief in die Augen. »Und ich will Kinder mit dir, das habe ich dir schon bei früheren Gesprächen zu diesem Thema gesagt. Wann wir unsere bisher hypothetischen Kinder bekommen, darauf haben wir nicht immer Einfluss. Und alles weitere sollten wir uns überlegen, wenn wir Gewissheit haben.«

Sie hatten ihre Spazierrunde stark abgekürzt, denn nicht nur Niklas war nervös wegen der im Raum stehenden Schwangerschaft. Kaum hatten sie ihre Wohnung wieder betreten und die warmen Jacken und Schuhe ausgezogen, verschwand Freja im Bad.

»Drei Minuten müssen wir warten«, stellte Freja fest und atmete tief durch. Ihre Hände zitterten, als sie den Test auf den Couchtisch legte und sich zu Niklas auf das Sofa setzte. »Drei Minuten …«

»Wir haben uns, Freja«, murmelte Niklas. »Und ob du jetzt schwanger bist oder ob wir erst in ein, zwei Jahren Kinder bekommen, das ist mir nicht wichtig. Ich möchte, dass du glücklich bist und dass es dir gut geht. Und egal wie der Test ausfällt, ich bin für dich da.«

»Das bedeutet mir viel.« Freja kuschelte sich in seinen Arm und schmiegte ihre Wange an seine Brust.

Die Handy-Stoppuhr riss Niklas und Freja gleichermaßen aus ihrer Versunkenheit.

»Schaust du auf das Ergebnis?«, bat Freja ihn und knabberte nervös auf ihrer Unterlippe herum.

Stumm griff Niklas nach dem Test und lächelte unwillkürlich. »Du bist schwanger«, flüsterte er dicht an Frejas Ohr. »Der Test ist positiv.«

»Oh Gott!« Freja schlug die Hände vor das Gesicht. »Ich bin … ich weiß gar nicht, … Wie …«

»Shhht.« Sofort zog Niklas sie wieder in seine Arme. »Beruhige dich, es ist alles gut.« Er atmete tief durch. »Es ist alles gut, wir … wir bekommen nächstes Jahr ein Baby. Wir werden Eltern.«

»Freust du dich denn?«, fragte Freja bedrückt. »Das war so nie geplant und …«

»Hey, shhht.« Niklas lockerte die Umarmung, um seiner Freundin in die Augen sehen zu können. »Es ist alles gut, Freja, ehrlich. Ob geplant oder ungeplant, ich freue mich. Wir bekommen ein Baby, ein größeres Geschenk hättest du mir nicht machen können.«

»Aber der Zeitpunkt, das Zeugenschutzprogramm und die Ungewissheit, ob und wann wir in unser normales Leben zurückkehren können«, stammelte Freja überfordert.

»Wir haben uns, mein Schatz. Und wir haben das Team rund um Frau Baumgartner, das auf uns aufpasst.« Niklas gab ihr einen Kuss auf die Wange. »Es wird sich alles fügen, daran glaube ich ganz fest.«

Kapitel 39

»Die Lösung ist direkt vor unserer Nase, warum sehen wir das nicht?« Frustriert griff Elisabeth Baumgartner wieder nach ihrer Kaffeetasse.

»Weil es zu viele Baustellen sind.« Auch Peter Hauser klang unzufrieden und übermüdet. »Wir haben lose Fragmente des Puzzles, die einfach nicht zusammenpassen wollen.« Er stand auf und zog das Whiteboard näher zu sich heran. »Beginnen wir mit Professor Hendriksson. Er hat eine dicke Verbindung zu Frederik, aber auch zu Niklas Thorsen. Die beiden sind seit Jahren befreundet, da lernt man auch die Familie des anderen kennen. Außerdem steht Thorsens Pferd auf dem Gestüt der Hendrikssons.« Hauser schrieb auch diese beiden Namen auf das Board. »Diese drei Personen kennen auch Carolina Reichelt, deren Mörder immer noch nicht gefasst ist. Wir wissen nur, dass sie sich mit ihrem künftigen Schwiegervater nicht gut verstanden hat.«

Baumgartner nickte und trank einen großen Schluck lauwarmen Kaffee. »Das nächste Puzzlestück sind die Organtransplantationen. Beginnen wir mit den Doktoren Hanson, Peters ...«

Das Telefon auf ihrem Schreibtisch unterbrach sie mitten im Satz. »Ja, Baumgartner?«, meldete sich die Polizistin knapp und zog Notizblock und Stift automatisch zu sich heran. »Herr Thorsen, wie kann ich Ihnen helfen?«, wollte sie wissen und lehnte sich im Stuhl zurück.

»Ich hole eben Nachschub«, flüsterte Peter Hauser und verließ das Büro mit der leeren Kaffeekanne.

»Meine Tochter wurde heute an der Uni von einem jungen Mann angesprochen, der sie sehr … ausgiebig zu Niklas befragt hat und äußerst hartnäckig war. Und meine Frau und ich wurden heute auf ähnliche Weise telefonisch terrorisiert. Die Anrufer waren unglaublich aggressiv und penetrant.« Niklas' Vater atmete tief durch. »Können Sie uns helfen? Wir können uns doch nicht zu Hause verbarrikadieren und alle Telefone und Handys ausschalten.«

Eilig machte sich die Polizistin Notizen. »Nein, das ist mit Sicherheit keine Lösung, Herr Thorsen. Deswegen ist es sehr gut, dass Sie sich an uns wenden.« Sie dachte einen Moment lang nach. »Ich schicke Kollegen vorbei, die Ihre Aussagen aufnehmen und mit Ihrer Tochter ein Phantombild des Unbekannten anfertigen wird. Und wir werden versuchen, die Anrufe zurückzuverfolgen.«

»Danke.« Niklas' Vater räusperte sich. »Das heißt aber auch, dass mein Sohn … nicht mehr sicher ist?«

»Wir beurteilen die Gefährdungslage permanent neu, Herr Thorsen, machen Sie sich bitte keine Sorgen«, versicherte Elisabeth Baumgartner. »Wir tun alles in unserer Macht stehende, um Ihren Sohn zu schützen.« Sie hob den Blick, als Peter Hauser in das Büro zurückkehrte. »In Ordnung, ich gebe den Kollegen Bescheid. Danke, Herr Thorsen.« Sie beendete das Gespräch und seufzte. »Die Ruhephase ist offenbar vorüber.«

»Es gab ungewöhnliche Kontaktaufnahmen?«, vermutete Hauser und setzte sich wieder auf den Drehstuhl. »Beide Elternteile und die Schwester wurden heute massiv mit Nachfragen zu Doktor Thorsen bedrängt. Das heißt für mich, dass es in den nächsten Tagen zurück zu unseren Schützlingen geht.«

Elisabeth Baumgartner tätigte zwei weitere Telefonanrufe und wandte sich dann wieder dem Whiteboard zu. »Wo waren wir hier stehengeblieben?«, fragte sie zerstreut.

»Wir haben versucht, Verbindungen herzustellen.« Peter Hauser seufzte und starrte auf die Tafel voller Namen und Verbindungspfeile. »Die Pistole vom Mord an Carolina Reichelt taucht bei den Schüssen auf Niklas Thorsen wieder auf, das kann kein Zufall sein. An beiden Tatorten gibt es keine Zeugen, die den Täter beschreiben könnten. Und wir finden keine wirklich brauchbaren Spuren ...«

»Reichelt wurde mit einem einzigen Schuss niedergestreckt, eine weitere Kugel hat ihr Streifenpartner in den Kopf bekommen. Dieses eiskalte Vorgehen deutet auf einen professionellen Täter hin, der keine persönliche Verbindung zu den Opfern hat«, spann Baumgartner den Faden weiter.

»Dazu passt der zweite Tatort überhaupt nicht. Fünf Schüsse wurden auf Doktor Thorsen abgegeben und nur einer verletzt ihn am Arm. Wenn das der gleiche Täter ist, hat er über die Jahre ganz schön nachgelassen.« Der Hauptkommissar schüttelte den Kopf.

»Und zwischen den Opfern gibt es nur zwei gemeinsame, private Kontakte. Maximilian und Frederik Hendriksson«, stellte Elisabeth Baumgartner fest. »Es läuft wieder auf Hendriksson Senior hinaus, Frederik passt überhaupt nicht in das Schema. Warum sollte er jemanden auf seinen besten Freund schießen lassen am Tag nach seiner eigenen Entführung?«

»Maximilian Hendriksson hingegen ist eiskalt und berechnend«, warf Peter Hauser ein. »Und so wie er in unseren Befragungen über seinen Sohn spricht würde es mich nicht wundern ...« Er brach ab und zog sein Handy aus der Hosentasche. »Was ist?«, fragte er und riss überrascht die Augen auf. »Das hat er ausgesagt? Wo sind Sie? Ich bin gleich da.« Er legte auf und schüttelte den Kopf. »Das glauben Sie mir nie.«

»Worum geht es?« Baumgartner schraubte die Kaffeekanne auf und hielt mitten in der Bewegung inne.

»Sie haben heute Mittag doch auch vom Amoklauf in der Polizeischule gehört. Wir haben einen der Täter in Gewahrsam und vorhin ein Bekennerschrieben zugespielt bekommen.«

»Okay. Aber was hat das mit mir und dem ganzen Fall zu tun?« Irritiert runzelte die Polizistin die Stirn.

»Caroline Wagner, die aktuelle Lebensgefährtin von Doktor Hendriksson wurde bei dem Amoklauf angeschossen und mit mehreren Schüssen verletzt. Das ist die Verbindung zu unserem Fall«, redete Hauser eilig weiter und wandte sich schon zum Gehen. »Kommen Sie mit zur Befragung? Vielleicht ergeben sich neue Verbindungen, die auch für Thorsen interessant sein könnten.«

»Verlieren wir keine Zeit.« Elisabeth Baumgartner schnappte sich ihr Handy und folgte dem Hauptkommissar im Laufschritt durch die verlassenen Flure. »Unabhängig von dieser Befragung werde ich morgen Früh in einem Flugzeug sitzen, so viel steht schon fest.«

Während Hauser das Vernehmungszimmer betrat, versetzte Elisabeth Baumgartner ihr Team in Bereitschaft.

»Wir gehen zu Plan B über und nehmen morgen den ersten Flug, den wir finden können«, informierte sie ihre Kollegen mit Blick durch den Einwegspiegel.

»So, Herr Montgomery«, begann Peter Hauser.

»Ohne meinen Anwalt sage ich nichts«, unterbrach ihn Chester Montgomery mit ruhiger Stimme. »Mein Auftrag ist erfüllt.«

Frustriert verließ der Hauptkommissar das Vernehmungszimmer wieder.

»Der sitzt nicht zum ersten Mal in so einem Raum«, war sich der erfahrene Ermittler sicher.

»Macht nicht den Eindruck, nein.« Abgelenkt sah Elisabeth Baumgartner auf ihr Handydisplay und bestätigte die Flugreservierung. »So, der Flug ist fixiert«, stellte sie fest und ließ das Handy zurück in ihre Hosentasche gleiten. »Chester Montgomery, mhm? Der ist mir in einem früheren Fall begegnet. Aalglatt und kaum zu greifen, noch dazu kann er sich die besten Anwälte der Stadt leisten.«

»Das heißt, wir bekommen keine Aussage.« Peter Hauser schüttelte den Kopf. »Verdammt, das darf doch alles nicht wahr sein!«

»Hauser?« Einer seiner Kollegen trat ein und reichte ihm das Bekennerschreiben, das in einer Folie steckte. »Hier wird eindeutig auf Niklas Thorsen und Frederik Hendriksson hingewiesen, die beiden sind doch in Ihren aktuellen Fall verwickelt, oder?«

Elisabeth Baumgartner starrte auf die Nachricht. »*Das*

war nur ein Vorgeschmack auf das, wozu wir fähig sind. Wir sind überall und wissen Bescheid«, las sie halblaut. *»Innerhalb der nächsten sieben Tage werden wir unser Werk vollenden und sowohl Niklas Thorsen als auch Frederik Hendriksson endlich zum Schweigen bringen.«*

»Wenn Sie könnten, würden Sie wohl schon heute Nacht fliegen, was?« Hauser hatte die Gedanken seiner Kollegin erraten. »Bereiten Sie nur alles vor, ich versuche derweil, noch etwas aus diesem Kerl herauszubekommen. Teurer Anwalt hin oder her.«

»Halten Sie mich auf dem Laufenden«, bat ihn Elisabeth Baumgartner und wandte sich zum Gehen. Zwar existierten Notfallpläne für derartige Situationen und waren so weit wie möglich vorbereitet worden, doch ein paar Dinge musste die Polizistin noch regeln.

Kapitel 40

Ein zufriedenes Lächeln zierte die Lippen von Maximilian Hendriksson, dann schaltete er den Fernseher aus. Er wusste auch ohne die Sondersendung, warum in der Hamburger Polizeischule geschossen worden war.

»Dann wollen wir mal sehen, ob ich dich damit aus deinem Versteck locken kann, Frederik.« Er griff nach seinem Handy und überflog die Liste der entgangenen Anrufe. Ungeduldig lauschte er dem Freizeichen.

»Ja?«, meldete sich Yvonne Schwarzenbrunner verschlafen.

»Haben Sie sich entschieden, ob Sie Wort halten oder ob Sie sich lieber mit mir anlegen wollen?«. Wie üblich kam der Chefarzt ohne Begrüßung gleich zur Sache.

Die Polizistin blieb stumm, nur ihr Bettzeug raschelte kurz.

»Yvonne, Sie wissen bestimmt noch, wie verzweifelt Sie vor zwei Jahren mit Ihrer Schwester zu mir gekommen sind und um ein Spenderorgan gebeten haben, nicht wahr?« Blitzschnell wechselte Maximilian Hendriksson die Taktik. »Und Sie wissen genau, auf welche Bezahlung wir uns damals geeinigt haben, nachdem Ihre Familie die geforderte Summe für das Spenderorgan nicht aufbringen konnte.«

»Ich kann mich erinnern.« Yvonne Schwarzenbrunner räusperte sich.

»Sie können Ihre Schulden mit einer einzigen Information bezahlen«, lockte der Chefarzt. »Sagen Sie mir, wo Sie Niklas Thorsen versteckt halten. Welche neue Identität haben Sie ihm verpasst?«

Wieder schwieg die Polizistin und rang mit sich, die Arbeit der letzten Monate zunichte zu machen und zwei Menschen auszuliefern.

»Stellen Sie sich nicht so an!«, fauchte Hendriksson, dem zunehmend die Geduld ausging. »Ich bin Ihnen vor zwei Jahren entgegengekommen, jetzt sind Sie an der Reihe. Und ich stelle die Frage nur noch ein einziges Mal, bevor Ihre Schwester daran glauben muss. Wo halten Sie Niklas Thorsen unter welcher Identität versteckt?«

»Er ist in Schweden«, flüsterte Yvonne Schwarzenbrunner kaum verständlich und legte auf.

»Diese Antwort ist bei weitem nicht ausreichend, meine Gute«, stellte der Chefarzt fest. »Doch alles zu seiner Zeit. Um Sie und Ihre Schwester kümmere ich mich, sobald ich Frederik in die Finger bekommen habe und Niklas zum Schweigen gebracht wurde.«

Ohne langes Nachdenken wählte Maximilian Hendriksson gleich eine weitere Handynummer.

»Was gibt es?«, fragte Doktor Peters und schloss laut klappernd eine Tür hinter sich. »Haben Sie einen neuen Auftrag für mich?«

»Es ist so weit«, bestätigte Hendriksson lächelnd. »Thorsen hält sich wie vermutet in Schweden auf, die Polizisten des Zeugenschutzteams werden ihm morgen einen Besuch abstatten. Soweit ich informiert bin, wird die Truppe mit dem ersten Flug nach Schweden reisen – um sechs Uhr fünfzehn hebt eine Maschine nach Stockholm ab. Ich habe bereits ein Ticket für Sie reserviert. Der Rest Ihres Teams wird auf dem Landweg nachrücken, dann gibt es mit den Waffen auch kein Aufsehen.«

»Okay.« Peters überlegte kurz. »Dann sehe ich zu, dass ich den Aufenthaltsort von Thorsen herausfinde und mich an seine Fersen hefte, bis das Team in Reichweite ist und sich eine günstige Gelegenheit bietet?«

»Exakt«, bestätigte Maximilian Hendriksson. »Melden Sie sich, wenn der Auftrag abgeschlossen ist.«

Zufrieden beendete er das Gespräch. Ein Rädchen griff ins andere, die ganze Organisation nahm wieder Fahrt auf. Wenn er jetzt noch Niklas und Frederik beseitigt hatte, war es ein Kinderspiel, wieder zum Tagesgeschäft zurückzukehren.

Kapitel 41

Das Wetter war endlich besser geworden, sodass Niklas und Freja den sonnigen Vormittag für einen ausgiebigen Spaziergang nutzten. Verpflichtungen hatten sie keine und nach Frejas Übelkeitsphase ging es ihr soweit wieder gut.

»Es ist schon komisch, deine Eltern an Weihnachten nächste Woche nicht zu besuchen«, stellte Freja nachdenklich fest und drückte Niklas' Hand. »Seit ich in Deutschland bin habe ich fast jedes Weihnachten mit deiner Familie verbracht.«

»Dieses Jahr ist alles irgendwie anders und das nicht unbedingt im positiven Sinn.« Niklas seufzte schwer. »Angeblich findet der Prozess im April statt, aber ich hoffe immer noch, dass wir schon vorher zurück nach Deutschland dürfen.«

Freja nickte. »Das wäre schön, aber irgendwie habe ich den Verdacht, dass uns spätestens die Baumgartner einen großen Strich durch die Rechnung machen wird.«

»Ich vermute auch.« Erneut seufzte Niklas und tastete mit der rechten Hand in seiner Jackentasche nach einem bestimmten Gegenstand, den er vor ein paar Tagen gekauft hatte. »Hör mal, ich ... ich würde dich gern noch etwas fragen, bevor wir zurücklaufen.« Nervosität machte sich in ihm breit, doch er war fest entschlossen.

»Worum geht es?«, fragte Freja ahnungslos und riss dann überrascht die Augen auf, als Niklas vor ihr auf die Knie ging und den schlichten Ring aus seiner Jackentasche zog.

»So hatte ich mir das zwar nicht vorgestellt«, begann Niklas lächelnd. »Aber wenn ich in den letzten Wochen eins gelernt habe, dann worauf und auf wen es im Leben wirklich ankommt. Freja, es spielt keine Rolle, wohin uns das Leben verschlägt und durch welche Krisen wir uns gemeinsam durchkämpfen müssen. Die Hauptsache ist, dass ich auf dich zählen kann und dass du bei mir bist.«

»Niklas?« Freja legte ihm eine Hand an die Wange. »Es tut mir leid, dass ich dich unterbreche, aber ich wollte dich spätestens an Heiligabend genau das Gleiche fragen.«

Niklas' Herz machte einen freudigen Satz, gleichzeitig war er unendlich erleichtert. »Du willst mich also heiraten?«, wollte er wissen.

»Ich will.« Freja umarmte ihn und küsste ihn zärtlich. »Wir werden eine richtige Familie. Du, ich und der kleine Blubbs. Lass uns heiraten, Niklas.«

Die Hochstimmung der frisch Verlobten bekam einen herben Dämpfer, als sie die beiden schwarzen Range Rover auf dem Parkplatz vor ihrem Wohnhaus stehen sahen.

»Verdammt, was wollen die denn hier?«, entfuhr es Niklas. Sofort drückte er Frejas Hand etwas fester.

»Ich hoffe, das ist nur ein Kontrollbesuch«, murmelte Freja. »Nur eine Kontrolle zum Jahreswechsel …«

»Zu sechst?« Niklas schüttelte den Kopf und seufzte,

als er Elisabeth Baumgartner auf sich zukommen sah.
»Ich habe da ein ganz schlechtes Gefühl bei der Sache.
Die scheinen eh schon auf uns zu warten ...«

Stumm lief Freja neben Niklas her.

»Was machen Sie denn hier? Kurzbesuch vor Weihnachten?«, fragte Niklas, Nervosität und Anspannung schwangen in jedem seiner Worte mit.

»Frau Karlssen, Herr Weidner, hallo.« Elisabeth Baumgartner schob sich die Sonnenbrille ins Haar und musterte ihre Schützlinge neugierig. »Lassen Sie uns am besten in der Wohnung weitersprechen, es gibt tatsächlich Neuigkeiten.«

»Okay, worum geht es? Was ist los?«, fragte Niklas beunruhigt, kaum dass er die Wohnungstür hinter Elisabeth Baumgartner und Mathias Hofmann geschlossen hatte. »Warum sind Sie hier?«

Aufmerksam ließ die LKA-Beamtin den Blick schweifen und ging langsam in das Wohnzimmer.

»Die Lage hat sich in den letzten vierundzwanzig Stunden drastisch geändert«, begann Polizistin Baumgartner schließlich und drehte sich wieder zu ihren Schützlingen um.

»Okay ...« Niklas fuhr sich mit der linken Hand durch das von der Mütze zerzauste Haar. »Und was genau ist vorgefallen?«

»Zum einen wurden Ihre Eltern und Ihre Schwester gestern von mehreren Unbekannten angesprochen und zu Ihrem Aufenthaltsort befragt. Ihr Vater hat die Vorfälle gemeldet, doch Verdächtige haben wir bisher nicht ermitteln können. Zwei der Anrufe stammen aus dem UKE, das ist immerhin ein erster Anhaltspunkt.«

»Und was ist jetzt mit meiner Familie? Werden sie beschützt? Oder hofft man einfach, dass nichts passiert und diese Verrückten es nicht noch einmal vor Ort versuchen?«, fragte Niklas angespannt, die Sorge um seine Familie stand ihm in das Gesicht geschrieben.

»Nein, wir warten nicht ab«, beschwichtigte Mathias Hofmann. »Kollegen haben ein Auge auf Ihre Eltern und Ihre Schwester, die heute auch vorsichtshalber alle zu Hause bleiben und nicht in die Arbeit oder Uni fahren.«

»Okay …« Niklas schluckte. »Und … sind das die einzigen Vorfälle? Oder was haben Sie vorhin mit drastischen Veränderungen der Lage gemeint?« Er sah zu Elisabeth Baumgartner, deren Blick am Ultraschallbild auf dem Couchtisch hängen geblieben war.

»Nein, das ist leider nicht alles.« Die Polizistin nahm das Bild in die Hand und sah zwischen Niklas und Freja hin und her. »Sie erwarten ein Kind?«, fragte sie mit dem Hauch eines Lächelns auf den Lippen, das kaum eine Chance gegen ihre sorgenvolle Miene hatte.

Stumm nickte Freja, während ihre rechte Hand beschützend auf ihrem Unterbauch ruhte.

»Meine Glückwünsche.« Elisabeth Baumgartner runzelte die Stirn. »Seit wann wissen Sie davon?«

»Erst seit kurzem. Wir wollten Ihnen die neuen Umstände noch mitteilen, aber Sie sind uns mit Ihrem Besuch zuvorgekommen.« Niklas drückte Frejas Hand.

»Okay, aber zurück zum eigentlichen Thema. Was ist noch passiert, dass Sie alle wieder hier in Schweden sind?«

»Gestern gab es einen Amoklauf in der Hamburger Polizeischule«, berichtete die Polizistin knapp. »Unter den Verletzten ist auch Caroline Wagner, die Lebensgefährtin von Doktor Hendriksson. Wie die ersten Ermittlungen zeigen, war dieser Amoklauf ein Vorgeschmack auf das, was die Schattenorganisation mit Ihnen und Frederik vorhat. Im Bekennerschreiben ist die Rede davon, dass auf Sie und Frederik in den nächsten sieben Tagen ein Anschlag verübt werden soll. Deswegen ist unsere Rückkehr nach Schweden so plötzlich. Wir werden Sie noch heute an einen neuen, sicheren Ort bringen.«

»Was?«, fragte Freja fassungslos und schwankte.

Mit einem Satz war Mathias Hofmann an ihrer anderen Seite und stützte sie gemeinsam mit Niklas.

»Es geht schon wieder«, protestierte Freja, als ihr die Männer zum Sofa halfen und sie hinlegten.

»Bleib trotzdem einen Moment liegen.« Niklas ging neben ihr in die Hocke und streichelte ihr über die Wange. »Soll ich dir ein Glas Saft holen?«

Matt schüttelte Freja den Kopf und sah zu Elisabeth Baumgartner. »Wann müssen wir los? Sind unsere Verfolger schon in Schweden? Wie viel Vorsprung haben wir?«

»Nachdem wir immer noch nicht genau wissen, welche Personen im Einzelnen direkt hinter Ihnen her sind kann ich dazu keine Aussage treffen«, stellte die Polizistin seufzend fest. »Ich möchte so schnell wie möglich aufbrechen, packen Sie bitte ein paar Sachen zusammen.«

Gut eine halbe Stunde Zeit hatten Niklas und Freja, ihre wenigen persönlichen Dinge wieder einzupacken und wieder ein Zuhause überstürzt zu verlassen. Vieles fühlte sich ähnlich an wie bei ihrem Eintritt in das Zeugenschutzprogramm. Von jetzt auf gleich ließen sie ihr Umfeld, ihren Alltag und ihr Zuhause hinter sich.

»Ich hoffe, Sie haben einen Plan«, murmelte Freja unter Tränen, während die beiden Range Rover die schwedische Kleinstadt in hohem Tempo Richtung Süden verließen. »Wohin bringen Sie uns dieses Mal? Zurück nach Stockholm? Oder …« Sie schniefte und wischte sich über die Wangen. »Glauben Sie wirklich, dass wir unsere Verfolger abschütteln können?«

Niklas seufzte und starrte aus dem Seitenfenster. Er hörte Frejas Fragen zwar, doch in Gedanken war er ganz woanders.

Würde dieser Albtraum je ein Ende haben?

Wer war nun hinter ihm her?

Wer waren die Unbekannten?

Handelten sie auf Anweisung von Frederiks Vater?

War Frederik in Sicherheit oder wie er selbst auf der Flucht?

Welche Auswirkungen hatte der ganze Stress auf Freja und das Baby?

Er wollte doch nur, dass es allen gut ging. Ein weiteres Seufzen entfuhr Niklas, als die winterliche Landschaft nur so an den Seitenfenstern vorbeirauschte.

Kapitel 42

Fast neun Stunden Fahrt lagen hinter den Polizisten, Freja und Niklas, als sie endlich Göteborg erreichten.

»Wir habe zwei Appartements angemietet, sodass immer ein Teil des Teams in Ihrer unmittelbaren Nähe ist«, erklärte Elisabeth Baumgartner und beobachtete Yvonne Schwarzenbrunner und Mathias Hofmann beim Betreten des großen Appartement-Hotel-Gebäudes.

»Die Lage ist also verdammt ernst.« Niklas schüttelte den Kopf und gähnte. »Also, nichts gegen Sie, aber … sobald Sie so an uns kleben heißt das höchste Gefahrstufe. Und das gefällt mir überhaupt nicht.« Er griff wieder nach Frejas Hand.

»Gibt es bald etwas zu essen?«, fragte Freja und löste ihren Sicherheitsgurt. »Die Riegel von vorhin sind schon wieder alle weg.«

Niklas schmunzelte. »Wir finden schon etwas, das deinem Geschmack entspricht«, versprach er.

Umgeben von allen sechs Polizisten erreichten Niklas und Freja schließlich das Appartement im achten Stock des Gebäudes.

»Hier sind zwei Schlafzimmer, eines davon werden wir belegen«, stellte Mathias Hofmann fest.

»Können Sie haben, wenn ich im Gegenzug gleich etwas zu essen bekomme.« Freja entsperrte ihr Handy.

»Ist Lieferdienst erlaubt? Ich bestelle auch was für Sie alle mit, aber …«

»Schon gut.« Niklas lachte und gab ihr einen Kuss. »Mach nur, wir schließen uns dann an.«

Die beiden Polizisten in Hörweite nickten.

»Ich frage mal nach, was die anderen essen wollen«, schlug Hofmann vor und entfernte sich einige Schritte. Über das Headset kommunizierte er mit den Kollegen im anderen Appartement und unten im Foyer.

»Sie haben gesagt, dass nicht nur ich angegriffen werden soll, sondern auch Frederik. Gibt es Neuigkeiten dazu? Also, ist schon etwas … passiert?«, fragte Niklas, Furcht und Sorge schwangen in seiner Stimme mit.

»Bisher gibt es keine Neuigkeiten von Seiten des anderen Teams. Und unsere Hauptverdächtigen verhalten sich ebenfalls ruhig und unauffällig«, berichtete Elisabeth Baumgartner bereitwillig. »Deswegen vermuten wir, dass wir es sowohl bei Ihnen als auch bei Frederik mit Hintermännern als neuen Haupttätern zu tun haben, die bisher noch nicht offen in Erscheinung getreten sind.«

»Wir verstecken uns also vor unserem eigenen Schatten.« Niklas seufzte. »Na prima … so etwas kann doch nie im Leben gut ausgehen.«

»So, ihr könnt.« Freja unterbrach Niklas' Grübelei und hielt ihm ihr Smartphone entgegen. »Hauptsache, es gibt bald etwas zu essen.« Sie ging zur Küchenzeile und goss sich ein Glas Leitungswasser ein.

»Das reicht für eine ganze Kompanie«, wandte Niklas schwach ein, als er den Warenkorb sah.

»Ich habe ja auch gewaltigen Hunger.« Freja setzte sich auf die Arbeitsfläche. »Also, bitte, beeil dich.«

Freja hatte es sich mit ihrer XXL-Bestellung schließlich an der Kücheninsel gemütlich gemacht und aß hungrig, während der Rest des Teams am Esstisch saß und Kriegsrat hielt.

»Ich gehe davon aus, dass Isabel und ich das Appartement ohne Begleitung und ohne triftigen Grund bis auf weiteres nicht verlassen dürfen?«, vermutete Niklas und legte seinen angebissenen Burger zurück in die Pappschachtel.

»Das ist richtig.« Elisabeth Baumgartner seufzte. »Ich weiß, dass das keine befriedigende Lösung für Sie ist, aber im Moment geht es um nichts anderes als Ihr Leben und Ihre Sicherheit.« Sie machte eine kurze Pause. »Zwei von uns werden sich permanent hier im Appartement aufhalten und zwei im Foyer, während sich die anderen ausruhen.«

Stumm trank Niklas einen Schluck Cola aus der Flasche. Kurz ging sein Blick zu Freja, die sich nicht weiter um das Gespräch am Tisch kümmerte. Sie sah glücklich aus und aß mit großem Appetit. Mehr konnte er sich für den Moment nicht wünschen.

»Und Sie alle werden permanent bewaffnet und mit diesen Ohrstöpseln herumlaufen?« Niklas schüttelte den Kopf und griff wieder nach seinem Burger. »Hoffen wir, dass dieser Albtraum bald ein Ende hat und Sie diese Verrückten schnappen. So ist das doch kein Zustand.« Er dachte nach. »Wer von diesen Hintermännern ist denn hinter uns her? Ich meine, gibt es Namen oder sind das nur Vermutungen?«

»Es gibt Namen, die ich aber nicht vor Ihnen aussprechen werde.« Elisabeth Baumgartners Tonfall ließ keine Widerworte oder Diskussion zu.

»Ich verstehe«, murmelte Niklas zwischen zwei weiteren Bissen. »Wo wir gerade von Namen sprechen, hat inzwischen eigentlich irgendjemand herausgefunden, wer auf mich geschossen hat? Also außer, dass derjenige zumindest die gleiche Waffe verwendet hat wie bei … bei Carolinas Ermordung?«

»Wir haben einen dringenden Tatverdächtigen«, berichtete Mathias Hofmann und zerknautschte seine leere Essensverpackung. »Er schweigt allerdings zu den Vorwürfen und versteckt sich hinter einem von Hamburgs Star-Anwälten. Deswegen ruht unsere Hoffnung auf der Durchsuchung seiner Wohnung und der Auswertung von Laptop und Handy. Mehr erfahren wir in ein paar Tagen, der Mann weiß, wie man Spuren verwischt.«

»Immerhin gibt es einen Verdächtigen.« Niklas aß die letzten Bissen seines Burgers und lehnte sich dann im Stuhl zurück.

»Oh mein Gott. Wer hätte gedacht, dass das lecker ist?«, rief Freja begeistert mit vollem Mund.

»Was isst du da?« Nicht nur Niklas drehte sich verwirrt zu ihr um.

»Keine Ahnung, ich habe ein paar Sachen zusammen gemischt.« Freja lachte. »Der Burger in Kombination mit der Reispfanne ist echt …«

Niklas runzelte die Stirn. »Das sieht grenzwertig aus«, stellte er skeptisch fest. »Aber schön, dass es dir so gut schmeckt.«

»Wie lange ist Ihre Freundin schon schwanger, wenn Sie die Neugierde erlauben?« Elisabeth Baumgartner hatte sich das Schmunzeln ebenfalls nicht verkneifen können.

»Die zehnte Woche ist fast um.« Niklas lächelte gedankenverloren. »Und es hätte kein ungünstigerer Zeitpunkt sein können. Ich meine, die Normalität in Sundsvall war verglichen mit den Ereignissen im August echt erholsam, aber jetzt … wir haben Sie alle um uns, aber eine Garantie für unsere Sicherheit ist das nicht. Das macht mir offen gestanden große Sorgen.«

»Wir geben unser Bestes, Herr Weidner«, versicherte Elisabeth Baumgartner. »Wir tun unser Möglichstes, Sie und Ihre Freundin zu beschützen.«

»Verdammt.« Freja rutschte eilig vom Barhocker und rannte in das hintere Badezimmer.

»Warum wundert mich das jetzt nicht?« Niklas stand seufzend auf. »Das geht schon ein paar Tage so«, fügte er hinzu und folgte seiner Freundin.

»Ich hasse das«, stöhnte Freja gequält und fuhr sich mit dem feuchten Handtuch über das Gesicht, das Niklas ihr reichte.

Stumm drückte er ihre Schulter. Was sollte er auch groß dazu sagen? Dieser Wechsel aus übermäßigem Appetit und darauffolgender starker Übelkeit hatte sich in den letzten anderthalb Wochen so eingestellt und war nichts Neues mehr für Niklas.

Freja atmete tief durch und würgte erneut.

»Lass es raus und kämpf nicht dagegen an«, murmelte er und nahm ihr das Handtuch wieder aus der Hand. »Danach wird es dir bessergehen.«

»Ich hasse es, mich übergeben zu müssen«, jammerte Freja. »Vor allem in dieser Häufigkeit.«

»Das wird sich bald geben«, versicherte Niklas. »Diese Phase ist bald vorbei.«

Kapitel 43

Abgesehen von den Rezeptionsangestellten war das Foyer menschenleer, doch das wunderte die Polizisten Yvonne Schwarzenbrunner und Marcel Wegener angesichts der fortgeschrittenen Uhrzeit nicht im Geringsten.

»Noch zwei Stunden bis zur Ablöse«, gähnte Marcel und sah schon wieder auf die Uhr. »Dieser Tag scheint kein Ende zu finden. Erst der frühe Flug, dann die endlose Autofahrt und jetzt auch noch Wache im Foyer.«

»Man gewöhnt sich daran«, murmelte Yvonne, die im Gegensatz zu ihrem Kollegen schon seit Jahren in der Zeugenschutz-Einheit des LKAs arbeitete.

»Zeit für den nächsten Blick auf den Parkplatz. Gehst du, oder soll ich?«, fragte Marcel mit einem weiteren Gähnen.

»Vorhin warst du draußen, jetzt gehe ich.« Yvonne Schwarzenbrunner stand auf, zog sich ihre dicke Winterjacke wieder an und verließ dann das Hotelfoyer. Endlich außer Sicht von ihrem Kollegen zog sie ihr privates Handy aus der Tasche, das vorhin mehrfach neue Nachrichten angezeigt hatte. Doch in Marcels direkter Nähe hatte sie keine davon lesen können.

15:23 *Wir sind dicht hinter euch.*

20:49 *Wir warten auf dich.*

22:02 *Silberner Audi mit Hamburger Kennzeichen*

22:15 *Wir warten nicht mehr lang*

Mit zitternden Händen ließ Yvonne Schwarzenbrunner das Handy wieder in ihrer Jackentasche verschwinden und schluckte schwer.

Professor Hendriksson hatte also Wort gehalten und ließ sie nicht so einfach davonkommen.

Nur wie hatte er seine Bluthunde so schnell auf ihre Fährte ansetzen können?

Die Polizistin schluckte schwer und fand den silbernen Audi ohne Probleme, denn das war das einzige Fahrzeug auf dem Parkplatz mit ausländischem Kennzeichen. Sie atmete tief durch und stieg hinter dem Beifahrer ein.

»Hier bin ich«, stellte sie fest. »Was wollen Sie? Eure Nachrichten waren ziemlich unspezifisch.«

»Yvonne ...« Der Fahrer drehte sich zu ihr um. »Das hat ja ganz schön lange gedauert. Was ist denn da drin los?«

»Woher haben Sie meine Handynummer?«, fragte die Polizistin zurück und hatte immer größere Mühe, ihre Furcht nach außen hin zu verbergen.

»Raten Sie. Die Antwort kennen wir beide.« Der Fahrer lächelte hinterhältig. »So, warum haben Sie uns so lange warten lassen?«

»Ich bin mit einem Kollegen auf Position«, erklärte Yvonne Schwarzenbrunner gedämpft, obwohl sie hier keine unerwünschten Ohrenzeugen zu befürchten hatte. »Und er erwartet mich jeden Moment zurück. Also, halten Sie sich kurz.«

»Sie wissen, zu wem wir wollen«, erklärte der Fahrer und sah sie herausfordernd an. »Dabei stehen uns Sie und Ihre Kollegen im Weg. Also lassen Sie sich etwas einfallen, wie wir an Ihnen vorbeikommen.«

Die Polizistin schluckte schwer und presste die Lippen aufeinander.

»Wir können das entweder freundlich lösen oder mit Gewalt, Yvonne, die Wahl liegt ganz bei Ihnen«, fügte nun der Beifahrer hinzu, ohne sich umzudrehen.

»Und Sie wissen auch, was Ihrer Schwester blüht, wenn Sie uns hier die Arbeit unnötig schwer machen.« Der Fahrer seufzte. »Also, wie sieht es aus? In welchem Appartement habt ihr Thorsen untergebracht? Welche Sicherheitsvorkehrungen habt ihr getroffen? Gibt es weitere Kollegen als euch Sechs?«

»Lassen Sie meine Schwester in Ruhe«, flehte Yvonne Schwarzenbrunner verzweifelt.

»Sagen Sie uns, was wir wissen wollen und Sie verschlimmern die Situation Ihrer Schwester nicht weiter. Sie wissen ja, wer die finale Entscheidung über die Strafe fällt…«

Tränen rannen der Polizistin über die Wangen, während sie einen inneren Kampf mit sich selbst ausfocht. Es ging um nichts geringeres als Menschenleben. Das von Doktor Thorsen und seiner Freundin im Austausch gegen ihr eigenes und das ihrer Schwester. Wie hatte sie nur in dieser Situation landen können?

Sie zuckte zusammen und ihre Hand ging automatisch zur Waffe an ihrem Gürtel, als die Tür hinter dem Fahrer geöffnet wurde und sich ein weiterer Mann ins Auto setzte. »Was dauert denn so lange?«, fragte er ungehalten. »Versuchen Sie es noch nicht einmal«, warnte er die Polizistin, sobald er die Position ihrer rechten Hand entdeckte.

Yvonne Schwarzenbrunner sank leicht in sich zusammen. Das Überraschungsmoment war vorüber. Hätte sie besser gleich die Waffe gezogen und geschossen. *Was war nur los mit ihr?*

Warum konnte sie einfachste Abläufe, die ihr vom ersten Tag der Ausbildung zur Polizistin an eingebläut worden waren, nicht abrufen?

Warum stand sie so neben sich?

»Yvonne? Wo steckst du?«, ertönte auf einmal Marcels Stimme in ihrem Ohr. »Hast du dich verlaufen?«

»Mein Kollege sucht mich, ich muss zurück«, wandte sie schwach ein.

»Und wir begleiten Sie.« Der Mann neben ihr auf dem Rücksitz schnellte vor, schlang ihr seinen linken Arm um den Hals und riss ihr mit der rechten Hand die Pistole aus dem Holster. Schon spürte sie den kalten Lauf ihrer eigenen Waffe am Hals.

Panik machte sich in Yvonne Schwarzenbrunner breit, doch sie konnte sich nicht bewegen. Sie war wie gelähmt, während ihr Herz rasend schnell schlug und ein großer innerer Druck auf ihrer Brust lag.

»Gehen wir.« Grob zerrte der Mann die Polizistin aus dem Volvo und lockerte seinen Griff selbst dann nur minimal, als sie entsetzt nach Luft japste.

Zu viert betraten sie den Eingangsbereich des Hotels, bei ihrem Anblick sprang Marcel Wegener sofort auf und richtete seine Dienstwaffe auf die Gruppe.

»Damit erübrigt sich die Frage, wo dein Kollege ist«, freute sich der Mann mit dem Arm um Yvonnes Hals und wandte sich direkt an Marcel Wegener, dem die Nervosität ins Gesicht geschrieben stand.

»Leg Waffe auf den Boden, Ohrstöpsel raus und Hände

hoch«, kommandierte er aggressiv. »Na los! Wir haben nicht ewig Zeit!«

Die Rezeptionsangestellten waren alle im Hinterzimmer und bekamen von der Eskalation der Situation überhaupt nichts mit, andere Gäste waren um diese Uhrzeit nicht mehr zu sehen. Das war wirklich ungünstig, stellte Yvonne Schwarzenbrunner resigniert fest.

»In welchem Stockwerk hält sich Niklas Thorsen auf?«, fragte der Fahrer von vorhin, hob Marcel Wegeners Dienstwaffe vom Boden auf und richtete sie auf den Polizisten.

Panisch starrte Wegener zu Yvonne, die hektisch atmete.

»Antworten Sie, ansonsten hat Ihre Kollegin gleich eine Kugel im Hals«, drohte der Fahrer und entsicherte die Pistole.

»Acht-Null-Sieben«, flüsterte Wegener, seine erhobenen Hände zitterten heftig.

»Warum nicht gleich so. Sie gehen voran«, befahl der Fahrer und folgte dem jungen Polizisten zu den Aufzügen, seine beiden Komplizen folgten ihm mit Yvonne.

»Wer von Ihnen hat eine Schlüsselkarte?«, fragte der Mann mit dem Arm um Yvonne Schwarzenbrunners Hals, kaum dass sich die Aufzugtüren geschlossen hatten und sich die Kabine in Bewegung setzte.

Beide Polizisten schwiegen. Für einen Moment war nur Schwarzenbrunners hektische Atmung zu hören.

Die Geduld der Männer hielt sich stark in Grenzen, deswegen durchsuchten sie die Hosen- und Jackentaschen beider Polizisten rabiat und fanden tatsächlich zwei Schlüsselkarten.

»Warum nicht gleich so.« Der Fahrer schüttelte den Kopf. »Acht-Null-Sieben, ja?« Er starrte Marcel Wegener an und verengte die Augen. »Letzte Chance, mir die richtige Appartementnummer zu geben.«

»Es ist das richtige Appartement«, röchelte Yvonne Schwarzenbrunner und klammerte sich an den Unterarm ihres Peinigers, doch der Druck auf ihren Hals wurde dadurch nicht geringer.

»Sie kennen ja die Konsequenzen, falls Sie uns anlügen. Gehen wir.« Der Fahrer ließ Marcel Wegener wieder vorangehen, ihm folgte der andere Mittäter mit der Waffe.

Der Eingang zum Appartement 807 lag nicht weit vom Aufzug entfernt. Das kam vor allem Yvonne Schwarzenbrunner sehr gelegen, denn sie bekam kaum noch Luft und war am Rand der Ohnmacht.

Nach einem kurzen Blick in beide abzweigenden Flure zog auch der Fahrer eine Waffe, die er in einem Schulterholster versteckt unter der Jacke getragen hatte. Dann steckte er die Schlüsselkarte in das Lesegerät an der Tür. Das kleine Licht neben dem Kartenschlitz blinkte rot auf, ein kleines Piepsen war zu hören.

»Wollen Sie mich verarschen?«, fragte er ungehalten, fuhr herum und schoss ohne Vorwarnung auf die Brust der Polizistin. Reflexartig hatte auch der Mann hinter ihr einen Schuss abgegeben. Blutüberströmt sank Yvonne Schwarzenbrunner zu Boden.

Kapitel 44

Schon das Piepsen des Kartenlesegeräts am Türschloss hatte Elisabeth Baumgartner alarmiert zu ihrer Pistole greifen lassen. Die kurz darauf folgenden Schüsse bestätigten nur ihre Vermutung, dass ihre Verfolger sie nun aufgespürt hatten.

»Code 1«, sprach sie angespannt in das Mikrofon an ihrem Kragen. »Bitte bestätigen.«

»Bestätige Code 1«, hörte sie Klaus Gredinger im benachbarten Appartement. »Schusswechsel im Flur, wir fordern Verstärkung an und verlassen dann das Appartement.«

»Verstanden.« Elisabeth Baumgartner tauschte einen Blick mit Mathias Hofmann, der sie auch ohne Worte verstand. Eilig rannte er zum Badezimmer, in dem sich Niklas und Freja noch immer aufhielten.

»Verriegeln Sie die Tür, verhalten sich absolut still und bleiben Sie am besten weit weg von der Tür«, instruierte der Polizist seine Schützlinge und schloss die Klettverschlüsse seiner schusssicheren Weste, die er sich im Vorbeilaufen vom Sofa geschnappt hatte. Nachdem sie mit einem Anschlag gerechnet hatten, war die Schutzausrüstung der Polizisten griffbereit im ganzen Appartement verteilt.

Stumm nickte Freja, während Niklas aufstand und die Badezimmertür schloss und von innen verriegelte. Der Schrecken über die Schüsse, die er eben gehört hatte, stand ihm ins Gesicht geschrieben, doch darauf konnte Mathias Hofmann jetzt keine Rücksicht nehmen. Es ging ums Ganze. Es ging um Leben und Tod.

»Sie sind zu dritt«, stellte Elisabeth Baumgartner fest, nachdem sie das Bild der versteckten Überwachungskamera gecheckt hatte, die sie bei ihrer Anreise installiert hatten. »Und sie haben Marcel als Geisel.«

»Scheiße.« Hofmann hatte die Hand schon an seiner Waffe. »Und Yvonne?«

»Nicht im Bild zu sehen.« Elisabeth Baumgartner atmete tief durch und aktivierte wieder das Mikrofon an ihrem Kragen. »Team 2. Zeugen sind gesichert. Sie rücken nach, sobald unsere Tür nachgegeben hat. Halten Sie sich sprungbereit.«

»Verstanden«, bestätigte Klaus Gredinger.

Die Appartementtür bebte unter Tritten und Schlägen, dann war eine männliche Stimme zu hören.

»Wir wissen, dass Sie da sind. Geben Sie uns Thorsen und Ihrem Kollegen wird nichts passieren.« Die Aggressivität des Mannes schwang in jedem Wort mit und war auch durch die Tür hindurch überdeutlich.

»Und jetzt?«, fragte Mathias Hofmann lautlos.

»Wir machen es wie in Rom. Hereinlassen und von Klaus und Ferdinand überrumpeln lassen«, entschied Elisabeth Baumgartner und drückte erneut den Knopf an ihrem Mikrofon. »Auf mein *Go* rückt ihr nach.«

Erneut wurde heftig gegen die Tür getreten.

»Ich öffne und bleibe halb hinter der Tür, du sicherst vom Wohnzimmer aus.« Mathias Hofmann ging an die Wand gedrückt auf die Appartementtür zu.

Stumm nickte seine Kollegin und entsicherte ihre Pistole. »Go«, sprach sie ins Funkgerät, als Hofmann die

Tür aufschwingen ließ und einer der Angreifer verdutzt ins Zimmer stolperte. Dieses Überraschungsmoment nutzte der erfahrene Polizist, entwaffnete seinen Gegner mit einem gezielten Fußtritt und zwang ihn mit einer Hebeltechnik zu Boden.

»Noch eine Bewegung und Ihr Kollege ist tot«, drohte einer der anderen Angreifer. »Ich meine das ernst!«

»Wir auch«, bestätigte Mathias Hofmann und zurrte die Kabelbinder um die Handgelenke des Mannes unter sich fest.

Ein weiterer Schuss fiel, gleichzeitig machte Marcel Wegener einen großen Satz zur Seite. Der Mann, der ihn bis eben mit seiner eigenen Dienstwaffe bedroht hatte, war zu Boden gestürzt, mit beiden Händen hielt er sich den blutenden Oberschenkel.

»Hände hoch, aber ganz schnell!«, bellte Klaus Gredinger und richtete seine Pistole auf den dritten Angreifer, der perplex über das Auftauchen weiterer Polizisten die Hände hob.

»Sie haben auf mich geschossen, das werden Sie bereuen!«, brüllte der verletzte Mann.

Die schwedischen Kollegen waren schon vor der Ankunft des Teams in Göteborg in Alarmbereitschaft versetzt worden, sodass es jetzt nicht lange dauerte und es im Appartement-Hotel nur so von Polizisten wimmelte.

»Verdammt.« Mathias Hofmann ging neben dem blutüberströmten Körper von Yvonne Schwarzenbrunner in die Hocke.

»Er hat ihr einfach in den Hals geschossen.« Marcel Wegeners Gesicht war tränenüberströmt, er stand unter schwerem Schock. »Wir ... ich hätte sie irgendwie retten müssen ... wir waren doch Partner ...«

»Manchmal ist man machtlos, Marcel. Das passiert den besten von uns.« Hofmann stand auf und drückte kurz seine Schulter. »Und das sind verdammt schmerzhafte und ungerechte Momente, ich kenne das Gefühl.«

»Scheiße«, stellte auch Elisabeth Baumgartner beim Anblick ihrer toten Kollegin fest und ging dann weiter zu den Sanitätern, die den angeschossenen Mittäter auf eine Trage hoben.

»Das werden Sie sowas von bereuen!«, zeterte der Mann noch immer und zerrte an den Handschellen, die ihm ein schwedischer Polizist angelegt hatte.

»Waren Sie allein? Oder gibt es noch mehr von Ihrer Sorte, die rein zufällig hier in Göteborg auftauchen?«, fragte sie und verschränkte die Arme vor der Brust.

»Sie können mich mal!«, fauchte der Verletzte. »Ich sage Ihnen gar nichts, da können Sie warten, bis Sie schwarz werden.«

»Verlockend.« Elisabeth Baumgartner trat zurück. »Wir sehen uns zur offiziellen Befragung, sobald Sie medizinisch versorgt worden sind.« Gedankenverloren sah sie der Trage hinterher, die von zwei uniformierten Polizisten begleitet wurde. Die anderen beiden Täter waren bereits abgeführt worden.

»Ob die noch reden werden? Ich bezweifle es.« Mathias Hofmann seufzte.

»Wir werden sehen. Jetzt holen wir erstmal unsere Schützlinge aus dem Badezimmer.« Elisabeth Baumgartner lächelte andeutungsweise und ging zurück in das Appartement. Langsam durchquerte die Polizistin den Wohn-Ess-Bereich und klopfte dann an die Bade-zimmertür.

»Herr Weidner? Die Gefahr ist vorüber, Sie dürfen die Tür wieder öffnen«, rief sie und lehnte sich an den Tür-rahmen. Jetzt, wo die Anspannung von ihr abfiel, kroch die Müdigkeit in ihren Körper. Doch dafür war jetzt keine Zeit. Sie hatte immer noch einen Job zu erledi-gen.

Es dauerte einen langen Moment, dann schloss Niklas die Tür auf und öffnete sie einen Spalt breit. Er war ebenso blass wie seine Freundin, sein Blick wirkte un-ruhig. »Wer war das? Wer hat geschossen? Was ist passiert?«, fragte er mit bebender Stimme.

»Wir haben unsere Verfolger gestellt, Herr Weidner«, erklärte die Polizistin. »Die Männer werden gerade zur Polizeidienststelle gebracht, wo wir gleich erste Befra-gungen durchführen werden.«

»Ist jemand verletzt? Wir …« Niklas räusperte sich, doch der Kloß in seinem Hals blieb. »Wir haben nur die Schüsse gehört und …«

»Ja, einer der Täter wurde bei seiner Festnahme ver-letzt«, bestätigte sie und schluckte.

»Und Ihr Team?«, fragte Niklas weiter als würde er spüren, dass Elisabeth Baumgartner ihm auswich.

»Yvonne Schwarzenbrunner wurde als Geisel genom-men und hat den Schusswechsel leider nicht über-lebt.« Die Stimme der erfahrenen Polizistin brach.

Elisabeth Baumgartner ließ Niklas und Freja schließlich in Obhut ihrer übrigen Kollegen, die selbst noch nicht so recht fassen konnten, was geschehen war. Doch noch war die Situation nicht entschärft. Sie wussten immer noch nicht, ob ihnen weitere Verfolger auf den Fersen waren. Das mussten sie in den Befragungen schleunigst herausfinden.

Die schwedischen Kollegen hatten die beiden Täter bereits erkennungsdienstlich behandelt und konnten ihr so zumindest deren Namen nennen.

»Beginnen wir mit Doktor Peters«, entschied Elisabeth Baumgartner erschöpft und steuerte schon das Vernehmungszimmer an, als ihr Handy klingelte. »Herr Hauser, was verschafft mir die unerwartete Ehre?«, fragte sie und bog ab in das kleine Zimmer hinter dem Einwegspiegel.

»Frederik Hendriksson wurde letzte Nacht auf dem Familiengestüt trotz verstärkter Polizeiüberwachung angegriffen«, berichtete Hauptkommissar Hauser mit müder Stimme. »Um es kurz zu machen, Doktor Hendriksson ist körperlich unversehrt, hat aber einen schweren Schock. Sein Onkel schwebt nach einem Schuss in die Brust in Lebensgefahr. Maximilian Hendriksson hat bei dem Versuch, ihn festzunehmen, mehrfach auf die Kollegen und seinen Sohn geschossen, sodass er von mehreren Kugeln schwer verletzt wurde. Er ist noch am Tatort verstorben. Seinen Mittäter haben die Kollegen erschossen, bevor er Doktor Hendriksson töten konnte.« Hauser räusperte sich. »Wir konnten jedoch Sabine Wilhelm festnehmen, sie hat mit Professor Hendriksson unter anderem bei den manipulierten Organtransplantationen eng zusammengearbeitet. Ihre Kollegen vom LKA haben die weiteren Befragungen übernommen, aber sie ist geständig.«

»Eine ereignisreiche Nacht«, bemerkte die Polizistin

und unterdrückte ein Gähnen. »Doktor Thorsen wurde gestern Abend ebenfalls angegriffen.« In Kurzform berichtete sie von den Geschehnissen der vergangenen Stunden und starrte in das Vernehmungszimmer, wo Doktor Peters gerade von zwei uniformierten Beamten hereingeführt wurde.

»Ich beginne gleich mit den Befragungen der beiden Täter, die wir schon auf der Dienststelle haben. Der dritte wird gerade noch im Krankenhaus behandelt«, schloss sie ihren Bericht. »Ich melde mich, sobald ich mehr weiß.« Die Polizistin beendete das Telefonat und sortierte noch für einen Moment ihre Gedanken, dann straffte sie die Schultern und betrat das Vernehmungszimmer.

»Doktor Emil Peters, geboren am siebenundzwanzigsten August einundachtzig«, las sie von den Notizen ab, die ihr die schwedischen Kollegen vorbereitet hatten. »Sie sind Assistenzarzt für Herz-Thorax-Chirurgie in der Uniklinik Hamburg.«

Gelangweilt starrte Peters sie an und hob nur eine Augenbraue. »Ich will einen Anwalt sprechen«, stellte er selbstbewusst fest und lehnte sich zurück, seine Handschellen klirrten leise.

»Das ist Ihr gutes Recht und soweit ich weiß, haben Sie das meinen Kollegen bereits gesagt?« Elisabeth Baumgartner musterte ihr Gegenüber aufmerksam.

»Möglich.« Peters wich ihrem Blick nicht aus.

Im Beisein des Anwaltes durfte Elisabeth Baumgartner die Befragung schließlich fortsetzen.

»Was werfen Sie meinem Mandanten vor?«, wollte der Anwalt nicht minder selbstbewusst wissen. So ge-

269

sehen passte er hervorragend zu seinem Mandanten, stellte die Polizistin innerlich schmunzelnd fest. Dann wurde sie wieder ernst.

»Beginnen wir mit unerlaubtem Waffenbesitz, Geiselnahme, versuchtem Mord an Doktor Thorsen und Mord an Yvonne Schwarzenbrunner. Hinzu kommt Beteiligung an einer kriminellen Vereinigung, Beihilfe zum Mord an unzähligen Patienten, um deren Organe transplantieren zu können ...«, zählte Elisabeth Baumgartner auf. »Womit möchten Sie beginnen, Doktor Peters? Bei den Vorwürfen zu den letzten zwölf Stunden oder zu den vergangenen Jahren?«

Emil Peters schwieg hartnäckig und betrachtete interessiert seine Fingerspitzen.

»Doktor Thorsen ist den unsauberen Organtransplantationen auf die Spur gekommen, deswegen musste er verschwinden«, redete die Polizistin weiter. »Und Ihnen ist offensichtlich die Rolle zugefallen, ihn auszuschalten. Wer hat Sie dazu angestiftet?«

»Haben Sie Beweise, dass mein Mandant daran beteiligt war oder wollen Sie unsere Zeit mit haltlosen Anschuldigungen vergeuden?«, antwortete der Anwalt mit einer Aussage, die Elisabeth Baumgartner häufig in derartigen Situationen zu hören bekam.

»Professor Hendriksson ist tot, wussten Sie das eigentlich?«, fuhr die Polizistin fort, als hätte sie den Anwalt gar nicht gehört. »Wollen Sie sich wirklich seine Schuld aufladen?«

»Er ist tot?«, wiederholte Peters schockiert. »Nein, das ist unmöglich. Das muss ein Missverständnis sein ...«

»Er ist tatsächlich tot«, wiederholte Elisabeth Baumgartner. »Er wurde vergangene Nacht erschossen.«

270

»Falls Sie meinen Mandanten damit beeinflussen und zu einer Aussage drängen wollen, vergessen Sie das besser ganz schnell«, schritt schon wieder der Anwalt ein.

»Nachdem die Rahmenbedingungen geklärt sind, beantworten Sie nun meine Fragen?« Elisabeth Baumgartner sah dabei ausschließlich zu Emil Peters, der andeutungsweise nickte.

»Was wollen Sie denn wissen?«, fragte er immer noch unter Schock.

»Wer hat Sie beauftragt, nach Doktor Thorsen zu suchen und ihn zu töten?«, wollte die LKA-Beamtin wissen und justierte das Aufnahmegerät auf dem Tisch noch einmal neu.

»Professor Hendriksson.« Peters schloss die Augen. »Er hat alles geplant und die fertigen Aufgabenpakete weitergegeben. Also auch diese ... diesen Angriff auf Thorsen. Wir sollten ihn zum Schweigen bringen.«

»Ich verstehe.« Elisabeth Baumgartner dachte nach. »Woher wusste er, wo sich Doktor Thorsen aufhält? Wie sind Sie auf Göteborg gekommen?«

»Ich bin im gleichen Flugzeug nach Stockholm gesessen wie Sie und Ihre Kollegen«, gab Peters zu und starrte auf seine Hände. »Und ich bin Ihnen nach Sundsvall und weiter nach Göteborg gefolgt. Als mir klar war, wo die Reise hingeht, habe ich meinen beiden Kollegen Bescheid gegeben und sie dorthin umgeleitet.«

»Das erklärt zumindest, warum Sie in Göteborg waren. Aber wieso saßen Sie im gleichen Flieger wie wir? Wie sind Sie überhaupt auf Schweden gekommen?«, fragte Elisabeth Baumgartner beunruhigt.

»Das war alles auf Anweisung von Hendriksson.« Doktor Peters zuckte mit den Schultern. »Er hat mir nur noch die Handynummer seiner Kontaktperson gemeldet, die uns auf den letzten Metern zu Thorsen führen sollte.«

»Kontaktperson?«, wiederholte die Polizistin und runzelte die Stirn. »Wer war das? Haben Sie die Person getroffen? Haben Sie einen Namen oder eine Beschreibung für mich?«

Emil Peters nickte. »Yvonne Schwarzenbrunner.«

Geschockt ließ Elisabeth Baumgartner ihre Notizen sinken.

Yvonne Schwarzenbrunner sollte eine Komplizin von Maximilian Hendriksson sein?

Wie kam sie dazu?

Und wie hatte ihr das alles entgehen können?

»Sie hat Hendriksson einen gewaltigen Gefallen geschuldet, weil er ihrer Schwester ein Spenderorgan besorgt hat.« Doktor Peters hatte ihr die unausgesprochenen Fragen an der Nasenspitze angesehen. »Er hat sie erpresst. Entweder sie liefert Thorsen aus oder ihre Schwester stirbt. Yvonne hat sich gewehrt, wir haben sie auch nur mit Waffengewalt dazu gebracht, mit uns zu kooperieren.«

»Halten Sie den Mund, Peters!«, unterbrach ihn sein Anwalt schroff. »Sie reden sich noch um Kopf und Kragen!«

Kapitel 45

Mit dem Auto ging es für Niklas, Freja und die Polizisten schließlich zurück nach Hamburg.

»Dann wurde Frederik also zur gleichen Zeit angegriffen, wie Doktor Peters in Göteborg aufgetaucht ist?«, fragte Niklas nachdenklich.

»Die Angriffe auf Sie und Doktor Hendriksson haben tatsächlich annähernd gleichzeitig stattgefunden«, bestätigte Mathias Hofmann am Steuer und schaltete den Tempomat ein. In gut einer Stunde würden sie Hamburg erreichen.

»Und ... wie geht es Frederik?«, fragte Niklas betreten.

»Körperlich ist er unversehrt. Aber er hat mit ansehen müssen, wie sein Onkel niedergeschossen und schwer verletzt worden ist, das hat ihn natürlich sehr mitgenommen. Mehr weiß ich nicht zu seinem Zustand.« Elisabeth Baumgartner drehte sich halb zu Niklas um.

»Und der alte Hendriksson ist tot, darüber habe ich vorhin auf der Fähre einen Bericht gesehen.« Niklas seufzte erleichtert. »Er kann uns nichts mehr antun. Und er kann Frederik das Leben nicht mehr zur Hölle machen. Frederik ist endlich frei ...«

»Er hat es verdient.« Freja lächelte zaghaft und drückte Niklas' Hand. »Frederik kann endlich sein eigenes Leben leben, ohne permanent von seinem Vater kontrolliert zu werden.«

»Und was ist mit den Männern, die uns angegriffen haben?«, wollte Niklas nach einigem Nachdenken wissen. »Haben sie uns die ganze Zeit über verfolgt oder wie haben sie uns so schnell in Göteborg gefunden?«

»Einer der Täter hat ein Teilgeständnis abgelegt, seine Komplizen schweigen.« Baumgartner seufzte. »Und sie haben ihre Informationen einerseits von Professor Hendriksson bezogen, aber auch von Yvonne Schwarzenbrunner.«

Freja schluckte. »Sie sollte uns doch schützen! Wie kann denn das passieren, dass so jemand ...«

»Wir müssen das innerhalb der Abteilung selbst noch aufarbeiten. Ich kann Ihnen nur versichern, dass derartige ... Vorfälle höchstselten sind.« Elisabeth Baumgartner drehte sich wieder nach vorn und sah auf die Straße. »Glauben Sie mir, wir sind nicht weniger geschockt als Sie.«

Niklas schüttelte den Kopf. »Dann ...« Er räusperte sich. »Dann bekommen wir jetzt also unser altes Leben zurück?«, fragte er. »Auch wenn der Prozess erst irgendwann nächstes Jahr stattfindet?«

»Wir haben Ihre Situation ausführlich bewertet und sehen keinen Grund, das Zeugenschutzprogramm weiter aufrecht zu erhalten. Bevor wir Sie zu Ihrer alten Wohnung bringen, bekommen Sie von mir Ihre alten Pässe zurück. Versicherungs- und andere Dokumente werden in den nächsten Tagen auch wieder auf Ihren Namen umgeschrieben, das kann wegen der Weihnachtsfeiertage nur etwas dauern.«

»Und unsere Wohnung? Die gibt es noch?« Ein Lächeln breitete sich auf Frejas Lippen aus.

»Normalerweise werden auch die Wohnungen komplett aufgelöst, aber Ihre Familie hat darauf bestanden, sie zu behalten. Soweit ich weiß, hat Ihre Schwester zuletzt zumindest teilweise dort gewohnt, Doktor Thorsen.«

»Das wird sich alles finden.« Niklas lächelte ebenfalls und drückte Frejas Hand erneut.

Doktor Thorsen. Jetzt wieder offiziell mit seinem alten Namen angesprochen zu werden fühlte sich ähnlich ungewohnt an wie der Identitätswechsel zu Beginn des Zeugenschutzprogramms im August. Doch er freute sich auch sehr darauf, sein altes Leben wieder zu entdecken. Die Erfahrungen der letzten Monate hatten ihm gezeigt, was er wirklich zum Glücklichsein brauchte. Und das war in erster Linie Freja.

Kapitel 46

»Und du willst wirklich nicht mitkommen?« Niklas gab Freja einen zärtlichen Kuss und glitt mit seiner rechten Hand über ihren leicht gerundeten Bauch.

»Wir waren die letzten Tage so viel unterwegs und bei deiner Familie, ich brauche mal einen Nachmittag nur für mich.« Freja lächelte. »Sag Frederik viele Grüße, ich komme dann nächstes Mal wieder mit zum Hof.«

»Verstehe ich.« Niklas küsste sie erneut. »Dann sehen wir uns heute Abend.« Er zog sich noch die warme Weste über und machte sich dann auf dem Weg zum Leihwagen, den er vor dem Haus geparkt hatte. Seinen Audi hatte die Spurensicherung offenbar wieder freigegeben, doch jetzt musste der Wagen erst einmal instandgesetzt werden.

Der Verkehr bremste Niklas etwas aus, doch endlich konnte er auf die Zufahrt zum Gestüt der Hendrikssons abbiegen. Frederik wartete schon und kam auf ihn zu, da hatte Niklas noch nicht einmal den Motor ausgeschaltet.

Eilig stieg Niklas aus und rannte die letzten Meter auf seinen besten Freund zu, um ihn endlich wieder in die Arme schließen zu können.

»Das tut so gut, dich wiederzusehen.« Frederik ging etwas auf Abstand und musterte ihn neugierig. »Wie geht es dir?«

»Ich wollte dich gerade das Gleiche fragen.« Niklas sah zum bewölkten Himmel. »Wollen wir das nicht bei einem Ausritt besprechen, bevor es wieder schüttet? Ich muss unbedingt zu Malika.«

»Ich hatte damit gerechnet und Malika und Hector bereits gesattelt, wir können sofort los.« Frederik ging voran in den rechten Stallbereich. Rasch zog er sich Helm und Handschuhe an, dann griff er nach den Zügeln. Niklas tat es ihm gleich und folgte ihm auf die andere Seite des Gebäudes. Von dort hatten sie alle Möglichkeiten, was die unterschiedlichen Ausritt-Strecken anging.

»Hector«, ermahnte Frederik seinen Wallach und tippte ihn mit der Gerte an. »Die Kommandos gebe ich und nicht du.«

Niklas lachte herzhaft. »Man könnte meinen, er hat dich lange nicht mehr auf seinem Rücken gehabt.«

Frederik nickte. »Ich bin ihm mit Malika fremdgegangen«, gab er ohne Umschweife zu. »Nachdem ich keinen Kontakt zu dir bekommen habe, dachte ich mir, fürs Erste ist sie ein hübscher Ersatz.«

»Malika soll hübscher sein als ich?«, tat Niklas empört und wurde dann wieder ernst. »Aber ich verstehe, was du meinst.« Er wechselte in Trab und brauchte einige Schritte, um sich wieder an den Rhythmus seiner Stute zu gewöhnen.

Eine Zeit waren die Freunde stumm nebeneinanderher geritten, dann brachten sie sich gegenseitig auf den neuesten Stand, was den Transplantationsskandal und all seine Folgen anging.

»Das ist harter Tobak«, meinte Niklas nachdenklich

und lehnte sich vor, sein Oberkörper ruhte auf Malikas Hals. »Wie geht es für euch als Familie dann generell weiter? Ich meine, ihr … für euch ist ja nichts mehr so, wie es mal ausgesehen hat oder gewesen ist. Alles hat sich geändert.«

»Mama ist bis auf weiteres bei uns in Hamburg, es ist einiges zu organisieren«, seufzte Frederik und ließ sich die Zügel durch die Finger gleiten. »Die Beerdigung war vorgestern, er ist endlich … weg. Er wird nie wieder in meinem Leben herumpfuschen.«

»Das ist bestimmt eine Erleichterung?« Niklas richtete sich wieder im Sattel auf.

»Definitiv. Na ja, jetzt geht es um die Erbschaft. Immobilien, Vermögen, sonstige Wertgegenstände. Er hat Gott sei Dank ein Testament, das erleichtert einiges. Vor allem, weil da noch zwei uneheliche Halbschwestern aufgetaucht sind und eifrig die Hände aufhalten. Blöde Gänse, ich habe sie auf der Beerdigung zum ersten Mal gesehen.«

»Halbschwestern?«, wiederholte Niklas kopfschüttelnd. »Dein Erzeuger hat wirklich nichts ausgelassen, was? Okay, aber dann wird das Testament vollstreckt und du musst sie nie wieder sehen, oder?« Er nahm die Zügel wieder auf und trieb Malika mit leichtem Schenkeldruck an. »Und wie geht es für euch persönlich weiter? So einfach ist der Weg zurück ins alte Berufsleben nicht, das stelle ich gerade selbst fest.«

»Fürs Erste bin ich komplett hier auf den Hof gezogen, genau wie Mama. Die große Villa wird verkauft, niemand von uns will dort je wieder wohnen.« Frederik zuckte mit den Schultern und schloss rasch zu Niklas auf. »Nachdem der Prozess erst in einigen Wochen beginnt, überlege ich, bis dahin zu verreisen. Irgendwohin, wo mich nicht alles an meinen Herrn *Vater* und seine Taten erinnert.«

»Alles zu seiner Zeit, so geht es Freja und mir auch.« Niklas sah sich zu ihm um. »Wer zuerst am Hof ist!«, rief er und galoppierte an.

Epilog

Der Prozess war für Niklas und Frederik gleichermaßen eine äußerst belastende Situation, die sie während der gesamten Dauer der Gerichtsverhandlung mit Flashbacks und anderen Albträumen plagte. Die Urteilsverkündigung gab beiden endlich die Gelegenheit, mit diesem Kapitel ihres Lebens abzuschließen.

»Hoffen wir, dass jetzt endlich Ruhe einkehrt.« Niklas schlüpfte wieder in seinen dünnen Mantel und folgte seinem Anwalt dann aus dem Gerichtssaal, Frederik war mit seinem Rechtsbeistand bereits vorgegangen.

»Sie haben sich gut geschlagen, Doktor Thorsen. Und das Strafmaß ist angemessen, dazu haben nicht zuletzt Sie und Doktor Hendriksson mit Ihren Aussagen beigetragen.«

»Ich wollte Gerechtigkeit«, meinte Niklas und blieb auf dem Flur noch einmal stehen. »Nur die Mittäter verurteilt zu sehen ist weiterhin unbefriedigend, aber die eigentlichen Drahtzieher werden nie zur Rechenschaft gezogen werden können.«

»Sie meinen Professor Hendriksson und Doktor Hanson«, vermutete Anwalt Michael Hubert. »Ich verstehe, worauf Sie hinauswollen. Aber im Rahmen unserer Möglichkeiten haben wir das Beste herausgeholt. Und darauf kommt es letztlich an.« Er seufzte beim Anblick der Presse im Erdgeschoss des Gerichtsgebäudes. »Ein letztes Mal durch die Meute, was?«

»Noch etwas, das ich so gar nicht vermissen werde.«
Niklas zog eine Grimasse und rückte seine Krawatte
wieder gerade. »Bringen wir es hinter uns, ich möchte
nur nach Hause.«

Wie abgesprochen hatte Frederik in der Nähe des Gerichtsgebäudes auf Niklas gewartet.
»Ganz schön irre, mhm? Es ist zu Ende.« Er umarmte
seinen besten Freund lange. »Ich kann es immer noch
nicht so recht fassen.«
»Wem sagst du das.« Niklas schloss kurz die Augen
und löste sich dann aus Frederiks Umarmung. »Dann
lass uns mal nach Hause fahren. Ich bin mir sicher,
Freja und Caroline warten schon auf uns.«
Nebeneinander liefen sie zu Niklas' Wagen, für den er
am Morgen durch Zufall noch einen Parkplatz gefunden hatte.
»Ich möchte mich bei dir entschuldigen für das, was
dir mein *Vater* und seine kriminellen Verbündeten angetan haben.« Frederik sah Niklas über das Autodach
hinweg an. »Ich weiß, dass ich an sich nichts für seine
Taten kann, aber … trotz allem war er mein Vater. Ich
hätte irgendetwas bemerken müssen und den ganzen
Lauf der Dinge verhindern sollen …«
»Du hast doch etwas gemerkt und dich ihm entgegen-
gestellt, Frederik. Hör bitte auf, dir Vorwürfe zu machen. Niemand von uns konnte letztes Jahr um die Zeit
ahnen, welche Ausmaße diese Häufungen bei Organtransplantationen annehmen und welche Konsequenzen folgen würden.« Niklas setzte sich hinter das
Steuer und wartete, bis Frederik ebenfalls eingestie-
gen war. »Ich war nie ein großer Fan deines Vaters,

aber dass er zu solchen Dingen fähig ist, das hätte ich nie für möglich gehalten.«

»Da sind wir schon zwei«, seufzte Frederik. »Habe ich dir eigentlich erzählt, warum er das alles gemacht hat?« Er lachte zynisch. »Wegen Macht. Er wollte sich ein *Denkmal aus Macht* errichten. Wie dämlich kann man denn bitte sein?«

»Diese Wortwahl passt zu ihm.« Niklas schüttelte den Kopf. »Und er hatte seine Finger überall im Spiel, sonst hätte er Hanson, Peters und all die anderen nicht für seine Zwecke missbrauchen können. Er kannte von jedem von ihnen die Schwachstelle und hatte etwas gegen sie in der Hand. Allein das muss man sich mal vorstellen.«

»Du meinst so wie bei Yvonne Schwarzenbrunner, die deinen Aufenthaltsort in Göteborg preisgegeben hat?« Frederik griff nach dem Sicherheitsgurt. »Er hatte mehr als genug Geld, um über die Jahrzehnte ein feines Netz zu spinnen, in dem letztlich alle Beteiligten des Skandals kleben geblieben sind.«

»Er hat alle erpresst.« Seufzend startete Niklas den Motor und parkte umständlich aus. An die Maße seines neuen Autos musste er sich erst noch gewöhnen. Endlich hatte er sich in den fließenden Verkehr eingefädelt.

»Ich hoffe sehr, dass wir diesen Schatten wieder loswerden, in dem wir so lange gelebt haben«, murmelte Frederik. »Dass wir endlich neu beginnen und nach vorne sehen können.«

»Du meinst Caroline?«, vermutete Niklas und hielt an einer roten Ampel. »Ihr scheint euch in den letzten Monaten recht gut angenähert zu haben …«

»Sonst würde sie kaum mit Freja in eurer Wohnung warten, mhm?«, spielte Frederik den Ball augenzwinkernd zurück. »Die Schüsse auf sie waren schon echt hart, weil mich alles so an Carolina erinnert hat. Aber inzwischen ist es etwas leichter geworden, ich muss nicht bei jeder Kleinigkeit an sie denken.« Er raufte sich das Haar. »Es ist grün«, erinnerte er Niklas und lachte. »Ich gebe uns eine Chance. Mal sehen, wohin uns der Weg führt.«

»Immer ein Schritt nach dem anderen.« Niklas lächelte und fuhr wieder an.

»Wie lange geht eigentlich noch dein Krankenschein?«, wollte Frederik nachdenklich wissen. »Oder hast du ihn auslaufen lassen?«

Andeutungsweise schüttelte Niklas den Kopf und seufzte genervt, weil die nächste Ampel auf rot umschaltete. »Ich war im Rahmen der Therapie immer mal wieder im UKE, meine Psychologin hat mich jedes Mal begleitet.« Er trommelte mit den Fingern auf das Lenkrad. »Aber, um es kurz zu machen, ich werde wohl noch eine Weile brauchen, bis ich dort wieder als Arzt arbeiten kann.«

»Wenigstens hast du eine Psychologin, mit der du gut arbeiten kannst. Ich habe in den USA mit einem Trauma-Therapeuten gesprochen und einige Sitzungen via Skype gehabt, aber wirklich gebracht hat mir das nichts. Ich bin einfach nicht therapierbar.«

»Das ist Unsinn«, widersprach Niklas heftig und beschleunigte seinen Wagen wieder. »Du bist ein Meister der Verdrängung, anders habe ich dich nie kennengelernt. Aber das hat nichts mit Therapierbarkeit zu tun.«

Er setzte den Blinker und hielt nach dem Abbiegen Ausschau nach einem geeigneten Parkplatz am Straßenrand. Noch immer war es ihm nicht möglich, die Tiefgarage abseits der Therapie zu betreten. Flashbacks und Panikattacken wären die unmittelbare Folge.

»Lass uns den Abend genießen und nicht so viel grübeln, mhm?« Niklas setzte den Wagen rückwärts in eine Parklücke und schaltete den Motor aus. »Der Prozess ist beendet, das sollten wir feiern.«

Die fröhlichen Stimmen ihrer Freundinnen waren schon im Flur deutlich zu hören und zeichneten sowohl Niklas als auch Frederik ein breites Lächeln aufs Gesicht.

»Na? Wie lief es?«, fragte Freja und gab Niklas einen zärtlichen Begrüßungskuss.

»Sie sind verurteilt.« Frederik atmete erleichtert auf und stellte seine Schuhe ordentlich unter die Garderobe. »Das Urteil ist zwar noch nicht rechtskräftig, aber zumindest für den Moment können wir einen Schlussstrich ziehen. Das allein tut schon unendlich gut.«

»Darauf stoßen wir an.« Niklas streichelte mit seiner rechten Hand langsam über Frejas Babybauch. »Wir alle können neu anfangen und nach vorne sehen.«

Hinweis: Die Erklärungen wurden nach bestem Wissen und Gewissen erstellt und erheben keinen Anspruch auf Vollständigkeit

Braunüle	Andere Bezeichnung für einen Venenverweilkatheter
CT	Computertomografie
Drainage	Ableitung von Blut bzw. Flüssigkeiten aus einer Wunde mithilfe z.B. eines Plastikschlauches
EKG	Elektrokardiogramm, visualisiert elektrische Vorgänge am Herzen
Embolektomie	operative Entfernung eines Embolus oder Thrombus
Embolie	Verstopfung eines Blutgefäßes durch körpereigene oder körperfremde Substanzen in der Blutbahn

Embolus	Verschleppter Thrombus
Faktor-V-Leiden	Gendefekt, der die Blutgerinnung stört und somit das Risiko für Thrombosen deutlich erhöht
Fraktur	(Knochen-) Bruch
Heparin	Wirkstoff, der Blutgerinngung verhindert
Heterozygot	Mischerbig, d.h. mit unterschiedlichen mütterlichen und väterlichen Erbanlagen
Homozygot	Reinerbig, d.h. mit gleichen mütterlichen und väterlichen Erbanlagen
Intravenös	In ein Blutgefäß hinein
Intubation	Einführen eines Beatmungsschlauches in die Luftröhre
ITS	Intensivstation
Kardiologe	Herzspezialist
Kollabieren	Zusammenbrechen

Konsil	patientenbezogene Beratung
Lungenembolie	Verstopftes Blutgefäß in der Lunge
Metamizol	Starkes Schmerzmittel
Morphium	Starkes Schmerzmittel
Muskelrelaxanzien	Medikamente, die für eine (vorübergehende) Erschlaffung bzw. Lähmung der Skelettmuskulatur sorgen
OP	Operation
Perfusor	Dosierpumpe zur kontinuierlichen Verabreichung von Medikamenten
Radiologe	Facharzt für bildgebende Verfahren wie z.B. CT
RTW	Rettungswagen
Schockraum	Dient der Erstversorgung schwerverletzter Patienten
Suxamethoniumchlorid	Muskelrelaxans

Thrombose	Gefäßverschluss durch einen Blutpfropfen
Thrombus	Blutgerinnsel, Blutpfropfen
Transplantation	Chirurgische Verpflanzung von Organen, Gewebe oder Körperteilen
Tubus	Beatmungsschlauch
UKE	Universitätsklinikum Eppendorf
Vitalwerte / Vitalparameter	Puls, Blutdruck, Sauerstoffsättigung
Zentraler Venenkatheter	Kommt zum Einsatz, wenn kein venöser Zugang gelegt werden kann
Zugang, venöser	Venenverweilkatheter, über den Medikamente direkt in den Blutkreislauf verabreicht werden können
ZVK	Zentraler Venenkatheter

Danksagung

Ich möchte mich von Herzen noch bei einigen, wichtigen Menschen bedanken, ohne die dieses Buch nicht möglich gewesen wäre.

Allen voran möchte ich mich bei meinem Mann bedanken. Ohne deine Geduld und die langen Schreibabende würde ich wohl heute noch tippen.

Ein großer Dank geht zudem an meine langjährige Schreibbegleiterin Lena. Danke für den Gedankenaustausch, die Kritik und die Inspiration.

Meine Testleser: Andrea, Claudia und Evi – ich weiß, ihr bekommt manchmal die abenteuerlichsten Entwürfe auf den Tisch. Danke für eure Unterstützung, Geduld und die langen Gespräche.

Das größte Dankeschön geht aber an Bernhard. Du gibst jedem Fehler sein eigenes Gesicht und schaffst es, meine Ideen sinnvoll umzusetzen.

Und nicht zuletzt gilt ein großer Dank allen Lesern und Buchbloggern, die nicht nur meiner Fehlerreihe eine Plattform geben und neue Ideen und Schreibansätze begleiten.

Bisher erschienen

Die spannende FEHLER-Reihe rund um die Assistenzärzte Niklas Thorsen und Frederik Hendriksson

Anfängerfehler und **Folgefehler**: Zum Auftakt der Reihe geraten Niklas und Frederik in den Sog eines gewaltigen Medizinskandals, der sie in akute Lebensgefahr bringt. Skrupellose Gegenspieler jagen die Freunde, die schon bald niemandem mehr vertrauen können.

Kunstfehler: Niklas' erster Fall nach seiner Rückkehr in die Uniklinik lässt ihn nicht mehr los. Die Behandlung nimmt eine dramatische Wendung und schon bald wird Niklas selbst zum Angeklagten: Ist ihm etwa ein Kunstfehler unterlaufen?

Systemfehler und **Rachefehler**: Eine noch offene Rechnung mit einem alten Bekannten bringt Frederik in große Gefahr, denn seinem Gegenspieler ist jedes Mittel recht, um Gerechtigkeit wiederherzustellen. Doch ausgerechnet jetzt hat Niklas ganz andere Sorgen. Auf wen kann Frederik jetzt noch zählen?

Weitere **Fehler-Krimis** sind in Arbeit!

Die dramatische BÜHNENFIEBER-Reihe rund um Musicaldarsteller Christian Rückert

Herzenssache: Christian könnte wunschlos glücklich sein: er darf seine Traumrolle verkörpern, feiert beruflich Erfolge in ganz Deutschland und hat obendrein seine große Liebe gefunden. Doch ein einziger Telefonanruf stellt Christians Leben auf den Kopf. Es entwickelt sich ein Kampf um Leben und Tod und auf einmal sind es für Christian nicht mehr die Bühnenbretter, die die Welt bedeuten.

Blutsbande (in Vorbereitung): Die Beziehung von Christian und Nicole hängt am seidenen Faden. Die ungeklärte Vaterschaftsfrage, zahlreiche Affären und Nickis Krankheit belasten die Partnerschaft. Können sie Baby Leon zuliebe wieder gemeinsam an einem Strang ziehen oder ist eine Trennung der einzige Ausweg?

Weitere **Bühnenfieber-Bände** sind in Arbeit!